T0267245

Kairós

Jenny Erpenbeck

Kairós

Traducción de Neila García Salgado

EDITORIAL ANAGRAMA

BARCELONA

Título de la edición original:
Kairos
© Penguin Verlag
Múnich, 2021

Ilustración: © fotomontaje de María Mora / Duró

Primera edición: octubre 2023

Diseño de la colección: Julio Vivas y Estudio A

© De la traducción, Neila García Salgado, 2023

© EDITORIAL ANAGRAMA, S. A., 2023
   Pau Claris, 172
   08037 Barcelona

ISBN: 978-84-339-1126-1
Depósito legal: B. 11500-2023

Printed in Spain

Liberdúplex, S. L. U., ctra. BV 2249, km 7,4 - Polígono Torrentfondo
08791 Sant Llorenç d'Hortons

PRÓLOGO

¿Vendrás a mi entierro?

Baja la vista hasta la taza de café que tiene delante y no dice nada.

¿Vendrás a mi entierro?, pregunta otra vez él.

Pero si todavía estás muy vivo, dice ella.

Pero él pregunta una tercera vez: ¿Vendrás a mi entierro?

Sí, dice ella, claro que iré a tu entierro.

Junto al lugar que elegí hay un abedul.

Qué bien, dice ella.

Cuatro meses más tarde está en Pittsburgh cuando le llega la noticia de que ha muerto.

Es su cumpleaños, pero antes incluso de recibir la primera felicitación desde Europa, la llama Ludwig, el hijo de él, y dice: Padre ha muerto hoy.

El día de su cumpleaños.

En el momento del entierro, ella todavía está en Pittsburgh.

A las cinco de la mañana, las diez hora berlinesa, se levanta puntualmente para el comienzo de la ceremonia, coloca una vela sobre la mesa de la habitación del hotel, la enciende y pone música para él a través de internet.

La segunda estrofa del Concierto en re menor de Mozart.

El «Aria» de las *Variaciones Goldberg* de Bach.

La Mazurca en la bemol mayor de Chopin.

Cada una de estas piezas musicales se ve interrumpida por anuncios.

El nuevo Hyundai. Un banco que concede hipotecas. Un medicamento contra el catarro.

Cuando, seis semanas más tarde, se marcha de Pittsburgh y regresa a Berlín, ve el montículo de arena fresca y, al lado, el abedul. Ya habían retirado las rosas que le había pedido a un amigo que colocara sobre la lápida. Este amigo le cuenta cómo fue el entierro. Hubo música.

¿Qué música?, pregunta ella.

Mozart, Bach y Chopin, dice el amigo.

Asiente.

Medio año más tarde su marido está en casa cuando una señora entrega dos grandes cajas de cartón.

Lloraba, dice él, y le di un pañuelo.

Hasta bien entrado el otoño las cajas están en el despacho de Katharina.

Cuando viene la señora de la limpieza, Katharina las coloca sobre el sofá, y cuando el cuarto está limpio, de vuelta en el suelo. Cuando tiene que levantar la escalerilla de la biblioteca, las empuja a un lado. En sus estanterías no hay sitio para dos grandes cajas de cartón. El sótano acaba de inundarse. ¿Y si las llevara así tal cual a la basura? Abre la caja de arriba y mira. Luego la vuelve a cerrar.

Cuentan que Kairós, el dios del instante feliz, tenía un rizo en la frente y solo así podía uno sujetarlo. Ahora bien, en cuanto alzaba el vuelo con sus pies alados, mostraba la parte posterior del cráneo, pelada, reluciente y sin nada en ella a lo que las manos pudieran agarrarse. ¿Hubo un instante más feliz que aquel en que, siendo una chica de diecinueve años, conoció a Hans? Un día a comienzos de noviembre se sienta en el suelo y empieza a revisar, hoja por hoja, carpeta por carpeta, el contenido de la primera y de la segunda caja. Es, básicamente, un campo de escombros. Las notas más antiguas son del año 86, las más recientes, del 92. Encuentra cartas y copias de cartas, notas, listas de la compra, calendarios, fotos y negativos de fotos, postales, collages, algún que otro artículo de periódico. Un terrón de azúcar del Café Kranzler se le desmenuza en las manos. De entre las páginas caen hojas prensadas, en algunas páginas hay fotos de carné fijadas con clips, en una caja de cerillas hay un mechón de pelo.

También ella tiene una maleta con cartas, copias de cartas y recuerdos, la mayor parte objetos bidimensionales, como se conocen en jerga archivística. Tiene sus propios diarios y agendas. Al día siguiente, se sube a la escalera de la biblioteca y saca la maleta del estante superior, cubierta de polvo, por dentro y por fuera. Mucho tiempo atrás, los papeles de las cajas de él y los de la maleta de ella dialogaron. Ahora dialogan con el tiempo. En una maleta así, en una caja así, están principio, mitad y fin unidos con indiferencia en el polvo de las décadas, está lo que se escribió como un engaño y lo que se creyó cierto, lo callado y lo descrito, está todo eso, lo quiera o no, plegado y apretujado, está lo contradictorio, está la furia enmudecida igual que está el amor enmudecido, juntos, en un sobre, en una única y misma carpeta, y lo que uno ha olvidado está tan amarilleado y arrugado como lo que, oscura o claramente, uno aún recuerda. Mientras las manos se le van llenando también de polvo conforme revisa la vieja carpeta, Katharina no puede evitar pensar en cómo su padre hacía siempre de mago en sus cumpleaños de infancia. Lanzaba al aire una pila entera de cartas y luego, según caían, sacaba aquella que ella o algún otro niño habían memorizado.

Nada es como tú y yo:
y si no somos dos,
Dios ya no es Dios,
y el cielo se desploma.

Angelus Silesius

PRIMERA CAJA

I/1

Aquel viernes de julio ella pensó: Si todavía viene, estoy fuera.

Aquel viernes de julio él se pasó el día entero trabajando en dos líneas. Vaya si cuesta ganarse el pan: mucho más de lo que uno podría imaginar, pensó.

Ella: Bueno, ya se las apañará.

Él: Esto hoy ya no va a mejorar.

Ella: Igual el disco ya está allí.

Él: Donde los húngaros debe haber algo de Lukács.

Ella cogió bolso y cazadora y salió a la calle.

Él cogió la americana y los cigarrillos.

Ella cruzó el puente.

Él subió la Friedrichstrasse.

Ella, como todavía no alcanzaba a ver el autobús, entró un momento en el anticuario.

Él pasó por la Französische Strasse.

Ella se compró un libro. Y el precio de ese libro fueron doce marcos.

Cuando el autobús se detuvo, él se subió.

Ella llevaba el dinero justo.

Y justo cuando las puertas del autobús se cerraron, salió de la tienda.

Y cuando vio que el autobús todavía la esperaba, echó a correr.

Y el conductor hizo una excepción y le abrió la puerta trasera.

Y subió.

A la altura del Operncafé el cielo se oscureció, junto al Kronprinzenpalais cayó la tormenta, y cuando el autobús paró en la Marx-Engels-Platz y se abrieron las puertas, un chubasco arremolinó a los pasajeros. Algunas personas se afanaron por entrar para guarecerse de la lluvia. Y así fue como a ella, que al principio estaba junto a la entrada, la acabaron empujando hasta el medio.

Las puertas se volvieron a cerrar, el autobús arrancó y ella buscó un agarradero.

Y entonces lo vio.

Y él a ella.

Fuera discurría, calle abajo, un verdadero diluvio; dentro, la ropa húmeda de los que se habían subido desprendía vaho.

El autobús se detuvo entonces en Alex. Pero la parada estaba bajo el puente del tren urbano.

Después de apearse, se quedó parada bajo el puente, esperando a que escampara.

Y todos los que también se habían apeado se quedaron parados bajo el puente, esperando a que escampara.

Él también se había apeado y se había quedado parado.

Y entonces lo vio una segunda vez.

Y él a ella.

Y, como la lluvia había refrescado el aire, ella se echó la cazadora encima.

Lo vio sonreír, y ella también sonrió.

Pero entonces comprendió que se había echado la cazadora sobre la correa del bolso. Entonces se avergonzó de haber sonreído. Se colocó bien todo y siguió esperando.

Entonces escampó.

Antes de salir de debajo del puente y marcharse, lo vio una tercera vez.

Él le devolvió la mirada y se puso en marcha en su misma dirección.

Unos pocos pasos después, se le quedó un tacón clavado en el pavimento, y entonces él aminoró también la marcha. Rápidamente logró desatascar el zapato y seguir. Y él enseguida se volvió a adaptar a su ritmo.

Ahora ambos caminaban sonrientes, con la mirada fija en el suelo.

Así caminaron, escaleras abajo, atravesando el largo túnel, y luego otra vez arriba, hasta el otro lado de la calle.

El centro cultural húngaro cerraba a las seis y pasaban cinco minutos de la hora.

Ella se giró hacia él y dijo: Ya está cerrado.

Y él respondió: ¿Tomamos un café?

Y ella dijo: Sí.

Eso fue todo. Todo había pasado como tenía que haber pasado.

Aquel 11 de julio del 86.

Y ahora, ¿cómo se iba a deshacer de esa pobretona? ¿Y si alguien lo veía ahí con la chica? ¿Qué edad tendría? El café me lo tomo solo y sin azúcar, pensó ella, para que me tome en serio. Algo de conversación y rápidamente a casa, pensó él. ¿Cómo se llama ella? Katharina. ¿Y él? Hans.

Diez frases más tarde, sabe que ya la ha visto antes. En una manifestación del Primero de Mayo de hace muchos años era aquella niña que gritaba de la mano de su madre. Erika Ambach, la madre. Ella le cuenta algo de una «trenza cortada»

17

y bebe a sorbos su café solo. Su madre trabajaba entonces como doctoranda en la misma facultad donde se encontraba el primer laboratorio de investigación de su mujer. ¿Está usted casado? Sí, sí. En realidad la recuerda, recuerda a aquella mocosa pelona que no dejó de gritar hasta que la madre la cargó a hombros. El cambio de perspectiva había apaciguado el pesar de la niña. Había advertido ese truco y también él lo había utilizado más tarde con su hijo. ¿Tiene un hijo? Sí. ¿Y cómo se llama? Ludwig. «Ay, Ludewig, ay, Ludewig, vaya chico y qué ruin», dice, con la esperanza de hacerlo reír. Él ríe y dice: Mi parte favorita es esa que dice: «¿Y con qué me he quemado?, / chilló con la cuchara en la mano». A modo de ilustración, alza la cucharilla. Apenas diez años antes, su madre se sentaba al borde de su cama y le leía el *Pedro Melenas* hasta que se quedaba dormida. Hans apoya la cucharilla y saca un cigarrillo. ¿Fuma? No. Recuerda la trenza cortada, así como la manifestación y su vergüenza por ir así de desfigurada entre la gente. Pero había olvidado que su madre la había consolado entonces subiéndosela a los hombros y llevándola hasta la tribuna. Qué raro, piensa, en todos estos años se ha escondido en la cabeza de un extraño un pedacito de mi vida. Y ahora él me lo devuelve. ¿Los ojos de la chica son azules o verdes? Me tengo que ir pronto, dice él. ¿Verá que está mintiendo, que hoy no lo esperan ni su mujer ni su hijo? El hijo tiene catorce años, o sea que ella tiene que tener dieciocho o diecinueve. Porque en el 70 su mujer ya había cambiado de instituto y al año siguiente se quedó embarazada. Diecinueve, dice ella, y hunde otro terrón de azúcar en el café solo. Pero el pelo volvió a crecer desde entonces. Sí, menos mal. Aparenta unos dieciséis años y medio. Como mucho. ¿Ya está en la universidad? Estudio Tipografía, en la Editorial Estatal, luego me gustaría estudiar Arte Comercial en la universidad, en Halle. O sea, dedicarse al arte. Bueno, si paso la prueba de aptitud. ¿Y usted? Yo escribo. ¿Novelas? Sí. ¿Libros de verdad, de los que hay en las librerías? Pues sí, dice él, y piensa que ahora mismo le preguntará cómo se apellida. ¿Hans qué más?, pregunta ella, y él le dice el apellido, ella asiente, pero es evidente que no lo conoce. Lo que yo escribo no es para usted. ¿Qué le hace pensar eso?, dice ella, y se acerca la crema de leche. Cuando salió su primer libro, ella acababa de nacer. Él aprendió a andar en tiempos de Hitler. ¿Por qué iba a leer una chica como ella un libro sobre morir, sobre la muerte? Ella piensa que él no la cree capaz de leer. Y él piensa que tiene miedo de ser un viejo ante esos jóvenes ojos. ¿Y a qué se dedica su madre? Trabaja en el Museo de Historia Natural. ¿Y su padre? Desde hace cinco años es catedrático en Leipzig. ¿De qué? De Historia Cultural. Ah. Sacan todavía a colación algunos nombres, el círculo de amigos de sus padres, el círculo de amigos de ella y los padres de estos. Hans conoce todas las viejas historias, todos tuvieron algo con todos, luego procrearon entre ellos, se casaron y se separaron, se enamoraron, se enemistaron, entablaron amistad, intrigaron o se mantuvieron al margen. Siempre la misma gente en fiestas, tabernas, inauguraciones de exposiciones, estrenos teatrales. En un país tan pequeño del que uno no podía salir así como así, todo acababa por ser forzosamente endogámico. De modo que ahora está sentado en esa cafetería con la hija de aquella Ambach. El sol destella desde las ventanas espejadas del Palasthotel. Parece Nueva York, dice él. ¿Ha estado alguna vez allí? Sí, por trabajo. Yo puede que vaya en agosto a Colonia, dice ella, si me lo autorizan. ¿Familia en el Oeste? Mi abuela cumple setenta. Colonia es un pueblucho horrible, dice él. Por lo menos tienen su catedral, dice ella, y horrible no es. ¿Qué es la catedral de Colonia al lado de una iglesia del Kremlin en Moscú? Nunca he estado en Moscú. En algún momento las tazas se han vaciado, como también el chupito de vodka que tiene delante Hans, que busca con la mirada al camarero. Pero la chica apoya la cara en las manos y lo vuelve a mirar. Qué limpia es su mirada. Íntegra. Una palabra pasada de moda. «La intención es noble, íntegra y pura.» *La flauta mágica*, primer acto. Qué suaves parecen sus brazos. ¿El resto de su cuerpo también será así?

Ahora Hans ha de procurar que llegue rápido la cuenta. A la salida evita darle la mano, y tan solo dice: Nos vemos.

Los tres pasos que conducen afuera, hasta la calle, todavía caminan juntos y, a continuación, él le hace un gesto con la cabeza, se gira y se marcha. Ella también se marcha, en dirección contraria, pero solo hasta el semáforo. Ahí se queda quieta. Sabe su apellido. Seguro que no le cuesta averiguar su dirección. Dejarle una carta en el buzón, esperarlo frente a su casa. Suena el tranvía, los coches atraviesan charcos, el semáforo se pone en verde para los peatones y luego otra vez en rojo. Hasta la punta de los dedos le duele esa sensación. Y ahí sigue ella, el semáforo se pone en verde y otra vez en rojo. Oye el sonoro beso de las llantas contra el asfalto mojado. Sin él ya no quiere ir a ninguna parte. Nos vemos, dijo él. Nos vemos. Ni siquiera le estrechó la mano. ¿Tan equivocada estaba? Pero entonces él dice de pronto a su espalda: ¿O pasamos la tarde juntos? Mujer e hijo se quedarán una noche en el campo en casa de una amiga.

Desde Alex van en metro hasta Pankow y, desde allí, siguen con el tranvía tres estaciones más y cruzan la plaza en diagonal, bajo el árbol con las ramas podadas. Qué peinado más raro tiene este árbol, dice él, y ella sonríe, pero como ya sonríe todo el tiempo uno no nota la diferencia, y luego entran en el edificio y suben hasta la cuarta planta.

El apartamento huele a perfume. Una alfombra en el vestíbulo y un arcón, en la pared óleos, láminas, fotos, dispuestos en una hilera continua, al estilo del Hermitage, dice él, y ella asiente y mira. Vivimos aquí desde hace veinte años, dice él, acompáñeme, que le enseño la casa. Va detrás de él por el estrecho pasillo, que tuerce hacia la izquierda, hasta una puerta abierta. La cocina, dice él, y entonces ve un aparador, un fregadero, una mesa, pintada de azul, y un banco esquinero, detrás del cual hay una ventana que da al patio. No hay ni un solo árbol, dice él, pero todas las mañanas se pone a cantar un mirlo, a saber por qué le gusta precisamente ese sitio. En el fregadero, una olla y un par de vasos. La loza del desayuno sigue sobre la mesa, y un tarro de miel, ve trozos de cáscara de huevo en los platos, una tetera blanca esmaltada, tres tazas. Detrás está el dormitorio, dice él, mientras sigue andando y señala hacia la oscura profundidad del pasillo, y aquí el baño, y toca con los nudillos en la puertecita contigua a la cocina. En otra puerta que hay enfrente ve un cartel escrito a mano: «Prohibido entrar». Es la habitación de Ludwig, dice él, y agarra el picaporte, pero sin abrirlo. Luego vuelven hasta la hilera de estilo Hermitage y continúan hasta la otra ala del apartamento. La casa hace esquina, dice él.

En el amplio cuarto hasta el cual la lleva ahora, hay una mesa de comedor redonda de madera y seis sillas, todas distintas. En una, está colgada una chaqueta de punto de mujer. En la esquina hay una vitrina Biedermeier y, en su interior, tazas y platos de porcelana de Meissen. Hans se dirige hasta las ventanas y las abre de par en par. Al abrirlas, uno está aquí arriba casi como si estuviera en el cielo, dice él. A través del amplio pasillo que hay a la izquierda, Hans accede hasta una estancia que claramente es el salón: en el suelo una alfombra azul estampada, paredes blancas, un sofá de piel de patas tambaleantes, a la izquierda una estufa, a la derecha una lámpara de pie. Del diseñador Lutz Rudolph, dice ella, la tenemos igual. Es amigo nuestro, dice él, mientras abre también esas ventanas de par en par. Está en el pasillo, apoyada contra el marco. La recordará así, apoyada como está. Vuelve, pasa por delante de ella, pero sin acercarse demasiado, luego rodea la mesa y, de un empujón, abre hacia la derecha la puerta doble amarilleada que conduce hasta el otro pasillo. Detrás ve una habitación estrecha con estanterías llenas de libros hasta el techo, no soy especialmente hábil, dice él, con la vista puesta en las tablillas mal atornilladas. Ella se acerca. Pero los libros no dejan de reproducirse, dice él, y señala los montones de libros que hay en el suelo. Con ella allí, mira su propia habitación como si fuera algo ajeno. Un escritorio en el mirador. ¿Es ahí donde escribe? Rara vez, la verdad. Tengo otro despacho en la Glinkastrasse, me gusta ir a trabajar a otra parte. Ajá, dice ella. En la Glinkastrasse están también todos mis trastos de la radio, que es donde estoy oficialmente empleado. ¿Y como qué? Es curiosa y, cuando pregunta de esa manera, le recuerda a una ardilla. Como autor, como «autónomo fijo», que es como lo llaman. ¿«Autónomo fijo»? Tengo que escribir *un* programa al año, los demás me los pagan aparte. ¿Qué clase de programas? Otra vez la ardilla. A veces sobre historia, cuando doy con algo interesante mientras investigo para mis libros, dice él, si no, sobre música: compositores, músicos. Estudié Musicología, algo que a usted, probablemente, no le interese tanto. Me gusta Bach, dice ella, y piensa si quizá alguna vez habrá escuchado algún programa suyo en la radio. A mí también, dice él. ¿Vino tinto?, pregunta él. Y ella dice: Sí, perfecto.

Mientras él va a la cocina a por el vino, ella se adentra un par de pasos en la habitación y mira a su alrededor. Frente a los libros se yerguen figuritas y juguetes de metal, hay postales recostadas contra el lomo de los libros, fotos clavadas a las tablillas: un niño pequeño, obviamente el hijo, montado en un poni, un paisaje vacío y nuboso, una mujer guapa en un balancín, probablemente su esposa, sonriendo hacia el fotó-

22

grafo, quizá él, Hans, es decir, su marido, pero desde la eternidad de la imagen sonríe ahora a cualquiera que mire la foto, también a ella, que visita a su marido. Él llega por detrás, con ambas copas tintineando en una mano y en la otra, la botella, ¿escuchamos algo de música?, pregunta él, y entra en el salón de enfrente. Sí, dice ella, y va tras él.

Mientras elige el primer disco, se pone las gafas para ver en la contracubierta qué número tiene la pieza que quiere ponerle, saca de la funda el negro disco, lo coloca sobre el giradiscos, retira el polvo de los surcos con el cepillo y sitúa el cabezal exactamente en el brillante vacío que se abre entre dos pistas, entretanto, ella alcanza al fin a mirarlo con detenimiento. Sus hombros estrechos. Su pelo. El torso es corto en comparación con las largas piernas, los largos brazos, y por eso sus movimientos son siempre tambaleantes. En realidad, visto así desde atrás, parece un adolescente, un compañero de su edad, y solo al girarse y acercarse a ella se vuelve otra vez adulto. Su nariz recta, la boca estrecha, los ojos grises. Está sentada en el sofá con las piernas temblorosas y él, en el sillón de al lado. Hans se quita las gafas de lectura, las mete en el bolsillo de la camisa y enciende un cigarrillo. Ha servido el vino, pero no llegan a brindar, pues justo entonces comienza Sviatoslav Richter con la Mazurca en la menor de Chopin. Al ponerle su música, se está abriendo a ella. ¿Lo sentirá? La propia Katharina toca el piano, estudió alguno de los valses de Chopin, pero solo ahora, al escucharlo en compañía de él, comprende cuán al filo de lo clandestino está esa música. *Scherzo* en si bemol menor, Polonesa en la bemol mayor, en todo ese tiempo no dicen nada, tampoco se miran, tan solo están unidos en el silencio. Solo cuando el disco empieza a arrastrarse al ralentí y la palanca hace un clic y se queda flotando en alto, él le hace una seña, alza la copa y brinda con ella. Beben un trago y, a continuación, él se levanta para cambiar el disco y, a través del silencio que se cuela por las ventanas abiertas, Katharina oye las golondrinas.

Y entonces él pone el *Impromptu* en la bemol mayor de Franz Schubert, y de Bach la *Fantasía cromática* y la Partita en mi menor, y el tercer movimiento del Concierto para piano en si bemol mayor de Mozart. De cuando en cuando, Hans mueve la cabeza al ritmo de la música y, de cuando en cuando, dice: Vaya pieza, ¿no? Y, de cuando en cuando, ella dice: Es maravillosa. O pregunta: ¿Quién toca? Y entonces él dice: Arthur Rubinstein, Glenn Gould, Clara Haskil. Entre Bach y Mozart Katharina ha ido a hacer pis y ha visto en el baño los pantalones de pana del hijo colgados de la cuerda de tender. Y frente al espejo estaba la botellita del perfume al que tan bien huele el apartamento, Chanel N.º 5. Y tres cepillos de dientes en un vaso. Y en un taburete, el camisón de la mujer, tirado de cualquier manera en mitad de la rutina. Ven, querido mayo, y reverdece los árboles, desea el piano hacia el final, pero ya es julio y, fuera, la tarde de verano ha dado paso a una noche de verano, y la botella de vino está vacía. ¿Tiene hambre? Sí. Entonces vamos a comer algo. Sí.

Es bonito caminar junto a él, piensa ella.

Es bonito caminar junto a ella, piensa él.

Veinte minutos a pie a través de la noche. Hans conoce bien el local, ha estado mil veces en él, y el camarero le da, como de costumbre, la mesa que está reservada para los clientes habituales.

Katharina sabe que la servilleta se coloca sobre las rodillas antes de empezar a comer, que uno se seca la boca antes de beber, que el plato de sopa se inclina hacia atrás y no hacia uno mismo, que no se pueden apoyar los codos y que las patatas no se cortan con el cuchillo. Contra todo el miedo, toda la esperanza, todo lo que uno no puede ni tampoco quiere prever, contra todo eso ayuda saber que hay que colocar cuchillo y tenedor juntos al terminar de comer, con el mango a la derecha del plato. Ante ese hombre sentado frente a ella en esa cena como inmensa fortuna, infortunio e interrogante, comprende: Ahora ha comenzado esa vida para la cual todo lo demás no ha sido más que un preparativo.

Él piensa: Hasta masticando está guapa.

¿Y entonces?

Sin necesidad de que ninguno de los dos pronuncie palabra alguna al respecto, sus pasos los llevan de vuelta a casa. Y ahora, también para ella, a casa significa ya: de vuelta a casa de él.

Desde abajo alzan la vista hasta unas ventanas todavía iluminadas.

Puede que solo haya salido con ella para poder volver. Para tener la ilusión de que también para ella es rutina eso que para él es tan familiar. Con total naturalidad ya, avanza hacia el salón mientras él coge una segunda botella de vino en la cocina. Cuando entra en la habitación, ella está junto a la ventana. El alféizar está tan bajo que no sería ninguna proeza caerse, piensa ella. Ahí arriba, dice ella, también hay alguien despierto. Es un buen amigo nuestro, dice él, pinta. Oye bien que ha dicho «nuestro». Él piensa que debería saber a qué atenerse. Se vuelve hacia él. Él tiene un disco en la mano, y un cigarro ladeado entre los labios. «Y deja de fumar en mi cara, puerco.» Aquí está el Réquiem. Esto igual ahora no pega, dice ella. Ahora, ha dicho. Los muertos que yacen en la tierra no duermen, esperan. La buena música siempre pega, dice él, y se saca el cigarrillo. En ese caso, dice ella. Él saca el disco de la funda y pasa cuidadosamente el cepillo por los surcos antes de colocarlo.

Y entonces todas las criptas se vuelven transparentes, y él y ella están clavados en mitad del campo funerario, y la isla de los vivos no es más grande que el pedacito de suelo que hay bajo sus pies. Mientras ella le quita las gafas y las aparta y él la rodea por primera vez con sus brazos, la humanidad pide paz y luz eterna para la humanidad. Sostiene la cara de él entre las manos y lo besa, pero muy levemente. Entonces se yergue una voz joven y solitaria y alaba a Dios, pues si ella lo reconoce, quizá él la salve. El tacto que, en el transcurso de esa plegaria, tienen los hombros desnudos de la chica bajo su mano, ambos redondeándose al contacto, no habrá de olvidarlo mientras viva. «Hasta ti toda carne viene», sí, eso es, piensa él, y luego deja de pensar. Los besos, los coros, el pelo de ella, ese instante poco antes de que concluya el introito, ese ruego insistentemente repetido de los vivos para sus muertos: «¡Dales luz perpetua!», que se extingue en el vacío de la iglesia. Las personas han de darse respuesta a sí mismas, el lugar donde viven sigue siendo oscuro, el deseo carece de violencia. Hans respira y Katharina, con la cabeza apoyada sobre él, también respira.

Pero ahora los invocados se revuelven en las criptas y recogen a toda prisa sus mortajas para cubrirse los huesos, que enseguida ascenderán al cielo, *Kyrie eleison*, Señor, ten piedad, le susurra ella, y le sonríe, antes de hundirle los dientes en la carne, ¿acaso quiere arrancarle un pedazo a mordiscos esa demente? Los muertos se elevan temblorosos hasta el cielo, mientras ambos cuerpos humanos se transforman en un paisaje que no se puede ver, sino solo agarrar con las manos, en ese paisaje hay incontables olas, y lo único que uno no puede hacer es echar a correr, ya sabes, dice él, ahora mismo viene el *Dies irae*, el día de la ira, no, dice ella sacudiendo la cabeza, como si ella lo supiera mejor, no va a venir, y lo acerca todavía más a ella. «Dios, que habita en el éter, enrolla el cielo, lo enrolla como un pergamino. Y hasta la divina tierra bajará el cielo con sus variadas formas, y hasta el mar. Y fluye la infatigable fundición del fuego quemando la tierra, los mares y el eje del cielo, y los días y hasta la misma creación funde solo en

26

uno.» ¿Están todas las trompas, fagots, clarinetes, timbales, trombones, violines, violas, chelos y órganos sujetos en realidad a su orden? «Se hará de noche en todas partes, una noche larga, insumisa y, ante todo, igual para todos, ricos y pobres. Llegamos desnudos de la tierra, y desnudos volvemos a ella.» La culpa del mundo con fuego se liquida, pero ¿y si no hay culpa? Mientras deja que sus manos se deslicen cintura abajo, le viene a la cabeza esa expresión tomada de una historia de Thomas Mann: «de caderas bonitas». «¡Cuánto terror habrá en el futuro / cuando el juez haya de venir / para hacer estrictas cuentas!» No puede evitarlo, canta el texto en latín, mientras sus manos miden lo bien que encaja en cada una una nalga. Y entonces el trombón comunica el comienzo del juicio, ya están muy cerca, tan cerca que el coro enmudece y, en su lugar, no se oyen más que voces diferenciadas: el bajo emite el llamamiento que todo ser, vivo o muerto, ha de acatar, el tenor canta el asombro de toda la materia ante la resurrección, la contralto abre el gran libro en el que están inscritos todos los pecados y la soprano, por su parte, alza al final su voz en nombre de cada uno de los acusados: ¿Cuán mísero me sentiré cuando me toque hablar? ¿Quién abogará por mí? Si ni siquiera el justo puede estar seguro de que existe ante al juez. Ahí siguen los dos, sobre la alfombra azul del salón, en su isla, descalzos, con brazos y piernas entrelazados, y solo a veces, emergiendo de su alegría ciega, abren los ojos y se miran el uno al otro. ¿De dónde demonios saca la chica esa seguridad? Y entonces vuelven a cerrar los ojos, para ver, con su mano y con su boca, más a fondo.

La aparición del Señor Todopoderoso le hace recobrar por un momento el juicio, *«rex tremendae majestatis»*, le implora el coro, y su mirada se posa sobre el cigarrillo que apartó en una vida anterior, convertido ahora en un largo tallo de ceniza blanca. Al lado hay un reloj de pulsera, ¿cuándo se lo quitó? No podemos hacernos infelices, dice él, y le agarra los muslos. Ella sonríe: Pues hasta aquí hemos llegado. «*Salva me, salva me.*» Acuéstate conmigo, dice ella. Entonces él la coge de la mano y se la lleva fuera de la habitación, a través del comedor, del pasillo, hasta la oscura profundidad del pasillo, pasando frente a un espejo, hasta la sala que antes no le había enseñado. Recuerda, Jesús piadoso, que por el hombre te dejaste martirizar y crucificar. Recuerda lo exhausto que estabas al final de tu camino. Si ahora me rechazas, de nada habrá valido. Recuérdalo.

En la cama de matrimonio, Hans se tumba en el lado donde duerme su mujer y le ofrece el suyo a la chica. Con ninguna amante estuvo antes en el lecho conyugal. Puede ser, dice él, que no se me levante, he bebido más de la cuenta y estoy demasiado excitado. Da igual, dice ella, y lo toca. En el salón, donde ahora están a solas los ejércitos celestiales y la humanidad, a punto de ser puesta a prueba, se procede entretanto al reparto: a la izquierda aguarda a los pecadores el ardiente tizonazo, a la derecha, a los beatos, un futuro donde no hay más que un solo día perpetuo y sin noche. «*Voca me cum benedictis*», cantan voces espectrales desde el disco negro que sigue girando en el tocadiscos. Quien ahora, desde una distancia ya irreparable, se gira por última vez para volver a mirar la Tierra ve cómo de largo era, en realidad, el camino desde la tumba hasta las barreras del juicio divino. Casi dos octavas enteras ha ascendido de un semitono a otro, a través de una masa espesa de esperanza y miedo.

Cuando los suspiros y los lamentos dan paso al silencio, ambos cuerpos yacen estirados en la oscuridad, el uno al lado del otro. Nunca más será como hoy, piensa Hans. Así será ahora siempre, piensa Katharina. Luego el sueño borra todo pensamiento, y lo que les ha sucedido se les va grabando en el córtex mientras respiran tranquilamente, tendidos el uno al lado del otro.

En el Ganymed de Schiffbauerdamm su mujer le contó que estaba embarazada. En el Ganymed celebró con su corrector el primer manuscrito listo para imprenta. Ahora está frente al local esperando a una chica de diecinueve años.

La chica de diecinueve años recordaba ayer, y hoy durante toda la jornada de trabajo, sus ojos, su nariz, sus hombros. Pero su aspecto en general puede que ya no. Camina impaciente en dirección a su recuerdo.

Hans recuerda su sonrisa y sus pechos, pero su aspecto en general puede que ya no. Pero ella ya está ahí y, al girar hacia Schiffbauerdamm, la reconoce al instante. Se le balancea el bolso al andar, va vestida de negro de la cabeza a los pies y, según se acerca, lo ve: lleva el pelo recogido hacia atrás, adornado con un lazo. Desarmada, piensa él, así es su cara. Hoy quería ser sincero, y ahora lo sabe: tiene que serlo. Ahí radica para él toda defensa posible. Hans y Katharina saludan con un gesto al pasar por delante de los dos camareros con largos delantales blancos que están a la entrada, y que se hacen los franceses para los soldados franceses de la parte occidental, a quienes les gusta ir a comer barato al caro Ganymed de la parte oriental.

Hans eligió deliberadamente una mesa más grande, somos tres, le dijo al camarero. Y ahora que ella ya está al corriente, buscan con la mirada aquí y allá a la persona que falta por llegar. De primero, le ha explicado, hay que pedir sí o sí el caldo bernés, porque viene con un huevo de codorniz. Reparten, pues, el caldo y, cada uno con su huevo de codorniz en la cuchara, admiran esa maravilla. *Y un huevo* de codorniz, dice él, recalcando *y un huevo*, y la mira con expectación para ver si entiende la broma. Ella corresponde a esa mirada. Y nace así la primera palabra de su léxico conjunto. También ha traído un libro suyo para que sepa lo que escribe. Su primer regalo para ella. La dedicatoria deberá leerla más tarde. A continuación, miran otra vez hacia la puerta y sacuden la cabeza: ¿dónde estará ese tipo tan impuntual? Tienen un acuerdo, su primer secreto hacia el mundo, y al mirarse saben qué es aquello que solo ellos recuerdan. Precisamente por eso debe dejar claras las condiciones, antes de que sea demasiado tarde.

Nos veremos, dice él, solo de vez en cuando, pero cada vez deberá ser como la primera: una fiesta. Ella escucha atentamente y asiente. Yo no puedo ser más que un lujo para ti, dice él, pues soy un hombre casado. Ya lo sé, dice ella. Puede que eso no te baste, dice él, y estás en tu perfecto derecho. Lo mira directamente a la cara y él ve, en torno a las pupilas de ella, un círculo amarillo. Además de mi matrimonio, tengo un lío con una mujer de la radio. Y si tuvieras mil mujeres, dice ella, lo importante seguiría siendo el tiempo que *nosotros* pasemos juntos. ¿Cómo va a negarle algo, si ella no exige nada? El lazo de terciopelo negro, que la hace parecer una colegiala interna, lo conmueve sobremanera. Como no diga rápidamente lo que tiene que decir, será demasiado tarde. Y no podemos dejarnos ver en público: yo lo sé y tú lo sabes, y con eso tiene que bastarnos. Todo en orden, dice ella, y sonríe. Cuando se negocian condiciones, ese algo va a durar. Ayer, y todo el día de hoy, tuvo miedo de que la expulsase de repente de su vida.

Aquella mañana, su madre solo tuvo que hacer tres preguntas, vio la alegría de su hija y, sin que esta delatara su nombre, con solo tres preguntas supo, sin embargo, quién era. Sí, es guapo, había dicho la madre, y es listo. Pero siempre tuvo novias. Ándate con cuidado.

Nuestra estrella, dice él, no puede ir a parar a la atmósfera terrestre, pues entonces se apaga enseguida. La estrella todavía está en el cielo, clavada al firmamento con una chincheta, como las fotos de su estantería, piensa ella aliviada. Ella asiente. Dice que sí. Él sabe que se lo está poniendo difícil para que tenga que decir que sí. «Sacrificios inmortales», así se llama la canción que le viene a la mente. Y quien pueda hacer el sacrificio es el elegido.

Hans le sirve el vino blanco que acompaña a la trucha y, de paso, ve que sabe cómo limpiar el pescado. Ella mira el estuche de sus gafas sobre la mesa y la cajetilla de tabaco, de la marca Duett, y piensa que ya no quiere sentarse a ninguna mesa donde no estén su estuche, sus cigarrillos.

En un pescado así son bonitas hasta las espinas, dice él con la vista puesta en el plato, que le recuerda a un osario, pero también a la sala grande del Museo de Historia Natural, donde está expuesto el enorme esqueleto de dinosaurio.

Cuando era niña, mi abuelo me enseñó a pescar, dice ella.

Por un momento la ve balanceando las piernas, sentada en un pequeño embarcadero, sujetando una caña de pescar. Menudo poder tiene una frase así, piensa él. Le envía a uno una imagen a la cabeza, lo quiera o no.

Ahora la conversación podría volverse más liviana, pero todavía queda una última idea por expresar.

Un día, dice él, un día te casarás con un hombre joven, y entonces te regalaré un ramo de rosas por la boda. La ve sonreír y sacudir la cabeza, como había esperado. Pero esa frase la ha dicho más para sí mismo que para ella. No ha de olvidar que algún día tendrá que entregarla. No ha de olvidar que él lo sabe mejor que ella, a quien hoy esa frase únicamente hace sonreír. Si quiere sobrevivir a la caída, la idea de la caída deberá amoldarse a su alma todo el tiempo que pase con ella, sea corto o largo. Y esa abultada idea ha de abrirse paso entre las ideas de felicidad, amor, anhelo, entre las experiencias y recuerdos que tal vez compartan, y él ha de aguantarlo para que, si algún día le llega la caída, su existencia no peligre. ¿Su existencia, de verdad? El camarero retira los platos. El pianista comienza a tocar, su turno comienza a las seis, un popurrí de Mozart. Cuando hace poco estuvo ahí con su mujer, ella dijo

31

que el pianista se parecía a Heiner Müller. Y tiene razón, el pianista de veras se parece a su colega, el escritor Heiner Müller. Probablemente por las gafas. Hans le escribió una carta de amor a su mujer aún en mayo.

Esto durará lo que *tú* quieras que dure, dice él.

Ella asiente. Si tan solo pudiera verlo. Tan a menudo y tanto tiempo como sea posible. Todo lo demás le da igual.

A partir de ahora, piensa él, la responsabilidad de que esto continúe recaerá exclusivamente en ella. Ha de protegerse de sí mismo. ¿Y si es una mala pécora?

Ella piensa: Quiere prepararme por si esto se pone difícil. Quiere protegerme. Quiere protegerme de mí misma, está dejando en mis manos el poder de decidir sobre nosotros.

Él piensa: Mientras ella quiera, no podrá ser un error.

Ella piensa: Si lo deja en mis manos, ya verá lo que es el amor.

Él piensa: Solo después comprenderá a qué ha dicho sí ahora.

Ella piensa: Se fía de mí.

Todas esas ideas se les pasan por la cabeza esa tarde, y todas juntas revelan una verdad poliédrica.

Al camarero le dicen: Nuestro amigo, por desgracia, nos ha dado plantón. Hans paga, guarda el estuche de las gafas y los cigarrillos Duett, la cazadora de ella está colgada justo al lado del abrigo de verano de él en el guardarropa, ambas telas se tocan, se pliegan la una sobre la otra. Santísima Binidad, dice él, y señala cómo están colocadas, antes de que el encargado del guardarropa les alcance ambas prendas por encima del mostrador y le sujete la cazadora a la chica para ayudarla a ponérsela. He aquí el segundo término de su léxico conjunto.

Y entonces atraviesan el puente Weidendammer, pasando junto al águila de hierro que el antepenúltimo Estado perdió hace ya mucho. Sin querer, Hans se pone a silbar entre dientes la melodía de la balada del «Ícaro prusiano», antes incluso de recordar qué canción es. Biermann la cantó en su concierto en el Oeste después de que el gobierno de la RDA lo expatriase, ya han pasado diez años desde entonces. La expatriación, un método nazi, acabó por contraatacar a quienes la habían ordenado. Muchos amigos han abandonado el país desde entonces. Hasta él, Hans, había estado a punto de firmar la «Resolución de los trece» contra la expatriación. ¿Y esa que va a su lado, con su carita de porcelana? Es evidente que de todo eso no sabe nada: por entonces todavía era una niña.

Katharina piensa en la foto que hace justo tres años le sacó en ese puente a su primer novio, Gernot. Siempre llevaba sombrero, hasta en el patio del recreo, y por supuesto también en la foto. Se agarra del brazo de Hans mientras caminan y se da cuenta de que apenas saca la mano del bolsillo del abrigo, y que mantiene el brazo rígido. Deja la mano en el bolsillo si quieres, dice ella. Él acepta la oferta, vuelve a meter la mano en el bolsillo del abrigo y hace como si ir del brazo fuera asunto solo de ella. Ella acepta de buen grado la culpa. ¿No recorrió hace solo tres días ese mismo camino, sin sospechar nada, tan solo para encontrarse con él en el autobús? La idea de que todo habría sido muy distinto solo con que hubiera salido diez minutos más tarde de casa o no hubiera tenido el dinero justo en la librería le produce ahora vértigo.

«No huye volando, ni cae en picado.» Evitar todo contacto físico en público es algo para lo que, a él, la razón no le alcanza. Si las cosas siguen así, se le va a fundir la razón entera. Que el anhelo de mantener el control deba ser tan grande como el deseo de perderlo. Una configuración diabólica. La otra persona no es más que el campo en el que, con una suerte fluctuante, se pelea esa batalla. No hay nada que ganar. «No sacude el viento», piensa él, «ni afloja las alas.» La melodía es buena, tiene truco, como debe ser, es que Biermann es un tío listísimo. Por encima de cualquier otra cosa, Hans recuerda cómo se las ingenió en su concierto cuando no recordaba un verso de la canción o no tocaba bien un acorde. Se había sentado con su guitarra frente a un millón de personas y se había dirigido a ese público como si fueran amigos suyos en el salón de su casa. No había aprendido aún a venderse, y precisamente por eso se vendía tan bien. Dialéctica. Hacía tres años, su primer novio, Gernot, había intentado desvirgarla varias veces. Cada una de esas veces a ella le había dolido tanto que había temido quedarse virgen para siempre. En la cama no llevaba puesto el sombrero. El equívoco con la palabra «Spree», la imposibilidad musical de poner tierra firme bajo los pies, todo ello estaba muy conseguido. En el extranjero, y por televisión, Biermann había cantado para su propio pueblo y cantando había salido, de paso, de su país. También dialéctica. No es de extrañar que, durante el concierto, a veces le faltasen por un momento las palabras con las que cortaba tras de sí el camino de vuelta. Con la inseguridad de un sonámbulo, Biermann salió precipitadamente de su país. Después de uno de esos intentos, Katharina se fue con el tranvía número 46 a casa. Esa tarde vio unas gotas de sangre en las bragas y supo que por fin lo había logrado.

A la altura del Hotel Lindencorso hay unos turistas desorientados que se dirigen a Hans en inglés: ¿Dónde este aquí, *for God's sake*, estamos? *In Berlin*, dice Hans, *yes, yes, Berlin, but East or West?* Katharina se ríe. ¿Cómo puede uno no saber, viendo la puerta de Brandeburgo, si está en Berlín Este u Oeste? *East*, dice Hans. Los americanos parecen nerviosos y se ponen a discutir entre ellos. ¿De verdad han terminado en el Este sin haber visto el paso fronterizo? ¿Y cómo van a salir ahora, *for God's sake*? ¿Y si ya no salen nunca? ¿Los pillará la Stasi en cuestión de un segundo para lanzarlos a una olla comunista? Se suben rápidamente a los dos coches que están aparcados en el arcén y se marchan. Hans y Katharina se ríen entre dientes y cruzan Unter den Linden, él quiere enseñarle su despacho en la Glinkastrasse, de donde salió el viernes para subirse al autobús 57.

Hay mucho polvo. Cintas magnetofónicas en la estantería. Discos. Casetes. Montones de papeles en la mesa. Las ventanas sin limpiar. La vista no merece la pena, dice Hans, y señala hacia fuera, hacia el patio trasero, donde el suelo de hormigón está levantado y todo está cercado. A continuación, le ofrece la silla del escritorio a Katharina, le coloca un par de auriculares grandes y aprieta un botón. «Removía el sueño del mundo con palabras que eran rayos.» Ella, muy erguida, nunca ha oído nada así. Él está junto a la ventana, la mira mientras escucha, fuma. Le gusta el aspecto que tiene cuando está concentrada. Ernst Busch, dice Hans al retirarle los auriculares. El cantante del proletariado. Brigadista internacional. Y estos idiotas, los paisanos de la radio, borraron las cintas magnetofónicas originales con sus grabaciones. Y machacaron los discos suyos que quedaban. ¿Cuándo fue eso? En 1952. Hace seis años murió y, desde entonces, su nombre ya puede volver a mencionarse. El abuelo de Katharina también fue brigadista, todavía recuerda la boina negra que llevaba siempre en invierno. Aparte de eso, apenas sabe nada sobre él, tenía siete años cuando murió. Hans saca un par de discos pequeños de una estantería y se los da a Katharina. Estos son los míos, los usé para el programa. Busch tenía su propia discográfica, él mismo producía estos de cuarenta y cinco revoluciones por minuto, cada uno con su folleto e imágenes. Katharina lee, abre aquí y allá, pasa páginas. Los últimos años los pasó en un psiquiátrico, dice Hans, en el sótano de su casa había cadáveres enterrados, decía él siempre. Canta con *pathos*, pero no miente, dice Katharina. Exacto, dice Hans.

Antes de salir, Katharina descubre una fotografía de Hans sobre el escritorio. ¿Me la puedo quedar?, pregunta ella, y

Hans pregunta también: ¿Un muro contra la fantasía? Ella dice: Para que, cuando vaya mañana en el tren camino de Budapest, sepa que todo esto no lo he soñado. ¿Te marchas ya mañana? Sí. Mientras sostiene la foto en la mano, él la abraza por detrás y la besa en la nuca. Katharina no abre los ojos hasta que él la suelta y, entonces, mete la foto cuidadosamente en su bolso, entre las páginas del libro que está leyendo. Ay, por Dios, tu libro. Esperemos que siga en el Ganymed. Todo vuelta atrás, como en una película rebobinada: Unter den Linden, Lindencorso, puente Weidendammer, Schiffbauerdamm. Los dos camareros con los largos delantales blancos aún siguen en la entrada, el encargado del guardarropa aún sigue junto al mostrador, entregado a su tarea, y el pianista que se parece a Heiner Müller aún sigue tocando. Pero ahora está a rebosar, franceses, ingleses o americanos, todos ríen y comen y si tienen la boca abierta puede ser por una razón u otra, también la mesa donde estuvieron vuelve a estar ocupada. El camarero ha apartado la bolsa de papel con el libro, en la que figura una inscripción con letras blanquecinas: «¡La buena compra a gusto se compra!».

¿Me llevas a casa? Recorre entonces junto a ella el camino por el que, con el bolso bamboleándose, la vio venir, a lo largo del Spree, doblan la esquina, y luego otra, un bloque de viviendas, enfrente, un búnker de la Segunda Guerra Mundial, a la vista, el Teatro Alemán. Ahí arriba, en el tercer piso, está mi habitación, dice ella, la tercera y la cuarta ventana por la izquierda. Él, a su lado, alza la vista. Vive justo en la Reinhardtstrasse, haciendo esquina con la Albrechtstrasse, en el punto en que se cruzan los caminos nocturnos que tan a menudo recorría de joven. Y cada vez que ha ido al teatro ha pasado por ahí sin saber que en esa casa vive ella. ¿Qué hay en la ventana? Una postal de Egon Schiele. Qué bien, dice él, tratando de imaginar cómo es su habitación. Ella dice: Es solo una semana. Y él dice: Piensa en mí. E inmediatamente piensa: ¿Y por qué debería hacerlo? Ni él mismo sabe si acaso no sería mejor olvidarla lo más rápido posible. En mitad de la calle no hay ningún beso, tan solo una mirada.

I/3

«*Et lux perpetua luceat eis!*»
Una cita del Réquiem, esa es la dedicatoria que le escribió en el libro. Y en lugar de su nombre, debajo no figura más que una H con un punto. *Regreso* se llama el libro. Todavía no puede creer su propia fortuna. Besa la H con el punto. Y no te olvides del regalo para Agnes, grita su madre desde el pasillo. No, grita ella en respuesta, y recuerda la manera en que Hans frunce la nariz cuando una pieza de música le gusta especialmente. Y las gafas de sol. Sí, grita ella y cierra por un momento los ojos: la manera en que hace un momento la abrazó, en el despacho, antes de salir. Y ese beso en la nuca. Niña, date prisa, dice su madre al asomarse a la habitación y ver que su hija está con un libro en la mano junto a la ventana y mirando hacia la oscuridad en lugar de terminar el equipaje. ¿Fue bonito al menos? Sí, mucho, dice Katharina. La madre asiente. ¿Y cuándo sale vuestro tren? A las 6.28. ¿De la estación del Este? Sí. Pues entonces venga. Menos mal que ya ayer hizo la mayor parte del equipaje. Lleva mucho tiempo planeando esas vacaciones con Christina, su amiga de la infancia. Desde mucho antes de subirse el viernes al autobús 57. Tiene el verano planeado, pero ese verano es ahora un verano totalmente distinto. ¿Ya sabéis dónde vais a pasar la primera noche, antes de poder ir a casa de Agnes? No, pero ya se nos ocurrirá algo.

Con su amiga Christina se pasó siete cursos sentada y recostada en el último banco, junto a la ventana. Dejad de recostaros. Dejad de parlotear. Cuando una mañana oscura de invierno, en el edificio de nueva construcción a cuadros blancos y azules, la luz no se encendió puntualmente en la fila doce desde abajo, a la izquierda de todo, llamó al otro lado para despertar a su amiga. En el recreo, le contaba a Christina los telefilmes que habían echado la tarde anterior, porque en casa de Christina no había televisión. A veces se quedaba a dormir en casa de Christina y a veces Christina en la suya, y siempre hablaban en la cama hasta medianoche. Y bajo el edredón escuchaban la radio en secreto. Y cuando venía una u otra madre a controlar, se hacían las dormidas. A veces a Christina le daba un ataque de risa, a veces a ella. Juntas hicieron tartas, se disfrazaron, cavaron grutas, recogieron basura, enviaron mensajes en código morse de noche con una linterna, de una ventana a otra, tocaron el piano a cuatro manos, comieron crema de frutos rojos. Si Christina quería darle un beso de buenas noches, ¿eso ya era amor? Mejor unas buenas noches sin beso. Buenas noches. Pero siempre se lo contaban todo, todo. ¿Tú crees que le gusto? La manera en que te mira. Ayer, además, me pasó una notita. ¿De verdad? Todo, todo se lo contaban. Pero ¿no callaréis nunca? ¿O queréis dormir en distintas habitaciones? ¿O queréis que os separe? Pero luego, a los catorce años, Christina se cambió de colegio y un año después también Katharina, y poco después se mudó con su madre y su segundo marido, Ralph, a un apartamento más grande. Desde el otoño pasado, Christina estudia Medicina en Dresde. En los últimos años se han visto cada vez menos y, sí, es una pena, pero ¿tal vez puedan aún, pese a todo, salvar su amistad? Christina siempre tuvo el pelo rubio y la cara llena de pecas, y ahora también, en el vagón 43, compartimento 8, asiento 5.

A Katharina, esta mañana, le parece como si hubiera pasado una eternidad desde su infancia.

Diez años antes Hans tuvo una relación de intensidad semejante. El final se produjo una noche de verano, en julio, en Budapest. ¿Será quizá un mal presagio que Katharina se dirija precisamente hacia allí?

Camino de Praga, se quedan por un momento solas en el compartimento, y entonces Katharina sube la ventanilla para que el viento no las moleste, y por fin le cuenta a Christina que ha conocido a alguien. Christina dice: Ah, pero ¿ya te has vuelto a enamorar? Esta vez es distinto, dice Katharina. Y mientras Christina suelta una carcajada, piensa en la entrada de su diario del sábado, sobre la cual figura el nombre de él como un título, enmarcado. Es escritor, dice, y este libro es suyo, dice, y lo saca de la bolsa de papel con la inscripción difuminada. «¡Lo bien comprado a gusto se compra!» Christina coge el libro y entonces se cae la foto que su amiga enamorada ha colocado entre las páginas. Se inclina hacia delante, mira y dice: ¿No es algo mayor? Bueno, se responde a sí misma, siempre tuviste unos gustos un tanto especiales. Christina tiene pecas, igual que antaño, y posiblemente las tenga toda la vida. Sin verdadero interés pasa las hojas del libro, su libro, el libro de Hans, antes incluso de que la propia Katharina lo haya abierto tranquilamente. Entretanto sujeta la foto con la mano izquierda y puede que la esté arrugando. Termina al fin de hojear, vuelve a colocar la foto entre las páginas, le alcanza ambas cosas a su amiga y dice: ¿Dónde pasamos hoy la noche? Katharina vuelve a meter el libro en la bolsa de papel y lo guarda cuidadosamente en la mochila. Solo entonces dice que le han recomendado una cosa: Entrar en un edificio alto cualquiera, subir hasta lo más alto con el ascensor, de ahí a la escalera principal y, luego, a la azotea.

Otra de tus ideas, dice Christina.

En las vacaciones de verano de hace dos años, Katharina y su primer novio, Gernot, desenrollaron su colchón inflable en una esquina de la estación de Bratislava, para echarse a dormir allí. Cuando vinieron a controlar, se trasladaron afuera, a los bancos que había frente a la estación. Para dormir, Gernot se tapó la cara con el sombrero y de esa guisa parecía un muerto. Por la mañana, habían pasado por delante jóvenes con maletines bajo el brazo camino del trabajo. A Katharina le había resultado extraño.

¿Y dónde va a haber un edificio alto de esos?

Ya veremos.

Cuando su mujer no está porque ha quedado con una amiga, y Ludwig anda por ahí, Hans no puede hacer otra cosa que gritar tres veces el nombre de Katharina en el apartamento vacío. Con sus cuatro sílabas.

La puerta de la azotea está cerrada. Cuando Katharina quiere extender el colchón, así sin más, en el pasillo del edificio y Christina dice que ni se le ocurra, a su lado se abre la puerta de un apartamento y se asoma una mujer mayor. La mujer, que muy probablemente las ha oído discutir, se dirige a ellas en húngaro. Comprende que las chicas están cansadas. Sacude la cabeza y se lleva a esas dos tontainas hasta su casa. Una vez dentro, coloca sábanas limpias sobre su cama de viuda, y ella se marcha al salón y se tumba en el sofá.

Y así es como, acostada en la cama de matrimonio de una extraña, junto a su amiga de la infancia Christina, con una mesita de noche al lado sobre la que descansan una imagen religiosa y un despertador, y con un armario lacado enfrente, Katharina le habla otra vez de Hans, a oscuras. Una vez más habrá de ser como antes, cuando cada conversación con su amiga era, al mismo tiempo, una reafirmación de sí misma. Por eso quiere empezar a contar la historia por el principio. La librería, el autobús 57, la tormenta. El momento bajo el puente. El momento en que echaron a andar, el zapato atascado, el túnel, la tienda cerrada, el café en el Tutti. La partida, la despedida, y su regreso. Así se llama también su libro, cae ahora en la cuenta. Pero bueno, al caso. El árbol con el peinado raro, el pasillo, el enorme apartamento. La música, la cena en el Offenbachstuben, y luego otra vez música. Tan solo omite que se trataba del Réquiem. Y luego el amor.

¿Cómo?, dice Christina, ¿ya la primera noche te acostaste con él?

Sí, dice Katharina.

¿Y cuántos años dices que tiene?

Treinta y cuatro, dice Katharina.

Estás loca, de verdad, dice Christina.

Hacía una semana ella todavía no existía, al menos no en su mundo. Hacía una semana, todavía no había nada en esa ciudad que lo pudiera dejar solo. Pero ahora ella lo ha dejado solo durante ocho días enteros. Tiene que trabajar, pero no puede pensar en nada que no sea ella. Y, al mismo tiempo, ni siquiera sabe aún quién es en verdad ella. Ya la tarde del martes le escribe una carta, dirigida a la oficina principal de Correos de la Tucholskystrasse, como han acordado. Escribe que ama cada pestaña, cada paso, cada movimiento, cada risa. ¿Lo de las pestañas es demasiado?, ¿debería tacharlo? Lo deja estar, pero transforma el punto que va después de «risa» en una coma y añade a máquina: «no así tu alma, que todavía no conozco». Por lo general escribe todo en minúsculas, pero para Katharina decide escribirlo todo de manera convencional, para evitar cualquier confusión. El miércoles tiene una reunión en la radio y, en el camino de vuelta, se baja un momento en la estación del Este, no puede evitarlo, y va hasta el andén del que hace día y medio Katharina partió en tren hacia Budapest. El jueves llama a su antigua amante de Radio 1, le dice que esta semana no tiene tiempo. El viernes, ya desde media tarde, la vista puesta, una y otra vez, en el reloj: Hace justo una semana, a esta misma hora, se subieron al autobús 57, se bajaron, cruzaron el túnel, se sentaron en la cafetería, fueron en tranvía hasta su casa. En la cocina, a la que entonces se había asomado ella, está ahora cenando con su mujer, Ingrid, y con el hijo. Su mujer habla de su laboratorio, del tira y afloja que hay con respecto al cargo de secretario del Partido, que nadie quiere asumir. Tampoco ella. A esta hora ya estaban sentados en el salón y se habían puesto a escuchar música. Ludwig dice: Bueno, me voy, que he quedado con unos amigos. Muy bien, dice Ingrid, y Hans asiente.

Agnes, la amiga de la madre de Katharina, habla un alemán suave, exótico. Ha despejado la habitación de sus hijas ya adultas para las chicas y dice: Ahora vosotras sois mis hijas. En la habitación de las hijas hay una cama contra la pared derecha y otra contra la izquierda, y a Christina le parece muy bien, pues no puede olvidar que su antes mejor amiga se ha comportado hace poco como una puta. A Katharina también le parece muy bien, pues por la tarde se tumba en la cama a leer el libro de Hans.

¿Qué?, ¿escribe bien?

Sí, responde a su amiga.

Pero, aparte de eso, no suelta ni una palabra más sobre él.

El recuerdo que guarda Katharina de esos dos días con Hans en Berlín borra todo lo vivido en Budapest, como arena para apagar fuegos. Katharina planta sus pies en la Vörösmarty tér, y piensa: Son los mismos pies con los que, hace apenas una semana, me adentré por la Alexanderplatz directa hasta mi suerte. El puente de las Cadenas con vistas al Danubio y de nuevo recuerda cómo cogió a Hans del brazo en el puente Weidendammer. Dejó la mano dentro del bolsillo del abrigo, pero, pese a todo, caminaron a vista de todos como una pareja.

Cuando volvamos, tengo que estudiar para el examen preclínico, dice Christina, ya casi se acabaron las vacaciones.

Yo no tengo vacaciones largas, dice Katharina, solo dieciséis días al año.

Pero si tu nuevo novio de todas maneras está casado, pues ni tan mal.

Katharina, sin mirar a su amiga pecosa a la cara, dice: Solicité permiso para viajar a Colonia, en agosto mi abuela cumple setenta años.

¿De verdad?, pregunta Christina y enmudece un momento. Christina no tiene familiares en el Oeste, nunca ha recibido un paquete con Nutella, detergente y medias. Antes disfrutaban comiendo a cucharadas la Nutella que llegaba en los paquetes que recibía Katharina desde el Oeste, en lugar de untarla en el pan para desayunar.

¿O sea que crees que te van a autorizar el viaje?

Ni idea, dice Katharina, hasta que vuelva a Berlín no lo sabré. ¿Qué es la catedral de Colonia al lado de una iglesia del Kremlin en Moscú?, oye la voz de Hans.

La verdad es que no me entra en la cabeza que dejen marcharse a una chica de diecinueve años, dice Christina.

Ya veremos, dice Katharina. Si me autorizan el viaje a Colonia, tendré que volver a separarme de él, piensa.

Probablemente aquello se parezca a esto, dice Christina.

Probablemente, dice Katharina.

En Hungría cualquiera puede abrir un negocio privado. Por eso, hasta en los patios traseros hay puestecitos con ropa y accesorios, como jamás se podrían comprar en Berlín. Cinturones anchos, por ejemplo. Una camisa color turquesa. Un vestido con un escote muy pronunciado en la espalda. Como se te escurra el tirante, te quedas con el pecho al aire, dice Christina. Katharina lo compra para el reencuentro con su amante, pero no dice eso, dice: Qué va, eso aguanta. El imponente Danubio divide ambas partes de la ciudad, Buda y Pest, pero ¿qué pasa si esta semana Hans se lo piensa mejor?

Agnes pregunta por la tarde: ¿Qué habéis hecho? Y Christina se lo cuenta. Katharina se tumba, está cansada. Ya ha olvidado cómo se llamaban las calles y las plazas que ha visitado con su amiga.

En algún momento ha transcurrido también una semana en Budapest.

La tarde antes de volver a casa, Katharina compra en el mercado grande unos frutos que nunca ha visto en ninguna tienda de Berlín: *padlizsánok*, que se traducen como berenjenas. Se las preparará a Hans como le ha enseñado Agnes: cortadas en rodajas, empanadas y fritas en aceite. Al principio Katharina contaba los días que faltaban para reencontrarse con él, luego las horas y, ahora, en el tren, puede contar ya en minutos el tiempo que ha de resistir sin él.

Primero Hans contaba los días, luego las horas y, ahora que ella ya debe estar en el tren que la trae de vuelta a Berlín, cuenta los minutos. Una vez se le hizo tan cuesta arriba que tuvo que ir hasta Alex, a la cafetería donde se sentaron el primer día, y mirar por la ventana. Su mesa estaba vacía. Le pareció razonable, pero al mismo tiempo le produjo melancolía. ¿Acaso esperaba verse a sí mismo y verla a ella ahí dentro, verse a sí mismo dentro y fuera al mismo tiempo, como en un museo de cera? Una y otra vez, evoca cada cuarto de hora que pasó con ella, como si hubiera sido el último. ¿Qué va a hacer si no vuelve a él? ¿Meter a otra en la cama, lo más rápido posible, y reducir a algo insignificante ese recuerdo que, con cada día de ausencia, se desplaza más y más hasta el centro de su pensamiento? No tiene ni idea de cómo va a ser. Y tampoco quiere saberlo.

I/4

Que él la ha esperado, igual que ella a él, lo descubre el día que regresa de Budapest, por la tarde, en la ventanilla de

Correos de la Tucholskystrasse. «Me gustaría tomarte en mis brazos», escribe, «si es que vuelves a ser mía. ¿Volverás a ser mía?» Sí, volverá a ser suya, y viceversa. Le pide que lo llame al día siguiente a las diez de la mañana, es decir, en su pausa para el desayuno, como él ya sabe. Lo que no sabe es que Katharina tiene que pedir permiso al señor Sterz para llamar. Al señor Sterz no le hizo mucha gracia que hace poco la hubiera llamado al teléfono de servicio su exnovio Gernot, a quien habían autorizado su viaje de partida, para contarle que allí había un teleférico. Al señor Sterz tampoco le hace mucha gracia que sobrepase el tiempo del almuerzo con su amiga Sibylle para ir a la Casa de las Ciencias y la Cultura Soviéticas a tomarse un gin tonic en el bar de la planta baja. Uno, y a veces dos. Señor Sterz, ¿podría hacer una llamada importante hoy a las diez? Si no queda más remedio. Como el señor Sterz haya dado parte de ella, está claro que no autorizarán su viaje para ir a ver a su abuela en el Oeste. ¿Puedes venir a mi casa a las seis? Claro. Y ahí se acaba la llamada. Muchas gracias, señor Sterz. Que quede claro que esto ha sido una excepción. Claro, sí, dice ella, y a continuación retira el calentador de inmersión, y vierte el agua hirviendo en la taza con la bolsita de té, y se queda el resto de la pausa del desayuno sentada con su menta poleo junto al señor Sterz, que entretanto ha sacado su bocadillo. ¿Azúcar? Sí, gracias.

Le gusta la vista de la desnuda franja del Muro y las bandadas de pájaros que, en el cielo, sobre la tierra yerma, practican su vuelo otoñal. Ayer fue el cumpleaños de su madre y, como todos los años, lo celebró con su marido, Ralph. Como todos los años, Ralph cocinó *goulash* y su madre preparó unas pequeñas albóndigas y ensalada de patata. De los aproximadamente quince invitados, más de la mitad son también conocidos o incluso amigos de Hans, como bien sabe Katharina desde la primera vez que tomó café con él. Pero ella jamás podrá mencionar su nombre en ese círculo, como tampoco podrá invitarlo jamás a una fiesta de esas en calidad de novio. A partir de ahora, se podría decir que se encuentra en la ilegalidad. A partir de ahora, por otra parte, es también la elegida, piensa ella, y le viene a la cabeza la canción de «Jenny la de los piratas», de *La ópera de los tres centavos*, son incontables las veces que ha escuchado el disco de Lotte Lenya y esa canción, precisamente, la ha cantado tantas veces, con su voz de soprano casi igual de aguda y fina, que apenas había ya manera de distinguir su voz de la de Lenya: «Oh, señores, hoy así me veis / fregando aquí y allá y deshaciendo camas, / y me dais tres centavos en la mano / y miráis mis andrajos de este albergue que es tan pobre y a mí. / Ignoráis quién soy yo de veras». Por primera vez en su vida, un hombre adulto la ama. Por primera vez se ve más y más arrastrada con cada encuentro. ¿Por qué un amor que se ha de mantener en secreto puede procurar aún más felicidad que uno del que sí se puede hablar?, le gustaría entenderlo. Ayer sintió, con todo su cuerpo, que era así, entre los amigos de su madre, que no sospechan nada. ¿Quizá porque un secreto no se desperdicia en el presente, sino que retiene la fuerza para un futuro? ¿O acaso tiene que ver con el poder de destrucción que otorga a uno? «Me verán aparecer en la ventana / y se dirá que algo sucede allí.»

Pero antes de que Katharina pueda agotar este pensamiento, su compañera Heike regresa del sótano donde desayuna el personal. ¿Qué, novata, mirando las musarañas? El par de minutos que dura la pausa se ha terminado, y Katharina, aprendiz de cajista, ya está otra vez pegando las páginas ajustadas de la «Agenda del Cuerpo de Bomberos 1987».

A las seis de la tarde, Hans por poco olvida cerrar la puerta de casa tras de sí, tal es la urgencia que siente por abrazarla. Y, sin embargo, gracias a una feliz circunstancia, vuelven a tener toda una noche juntos por delante, por lo que quiere tomarse su tiempo. Y ella también, y por eso no se quita la chaquetita plateada y brillante después del saludo. Hans prepara café turco, el vino espumoso ya lo puso a enfriar hace dos horas. Las dos tazas, las dos copas, estarán un poco más tarde al lado de sus cabezas, sobre la balda de libros, cuando se tumben sobre una cama de matrimonio hecha, a la que él no se refiere como tal, sino como la ancha tumbona. Hay besos, pero nada más por ahora, beben vino espumoso, toman café, se abrazan, ella se retuerce bajo su contacto, pero él sigue sin quitarle la chaquetita plateada. La última semana ha aprendido a esperar. Casi me ha matado la espera, dice él, pero al mismo tiempo fue bueno que doliera tanto. Ella le baja la cabeza, lo atrae hacia sí y lo besa. Ya ayer por la mañana reservé una mesa para esta noche en el Schinkelstube, probablemente para que los dioses te hicieran volver a mí.

Economía planificada, dice ella, muy buena idea, y lo besa otra vez.

Tenía miedo, dice él.

Yo también, dice ella, y ahora está muy seria.

En el breve trayecto desde el edificio hasta el tranvía que hay enfrente, los vuelve a sorprender una intensa lluvia, un verdadero diluvio, pero desde el viernes de hace apenas dos semanas la lluvia es la mejor amiga de Katharina, les entra agua en los oídos y, mientras hablan y ríen, también en la boca, y chorreando llegan al Schinkelstube, qué bien que el mobiliario sea de hierro fundido. ¿Conoces las «Catorce maneras de describir la lluvia» de Eisler? ¿No? Te la pongo cuando volvamos a casa. A casa, ha dicho él con total naturalidad y sin darse cuenta siquiera. El restaurante está lleno, pero ellos están a solas consigo mismos, y poco a poco se les va secando también el pelo. Ni por un segundo se aburre con ella, ni siquiera cuando callan y se limitan a mirarse. Y cuando las palabras se mueven, no se trata tanto de las palabras, sino de *cómo* se mueven, y las pausas entremedias. Katharina le cuenta que el negocio en el que trabaja su tía suministró las lámparas del Palacio, y señala con el dedo hacia arriba, pues el Schinkelstube está en el sótano y las lámparas están arriba, en el vestíbulo, ¡y también los cubiertos! ¿Los cubiertos están arriba? No, también los cubiertos son del negocio de su tía, especialmente fabricados para el Palacio de la República, se divierten, y, sí, cierto, en la cuchara está grabado «PdR», y ahora le gustaría saber si la historia que cuenta él en su libro es autobiográfica, en parte sí, en parte no, responde él, pero le gusta que pregunte, lo más importante en una persona es, dice él, la curiosidad. Ernst Bloch llegó así hasta los noventa y un años. ¿Quién era Ernst Bloch?, vuelve a preguntar ella, demostrando así que dispone de la herramienta necesaria para llegar a los noventa y un años. Y entonces suman sus años de nacimiento y constatan que la suma de ambos arroja cien como resultado. ¡Entonces la casualidad no puede haber sido casualidad alguna! Y, ante todo, qué suerte haberse encontrado en un centenario. Me pongo malísimo, dice él, al imaginar cuántas posibilidades habríamos tenido a lo largo de la historia de la humanidad de no encontrarnos. Cuando llega la cuenta, Hans se termina el último aguardiente de trigo de los tres que ha pedido, paga y guarda cuidadosamente la nota: Nuestro reencuentro después de tu viaje a Hungría, esta factura es digna de un museo.

En el camino a casa advierte en el tranvía las miradas de algunos adolescentes que tratan de determinar qué relación mantiene con esa chica guapa, que más que estar sentada al lado de un hombre tan viejo debería estar con ellos, en su regazo. Esos seres larguiruchos, todavía con pelusilla donde empieza a crecerles la barba, son ahora su competencia. Por un momento se apodera de él el pánico, pero entonces acude en salvación el recuerdo de ese centenario redondo, que solo él y ella, ella y él, juntos, suman.

Catorce maneras de estar triste con dignidad, así describió Hanns Eisler su pieza en una entrevista. Y Katharina todavía lleva puesta la chaquetita plateada y brillante cuando Hans se tumba con ella sobre la alfombra azul para escuchar música. En realidad, era una banda sonora, dice él, para una película de Joris Ivens sobre la lluvia. Katharina cierra los ojos y ve cómo los coches, con los neumáticos salpicando, pasan bajo el puente de la Alexanderplatz mientras los peatones están ahí, esperando a que escampe. Cómo primero él está un poco por delante de ella y luego retrocede un paso para estar a su lado. ¿Lo habrá hecho de manera consciente? Cómo, más allá del puente, la lluvia golpea el pavimento formando burbujas. Y cómo él y ella miran las burbujas, en los ojos ya la misma imagen antes incluso de conocerse. La perspectiva común respecto de un tercero, más allá de sí mismos, lo recuerda ahora como algo íntimo. Antes incluso de que se miraran el uno al otro. ¿O habrían intercambiado ya al subirse la primera mirada directa? El hecho de no recordar ya exactamente el transcurso de los acontecimientos la entristece. En junio del 41 Hitler atacó la Unión Soviética, dice Hans, cuando se vuelve a hacer el silencio. Y en septiembre del 41 Eisler comenzó a trabajar en la pieza. En su exilio en Nueva York. En noviembre estaba terminada, poco antes de que el Ejército Rojo le parara los pies a Hitler en Moscú.

Ella no responde, quizá él le esté pidiendo demasiado.

Eisler compuso también el himno nacional.

Eso sí lo sé, dice ella, y comienza a silbar la melodía.

Resucitados entre ruinas, piensa Hans en la letra, que todavía era válida cuando tenía la misma edad que tiene ella ahora. *Al futuro consagrados. / Por el bien te servimos, / patria alemana unificada.* El sueño de una Alemania unificada se acabó para el Oeste en el 52, con los pactos de París. Y, para bien o para mal, también para el Este. Así pues, una pequeña pionera está en el patio de armas con el pañuelo azul, luego rojo, anudado al cuello, y todavía puede escuchar o tararear el himno nacional, pero cantar la letra ya no.

Y, encima, dice él, como si ella supiera lo que acaba de pensar, y, encima, Becher compuso la letra de tal modo que las sílabas también habrían podido encajar en el de Haydn, y Eisler lo compuso de tal manera que uno sigue teniendo que tomar aliento en el mismo instante que los que están del lado occidental de la frontera. Para que, por decirlo así, no se olvide el aliento conjunto: hasta que la división que ocasionó la guerra fuese nuevamente revocada.

Y entonces prueban juntos:

«Re-sucitados entre ru-i-nas», con la melodía de Haydn en lugar de la de Eisler.

Bien distinto, dice él, del «Deutschland, Deutschland über a-alles», y asiente con la cabeza reclamando consenso.

«Unidad y justicia y li-ber-tad» se llama en realidad ahora, corrige ella.

Sí, dice él, pero todo cuanto queda de la buena voluntad de unidad es el texto. Por ser miembro de la OTAN, Adenauer vendió al Este.

¿Qué quieres decir con «vendió»?

Los rusos, dice él, querían incluso permitir elecciones libres y secretas en toda Alemania, salvo por lo que respecta a una cuestión: la entrada de una Alemania unificada en una alianza militar contra la Unión Soviética.

Ajá, dice ella.

Lo cual resulta, por otra parte, totalmente comprensible, dice él, dados los veintisiete millones de víctimas soviéticas en la guerra. A modo de prueba, ellos mismos enviaron una solicitud de adhesión a la OTAN.

¿Quién? ¿La Unión Soviética?

La Unión Soviética. Pero, naturalmente, no fue aprobada. Se abrió paso el anticomunismo: desde Hitler hasta los aliados occidentales y luego directos a la República Federal. En todo caso, dice él, Haydn no tiene la culpa. Tan solo perdura, como toda la buena música, dice y, para cerrar el círculo, entona el viejo himno del Imperio austrohúngaro: «Dios guarde, Dios proteja, a nuestro emperador y nuestra tierra».

Entretanto, ella apoya la cabeza en su estómago, y él siente cómo se ríe.

En realidad, es extraño, dice más para sí mismo que para ella, que el himno de un país socialista comience con la más cristiana de las palabras: «resucitados».

A mí no me parece raro, responde ella, porque es que es así, solo tras una destrucción a conciencia puede llegar una resurrección.

Puede, dice él.

Todavía recuerda bien el barro de las grandes obras que había cuando se mudó con su madre al primer edificio alto de la Leipziger Strasse. Las bombas de la guerra no habían dejado gran cosa de aquel terreno que antaño había sido un animado paisaje urbano. Se había pasado la infancia entera maniobrando entre el barro. Y cuando por fin terminaron de construir ese barrio nuevo, con cuatro altos edificios gemelos, dos colegios y tres centros comerciales, y hasta una amplia calle comercial con viviendas y tiendas, cuando por fin terminaron con todo eso, ellas se mudaron: a un edificio de vieja construcción.

Abstraída en sus pensamientos, se enrolla un mechón de pelo alrededor del dedo. Él la mira, desde arriba, y piensa que no solo es guapa, sino, además, verdaderamente lista. ¿En qué se va a convertir esto si sigue así?

Te voy a poner la canción que más me habría gustado como himno, dice él, y hace ademán de levantarse. Quiere encontrar el disco en el que el propio Eisler canta el «Himno infantil», musicado por él mismo y con letra de Brecht. Ella alza y ladea la cabeza y lo deja ir. Y, por cierto, también su letra, dice Hans, habría encajado en el himno de Haydn. Mientras escucha, se ve obligada a acodarse, y escucha atentamente con la mirada puesta en la alfombra.

> Sin escatimar gracia y brío,
> ni pasión ni inteligencia,
> que florezca una Alemania buena,
> como otra tierra buena más.

> Que los pueblos no nos teman
> como si fuéramos ladrones,
> y la mano nos extiendan
> como a otros pueblos por igual.

> Y ni encima ni debajo queremos estar
> de todos cuantos pueblos hay,
> desde el mar hasta los Alpes,
> desde el Óder hasta el Rin.

> Y porque mejoraremos esta tierra
> amémosla y protejámosla.
> Sea para nosotros lo más querido,
> como para otros pueblos la suya.

Guarda relación directa, dice Hans, con la letra nazi, con su nacionalismo estúpido. Ya sabes: «... desde el Mosa hasta el Memel, desde el Etsch hasta el Belt». No, no sabe. Claro, en aquellos tiempos aún no habías nacido, suerte que tienes. Una semana y media después de que Hans empezara el colegio, los alemanes invadieron Polonia. No era ningún milagro que *Belt* rimara con la palabra alemana para «mundo», *Welt*.

Eisler grazna, pero es mucho más interesante que si estuviera cantando un cantante, dice Katharina. Se nota que de verdad quiere decir lo que está cantando.

52

Sí, porque para él no se trata de «armonía», ni de mero disfrute, sino del pensamiento que hay tras la música. La diversión debería emanar del pensamiento, no surgir a costa de apagarlo.

Pero a veces, replica ella, y al levantarse cambia de tema, uno también puede divertirse a costa de apagarlo. Mientras se quita por fin la chaquetita plateada, le da la espalda, que, tal y como él ve ahora, está desnuda casi hasta el principio de las nalgas, con ese vestido que compró especialmente para él en Budapest.

¿Especialmente para mí?

Sí, dice ella.

Quiero creer lo que me dices, dice. La besa, y añade: Quiero creer todo lo que me dices.

Esa extraña palabrita, «quiero», todavía flota en la cabeza a Katharina cuando él ya le ha bajado los tirantes del vestido y la ha girado de nuevo hacia sí, el vestido se le desliza por las estrechas caderas hasta el suelo y, vestida solo con unas escotadas bragas blancas, está frente a él. Van hasta la ancha tumbona de la mano, atravesando el oscuro pasillo y, al pasar por delante del espejo grande, se quedan por un momento frente a él.

¿Tendrá memoria un espejo como este de todas las personas cuya imagen alguna vez ha reflejado?

Tal vez, responde él, pero... sea como sea yo jamás voy a olvidar esta imagen tuya en el espejo.

Yo tampoco, responde ella.

Y siguen adelante.

I/6

Al despedirse, de madrugada, Hans recibe el encargo de comprar pimienta y harina de rebozado. *Padlizsánok*, dice Katharina, pero no traduce la palabra al alemán. Lo que va a traer debería ser sorpresa. Mañana quieren cocinar juntos por primera vez, aprovechando que Ingrid estará con Ludwig en una fiesta de verano en Uckermark. Ingrid sabe desde hace mucho que a su marido no le importan nada las celebraciones de ese tipo, no te preocupes, quédate, dijo. Quién sabe, quizá Ingrid tenga a alguien que también vaya a esa fiesta. Ya hace años, ambos cónyuges decidieron de mutuo acuerdo no vigilarse demasiado de cerca. Pero no debe filtrarse nada de ese acuerdo al mundo exterior, para que no parezca una derrota para uno ni para otro. ¿Habrá suficiente vino tinto en casa para mañana? Hoy, al despertarse, se ha referido por primera vez a Katharina como su amante, y ella a él como su amante.

Cuando, algo antes del mediodía, va hasta la Glinkastrasse para trabajar, se encuentra una nota de Katharina pegada a su puerta, en ella no hay nada escrito, tan solo se ve el contorno de sus labios, en un color rosa pálido, y debajo una K con un punto. Por un momento se acalora, ¿es alegría o es miedo lo que siente? Esta chica ya se encuentra en mitad de su vida y navega por ella como si fuera la suya propia. En la pausa del desayuno debe de haber ido hasta allí, la editorial en la que trabaja está justo al doblar la esquina.

Cuando después de dos horas comprueba que no está en condiciones de plasmar ni una sola oración clara sobre el papel, sale y, de camino al metro, vaga por la Casa de las Ciencias y la Cultura Soviéticas, quizá esté tomando un gin tonic con su amiga en el bar de la planta baja, pero no, no se ve a nadie.

Por la noche, después de que Ingrid se haya ido a la cama, se sienta otra vez al escritorio, en el mirador de su despacho, y comienza a escribir a Katharina. No sabe si le dará la carta, pero si lograra formular lo que le está pasando ahora mismo quizá entonces pudiera recobrar el control de ese sentimiento que se ha apoderado no solo de su cuerpo, sino también de su razón. Introduce el escrito en un sobre, y luego va otra vez hasta el pasillo y mete la mano en el bolsillo del abrigo que está ahí colgado. Cierto, ahí está la nota con el contorno de los labios, y en la cartera está todavía la cuenta de anteayer por la noche. También al sobre van a parar esas dos pruebas de eso que acaba de empezar, y para lo cual todavía carece de un nombre y, sin rotular, lo empuja entre otros papeles en el cajón inferior del escritorio.

Cuando se dispone a acostarse, entra en el salón para apagar la luz. Pero antes de pisar el interruptor de la lámpara de pie, lanza un último vistazo al pasillo que lleva hasta el comedor: Ahí se apoyó contra el marco de la puerta, piensa, y la ve ahí de pie. Luego, al apagar la luz, se apaga también su imagen. Cuando se acuesta en la ancha tumbona, que ahora vuelve a ser una cama de matrimonio, Ingrid ya está dormida. El lado de la cama que él ocupa todavía huele a Katharina.

¿No le abre nadie? Solo cuando ya ha llamado al timbre, Katharina ve la nota fijada a la puerta del apartamento, que dice así: «He bajado para mirarte mientras caminas». Se gira automáticamente. Pero entonces se abre abajo la puerta del edificio, oye los pasos de Hans por la escalera, intenta recordar su propio caminar y piensa qué aspecto tendría mientras caminaba. En la bolsa de redecilla que lleva en la mano derecha se balancean las dos berenjenas que compró en Hungría para cocinar con Hans, en Berlín, como si fuera su mujer. ¿Y qué aspecto tenía mientras caminaba?, le pregunta a Hans cuando llega arriba, con la nota aún en la mano. Estabas bonita, dice él, muy bonita, pero, sacude levemente la cabeza, con la mirada puesta en la puerta contigua, cuando ella quiere besarlo. Solo dentro, y una vez cerrada la puerta, le susurra al oído lo que se le pasó por la cabeza al observarla hace un momento: cómo reconoció en su andar que se alegraba de verlo. Y solo yo sabía adónde ibas. Acerca tanto la boca al hablarle que la roza con las palabras.

Y entonces ella está en su cocina y descubre en qué estante están los platos grandes, en cuál los platos pequeños, cuál es el cuchillo más afilado y dónde están las cerillas con las que encender la llama de gas. Él la mira cascar los huevos contra el borde de un cuenco y piensa que en ella las labores domésticas parecen un juego.

Ella piensa que se está deslizando en las maniobras de él, pero también en las de su mujer. ¿Estarán entrelazados los tres ahora?

Así sería, piensa él, una vida normal con ella. Lo especial es justamente esa normalidad, que tal vez en la próxima semana se repita aún otra vez, durante un par de días, cuando Ingrid parta antes que él hacia el Báltico con el hijo, pero que luego, y por mucho tiempo, volverá a ser inalcanzable.

¿Ya sabes si te han autorizado el viaje al Oeste?

No, dice ella, y corta el ajo en trocitos, como le enseñó Agnes.

En realidad, dice él, alguien debería escribir alguna vez un libro sobre las maniobras del día a día.

¿Acaso es capaz incluso de oír lo que está pensando? Lo mira fugazmente por encima del hombro, pero sus pensamientos toman otro derrotero: por todas las experiencias y reflexiones que se esconden en una maniobra así. Y el comportamiento que hay detrás. El esfuerzo, la repetición a lo largo de toda una vida, el cuidado, tal vez incluso el amor que encierran, o la indiferencia, el tedio.

Está fumando, apoyado contra el alféizar, porque ella le ha prohibido estrictamente colaborar. Pasa las rodajas de berenjena primero por el huevo, luego por la mezcla de ajo, sal, pimienta y harina de rebozado.

En tercero, dice ella, tuvimos que escribir una redacción

en el colegio titulada «¿Cómo ayudo en las labores de casa?».
Yo escribí sobre cómo secaba los cubiertos. Una compañera
de clase escribió que lavaba la ropa para toda la familia.

Eras una niña consentida.

En ese momento también a mí me quedó claro.

El aceite ya está caliente en la sartén e introduce la primera rodaja de berenjena.

Y la profesora me escribió al margen que hay que hacerlo
con el recazo hacia el trapo y no el filo. La verdad es que lo
sabía, pero había olvidado describirlo.

Porque para ti era evidente.

Porque para mí era evidente.

Desevidenciar lo evidente, he ahí el arte.

Puede.

¿Acaba de sonar como un profesor? Desde hace un año o
dos, las explicaciones del padre son demasiado para el hijo.
Hans percibe cómo se impacienta Ludwig cuando él se va por
las ramas. En cuanto el hijo sale de la habitación, Ingrid dice:
Deja al chaval, a esta edad tiene otras cosas en la cabeza. Pero
esta chica trata esto que a él le es tan propio con la mente abierta y curiosidad.

Katharina coloca las rodajas ya fritas en una bandeja grande y echa las siguientes a la sartén. Con el cigarrillo en la boca,
Hans coloca dos platos y dos copas de vino sobre la mesa, los
cubiertos y las servilletas al lado, y luego sacude la ceniza.

Katharina posa en el centro la bandeja con la primera
comida que le ha preparado. Hans apaga el cigarrillo. Se retira
el pelo de la frente. Y entonces se sientan a la mesa.

I/7

Le gustan los gestos que hace al retirarse el pelo de la frente. La primera vez que lo vio hacer ese movimiento fue al pa-

sar a su lado cuando se dirigía a la puerta trasera del autobús.
¿Es vanidoso? La percepción que tuvo al mirarlo ese primer
día tal vez no la haya engañado, pero entretanto piensa: Y qué.
Su amor crece, le parece en las dos últimas semanas, más hacia una especie de debilidad que Hans revela inconsciente-
mente que hacia las muchas cosas que domina. Reconocer a
alguien por completo, y aceptarlo por completo, es algo que nunca había deseado. Si quisiera dibujarlo, ese mechón que siempre se le acaba cayendo en la cara debería aparecer en la imagen. También porque proyecta sombras y le da contorno a su
cara.

Hans le da un fajo de hojas de papel y un libro para apoyar y se sienta en una silla junto a la ventana, como le ha pedido ella.

¿Dónde aprendiste a dibujar?, pregunta él, mientras ella
maneja el lápiz por el papel.

En el círculo de dibujo de la Casa de Jóvenes Talentos.

¿En la CdJT? Ludwig estuvo un tiempo ahí, en el coro.

No hables, que estoy justo en la boca.

Durante un rato no se oye más que el lápiz deslizándose
sobre el papel.

Ahora puedes levantarte si quieres, dice Katharina, pero
sigue sombreando. Hans se levanta, se coloca detrás de ella y
mira por encima de su hombro. Allí donde, en el dibujo de
Katharina, su mechón de pelo proyecta sombras sobre su cara,
está todo negro.

Qué raro, ¿no?, dice él, que uno rellene automáticamente
aquello que no puede ver.

Te parece malo.

No, todo lo contrario, dice él. ¿Por qué quieres estudiar
Arte Comercial y no Artes Gráficas y Pintura?

Mi porfolio no da para tanto.

¿De dónde sacas eso?

Ella se encoge de hombros.

Este dibujo me parece verdaderamente bueno, dice él.

No sé.

En serio.

Ella sonríe, deja la hoja en el suelo y se levanta. Sus manos vuelven a estar libres para tocar la cara que acaba de dibujar.

Duda de sí misma, piensa él, pero eso quiere decir también que se mantiene por debajo de sus posibilidades. Quizá él logre despertar su ambición.

¿Quieres ver cuál fue la contribución de Picasso el mismo día en que nací?, pregunta él.

¿Dibujó el mismo día en que naciste?

Sí, dice Hans, hizo tres esbozos, mientras en un remoto pueblucho de provincias alemán yo, por primera vez, tomaba aire y chillaba.

Y entonces están sentados el uno junto al otro, inclinados hacia el minotauro herido y, con ellos miran, desde las gradas de la arena a la que acudió a morir la bestia, también los ojos de mujeres dibujadas.

Sonríe al morir, dice Katharina.

Sí, curioso, ¿no?

Y se ve el cuchillo, pero no quién lo ha matado.

Eso el mundo tardará tres días más en verlo, dice Hans, y pasa páginas.

Katharina ve en un segundo dibujo al joven Teseo, casi un niño aún, clavándole el cuchillo en el cuello a esa criatura taurina hermafrodita.

Picasso modificó el brazo, dice ella, y retrocede algunas páginas.

Sí, dice Hans, el día en que nací el minotauro todavía se apoya en el brazo, pero a los pies de Teseo ya es el brazo de un cadáver.

Ya no lucha, ya está conforme con su muerte.

Y las mujeres que han pagado entrada para ver el espectáculo, también.

Solo esta de aquí quiere ayudarlo, le tiende la mano.

Ariadna tal vez.

¿La del hilo?

Es hermanastra del minotauro.

Ah, ya entiendo.

La madre de Ariadna encontraba más atractivo a un toro que a su esposo, el padre de Ariadna. Por desgracia, en su segundo hijo saltaba a la vista. Ariadna rogó al padre por la vida del pequeño monstruo, si bien un par de años más tarde reveló a su amante, Teseo, dónde podía encontrar y matar a su hermanastro.

No es una historia bonita.

Bueno, los tiempos cambian.

Durante un rato, Katharina no dice nada más, se limita a comparar ambos dibujos tan concentrada que, de mirar, se le forman involuntariamente arrugas en la frente. Página adelante, página atrás. Qué pena, piensa Hans, que no vaya a poder verla cuando sea una anciana.

Pero en realidad, dice ella ahora, en el primer dibujo parece como si el minotauro se hubiera clavado el cuchillo y lo dejara caer. Mira, dice ella, aquí incluso lo sujeta aún con la mano.

Pero ¿por qué se iba a acuchillar a sí mismo en la arena?

Quiere que se interesen por él.

Pero no funciona, las mujeres se aburren.

En el último esbozo de aquí, dice Katharina, y señala tres pares de ojos en el extremo superior de la imagen, ya ni lo miran.

O sea que muere totalmente en vano.

Su muerte es el laberinto en el que está encerrado.

Así es, dice Hans, fuera quien fuera antes el adversario, el final es una cosa solitaria.

Entonces suena el teléfono, Hans va hasta el pasillo y Katharina lo oye hablar, pero no entiende lo que dice. Sigue pasando durante diez minutos las páginas sobre Picasso, hasta que él vuelve a entrar y dice: Era Ingrid.

Es una pena, dice Katharina, que ya no pueda preguntar a mi abuelo si luchó en Guernica contra los fascistas.

Ahí se entrenó la Legión Cóndor para la guerra mundial, responde Hans, y asiente ante la enorme imagen, impresa a doble página, que reposa en el regazo de Katharina.

Las mujeres gritando, con el cuello estiradísimo, en su regazo. El combatiente moribundo en su regazo. El caballo relinchando, poco antes del colapso, en su regazo. Un sótano entero lleno de moribundos refugiándose de las bombas en el regazo de esa joven.

Katharina cierra cuidadosamente el libro y se lo da a Hans.

Por aquel entonces, cualquiera que tuviera dos dedos de frente era de izquierdas, dice Hans, y va a su despacho para devolver el libro de Picasso a la estantería.

Katharina recuerda la boina que llevaba siempre su abuelo en otoño e invierno. Al igual que los demás brigadistas, que todavía año tras año saludan desde la tribuna en la manifestación del Primero de Mayo. Son mayores, y siempre lo han sido, al menos hasta donde Katharina es capaz de recordar, como si para estos hombres jamás hubiera habido una juventud. Cuando el Primero de Mayo levantan el puño, el puño tiembla.

Cinco minutos después, Hans se tumba a su lado en el sofá y mete la mano bajo sus bragas. Él rechaza toda caricia suya, solo quiere tocarla él, y ella se queda totalmente quieta, pero luego ya no. Solo entonces la desviste por completo y ella deja caer relajadamente la cabeza hacia atrás, sobre el respaldo, y le hace un gesto para que se vuelva a acercar. Pero él permanece alejado, le abre las piernas y únicamente la mira.

¿Sabes que nunca he hecho esto?, dice él.

¿El qué?

Mirar el regazo de una mujer *así*.

¿De verdad?

De verdad.

Desde la distancia, plenamente consciente, es mayor la intimidad que tiene con ella que la que jamás tuvo con una mujer en un abrazo.

Mientras desayunan, Hans dice: El tren de Ingrid y Ludwig llega a la una.

Mientras Katharina todavía se termina el té y unta la segunda mitad del panecillo con miel, mira cómo Hans, que ya está de pie, friega aquella copa de vino de la víspera que todavía tiene marcas de su pintalabios, y la devuelve al armario, mira cómo friega y recoge el plato en que cenó ella ayer y, ahora que ya ha terminado el desayuno, también el plato del desayuno y los cubiertos, y lo sigue hasta el salón y ve cómo lleva hasta su escritorio los lápices que le dio ayer para dibujar y los mete en el cajón, cómo lleva hasta la estantería las hojas de papel que no utilizó. Levanta el dibujo del suelo, lo mete en una carpeta y dice: Creo que es mejor que te lo lleves. Devuelve a la mesa del comedor la silla en la que posó como modelo junto a la ventana, vuelve a colgar la chaqueta de punto de su mujer sobre el respaldo, justo como estaba colgada ayer. Luego sale y lo oye gritar: Te has olvidado el cepillo de dientes. Por el largo pasillo llega con la toalla que había colocado anoche por debajo mientras hacían el amor. Mientras coge el cepillo de dientes, ve cómo esconde en el cesto de la ropa sucia el pañuelo con las manchas de la víspera.

Muy por encima de los tejados de la ciudad se sientan entonces a la mesa, mira, dice Hans con la mirada puesta en el triste camarero, menudos ojitos de Stasi tiene el pobre. Al menos aquí dentro no llovizna, dice Katharina. En la mesa de al lado una pareja mayor pide que les dividan la cuenta, eso la hace resoplar de desdén. A continuación, todo lo que hay fuera vuelve a hundirse en lo irrelevante. Qué felicidad, dice Hans, que casi nunca logró eso con otra persona: retirarse de todo lo circundante hacia uno mismo. Emigrar hacia uno mismo, por decirlo así. Lo dice y vacía su vaso de aguardiente de trigo. Ahora café, y para ella, si quiere, también una copa de melocotón Melba. Sí quiere.

I/8

El lunes, la autorización para viajar a Colonia está en el buzón, el jueves, debería marcharse. Llama inmediatamente a la abuela, ¡pero bueno!, mi Kathrinchen aquí conmigo en Colonia, dice, y: Te he guardado ciento veinticinco marcos para que puedas ir de compras, y: ¡Voy a hacer una tarta de almendra y vainilla!, pero ahora voy a colgar, que, si no, os va a salir demasiado caro, ay, ay, esto de llamar al extranjero.

Hasta entonces Katharina ha vivido con la mirada puesta en la franja del Muro, en los pájaros que ejercitaban su vuelo por encima de la frontera nacional. Si caminaba por una rejilla de ventilación, oía el traqueteo del metro de Berlín Oeste bajo sus pies, tal vez sentía incluso la corriente de aire que se alzaba desde la rejilla y se mezclaba con la temperatura socialista. Se había pasado los ocho primeros años de colegio mirando cuánto quedaba de recreo en el reloj que se veía por encima del Muro, grande y luminoso, en la sede del diario matutino de Berlín Oeste, y, una vez que se había olvidado la llave de casa, se había entretenido hasta llegar su madre contando, desde la ventana del rellano del decimotercer piso, los autobuses de dos pisos que circulaban del otro lado, frente al rascacielos Alex Springer, el baluarte del enemigo de clase. ¿Olería todo el Oeste como los paquetes de la abuela y de la tía: a detergente, ositos de gominola, café? Hacía poco, durante un paseo, había oído operarios dando golpes en unas obras que había del otro lado, y el más allá le había parecido lo bastante cercano como para rozarlo con la mano. Pero ahora, por primera vez, va a poner un pie allí.

Cuando llama a Hans, él le dice que tiene invitados y no puede hablar.

A la mañana siguiente, el señor Sterz le pasa el auricular: Te recojo hoy en el trabajo, ¿te parece? Le parece muy bien, pues solo les quedan dos días. Cuando sale del edificio, Hans está sentado en la escalera, fumando. ¿Me enseñas dónde creciste? Y entonces caminan por el liso asfalto de antes de la guerra, por el que siempre patinaba de niña, qué bonito y qué tranquilo está esto, en el centro de Berlín, donde todas las calles todavía conducen a su fin, le enseña su colegio, el colmado y el parque donde se escondió dentro de una tienda de madera después de que su padre anunciara que se mudaba a Leipzig, doce años tenía entonces.

Están en el Kupfergraben, asomados a la barandilla y mirando el torrente que hay entre el Comité Central y el edificio del Consejo de Estado, cuando Hans le pregunta: ¿Estás buscando un padre? Vaya disparate, dice ella, y se ríe. ¿Y tú qué?, ¿quieres una hija? De ninguna manera. Si uno mira un remolino así durante suficiente tiempo, acaba por marearse bastante, dice Hans. Y eso es lo bonito. Bueno, no sé, dice Hans, yo no sé nadar. ¿Por qué no? Para mí el agua siempre estaba demasiado fría. Katharina sacude la cabeza sin dar crédito, ¿de verdad es por eso?, pregunta. Y él dice: No, no es por eso.

Nunca le ha contado a nadie que su cuerpo todavía recuerda, casi medio siglo después, cómo su madre quiso tirarlo una vez al Báltico, pensando que empezaría a nadar tan pronto como sus pies dejaran de tocar el suelo.

¿Cuántos años tenías entonces?, pregunta Katharina.

Seis o siete.

Cuando la madre se lo quiso sacudir de encima, si bien él seguía agarrado a ella, la abuela echó a correr desde la playa, alertada por los gritos del nieto, para salvarlo.

Tuviste suerte de que estuviera tu abuela.

Mi madre seguro que se habría empecinado.

¿No le pesó después?

Decía que mi histeria era ridícula, y más siendo un chico. Y lo era.

¿Eso crees?

Ha contado la historia a menudo. Por diversión. En sociedad.

Cada siete años, las células del cerebro de Hans, al igual que todas las demás células de su cuerpo, se han regenerado, pero el comentario de la madre jamás se ha desprendido de ellas, la vergüenza de entonces ha actuado hasta hoy como engrudo.

Pero aquello no fue divertido.

Bueno, según se mire.

Qué madre más rara.

Pero tenía razón. Si aquello no hubiera pasado, hoy sabría nadar.

Katharina sacude sin querer la cabeza ante la necedad de ese niño mayor que está a su lado.

En el remolino giran una tabla de madera y un trozo de poliestireno.

A los objetos inanimados no les molesta que el agua esté tan fría, piensa Hans. Ven, dice, vamos al Café Arkade.

De camino, Hans lleva a Katharina hasta un portal y la abraza largo rato. Solo hoy y mañana, y entonces se habrá marchado. Entonces, eso que todavía hoy se llama «ahora» habrá desaparecido. La espera en la escalera del edificio de la editorial, el asfalto para patinar, el colegio, el parque, la conversación junto al agua agitada y ahora el abrazo: paso a paso, edificio tras edificio, paseó junto a ella por su infancia. Paso a paso, edificio tras edificio, forjó al mismo tiempo el que habrá de ser un recuerdo compartido. El recuerdo como ración de emergencia para la solitaria semana que lo aguarda.

Cuando todavía estaba en ruinas, dice Katharina mirando hacia la Catedral Alemana rodeada de andamios, ahí dentro me dieron mi primer beso.

¿Cómo se llamaba él?

Jens.

¿Y qué fue de él?

Es carpintero.

No me digas.

¿Le interesa? La verdad es que no. A la derecha, la Catedral Francesa ya está restaurada, y en la esquina trasera está el café que abrieron hace poco, donde es harto improbable que Hans se encuentre con nadie del grupito con el que lleva treinta años frecuentando cafés. La fachada con molduras, de hormigón pintado de verde: Es como si intentara ser modernista, dice Katharina, pero no cuela. No, dice Hans, no cuela, pero por dentro es bastante bonito.

Un par de escalones conducen hasta una galería, la superficie redonda de las mesas es de mármol, cuando se sientan, el camarero limpia con un trapo lo que mancharon sus predecesores. Hans saca sus cigarrillos Duett, enciende uno, Katharina posa sus antebrazos desnudos sobre la fría piedra y lo mira fumar, dos cafés, dos copas de vino espumoso.

Nuestro acopio de felicidad ya nadie nos lo puede quitar, dice Hans, y Katharina dice: No. Aunque me muriera ahora, dice él, a ti te quedaría todo esto, para siempre. Pero no te vas a morir. No, dice él, y da una calada al cigarro, estoy vivo. ¿Sabrá lo guapo que está fumando? Pero cuando pienso en el futuro, dice él, me pongo triste. Pues entonces no pienses en el futuro, dice ella, tan solo recuerda. Recuerda, le dice esa jovencita precisamente a él, por poco se echa a reír. Eso hago, eso hago, dice él asintiendo. Y después de un trago de vino espumoso añade: Solo si todo esto tuviera un doble fondo estaríamos verdaderamente perdidos. Ella no responde, se limita a agarrarle la mano. Y entonces él olvida que a su alrededor hay gente que podría conocerlo a él o a su mujer, y accede a que permanezcan así sentados, uno junto a otro, durante un rato hermoso y tranquilo, ahí, en el Café Arkade.

Dos horas más tarde, después del cine, se dirigen a casa. La película no ha sido gran cosa, pero a él siempre le gusta ir al cine, y a ella también, ahí viene ya el 46, Hans introduce cuatro monedas de diez céntimos en la máquina de billetes, ella tira de la palanca hacia delante y arranca un pedazo del rollo de billetes que más o menos debería bastar para dos, ¿ha visto, por cierto, la película de Fulanito o aquella otra?, sí, una sí, la otra por desgracia aún no, al arrancar, el tranvía pega una sacudida y Hans se tambalea, ¿por qué no te sujetas?, vete a saber quién habrá tocado todo eso, las películas que más le gustan a ella son las de, sí, en eso ella lleva razón, ven, nos sentamos, menos mal que ya están sentados cuando el tranvía dobla la curva chirriando, en esa esquina compraba siempre Katharina el grano para su cobaya, Moritz se llamaba, ¿quién?, pues la cobaya, y ahora el tranvía pasa por delante del Lauf-maschen-Express, adonde llevó cien veces sus medias finas a reparar, si hubiera sabido ya entonces que vivías por aquí, sí, entonces habrías venido siempre a enseñarme tus carreras, pues claro, dice ella, pero ya han llegado, el tranvía para y los expulsa a la calle, serena y nocturna. Poco antes de llegar a casa de Hans, se oye un ruido del otro lado, se abre una puerta, una mujer con una bata de casa blanca sale corriendo, cruza descalza la calle, se apresura hasta ellos sin decir palabra y desaparece por la esquina. Vaya aparición más rara, dice Hans, siguiendo a la mujer con la mirada. Es una de esas puertas, dice Katharina, que solo se abren cada cien años.

Su año de nacimiento, sumado al de él, da cien como resultado.

Una vez arriba, mientras Hans va a la cocina a buscar copas y vino, ella ve que todavía quedan en la alfombra azul un par de pelos rubios de su última visita, que debieron de pasar inadvertidos el domingo, cuando Hans borró el rastro de su visita. Ahora, la mujer está ya con el hijo en el Báltico. Pese a todo, Katharina se agacha, recoge sus pelos y los deja caer lentamente en la papelera. ¿Soy yo la única que limpia aquí?, oye la voz de su madre. No, no es así, mamá, dice ella, pero la madre ya ha pegado un portazo y Katharina la oye llorar. La madre llora y duerme mucho cuando vuelve a casa del trabajo, y también los fines de semana. Evidentemente, Katharina es capaz de coger un plato del armario de la cocina sin que tintinee, sin que se oiga ruido alguno, ni siquiera el de sus pasos cuando lleva el plato y un paquete de galletas hasta su habitación. Solo en su habitación abre el paquete y entonces Moritz, la cobaya, chilla, porque cree que le van a dar algo de comer. El padre estaba en Leipzig, Moritz en su jaula, y Ralph no apareció hasta dos años después. En esos dos años, la madre había sido muy infeliz, y Katharina había llegado a dominar el arte de ser inaudible y, lo mejor de todo, invisible. Hans vuelve, coloca las copas y le sirve una. Al lado, toda la arena del reloj ha bajado, piensa él. Otros dos chupitos de aguardiente de trigo. Mañana por la mañana ella recogerá el visado, cuando vuelva de Colonia él estará de vacaciones familiares en el Báltico y luego, en septiembre, empieza otra vez el colegio. Entonces, todo recuerdo que con tanto cuidado forjó Hans no será más que el altímetro con que medir el desplome hasta la normalidad.

¿Nos vemos mañana por la tarde otra vez en Alex?

¿Bajo el puente, quieres decir?

Sí.

¿Otra vez el mismo camino que hace tres semanas?

Sí.

¿A la misma hora?

Sí.

Nos vemos, dice ella.

A la mañana siguiente, antes de que Katharina salga por la puerta, Hans le dice: ¡Espera! Y corre otra vez hasta su estantería. Vuelve con un librito en el que, tras pasar algunas páginas, encuentra el pasaje que buscaba. Lo coloca sobre el arca del pasillo, con una mano mantiene abiertas las páginas y con la otra arranca cuidadosamente una importante para él. Ella echa un vistazo, él dice: Léelo después. Pero Katharina solo espera hasta que, después de la primera curva del pasamanos, él le hace un gesto y cierra tras de sí la puerta. Mientras sigue bajando lentamente, sostiene la hoja entre las manos y lee. «¿Preguntáis cuánto tiempo llevan juntas? / Poco. –¿Y cuándo habrán de separarse? –Pronto. / Para los amantes el amor es un apoyo.» ¿Habrá vuelto ya al despacho y devuelto el libro a la estantería? La página arrancada faltará ya para siempre. Ese vacío, piensa ella, es el primer rastro que deja tras de sí en la realidad de Hans.

Recoge el visado en el mismo edificio en que presentó la solicitud para viajar al Oeste. Por delante de esa villa pasaba a menudo con el autobús, cuando su padre todavía vivía a las afueras de Berlín. Y enfrente, en el cementerio Pankow III, está enterrada su bisabuela. Pero hasta hace dos meses no sabía que ese viejo y enorme edificio albergaba una comisaría de Policía. Está en la esquina, en una parcela llena de maleza, donde unos árboles altos rodean el lugar de oscuridad, y junto a la entrada hay un pedestal con una estatua femenina de yeso recubierta de musgo. Nunca ha visto entrar o salir gente de ahí. Pero dentro chisporrotean tubos de neón en largos pasillos, huele a linóleo y las puertas se abren y cierran, como en otras administraciones. ¿Qué pudo probarse, y quién pudo probarlo, en esas semanas que transcurrieron desde que Katharina presentó la solicitud? ¿Recibió el permiso porque su abuelo combatió en la guerra civil española en el bando de los antifascistas? ¿O porque el señor Sterz se las da de estricto, pero luego bien que parece satisfecho cuando toma junto a él el té del desayuno? ¿O porque todo el mundo sabe que jamás dejaría a su madre tirada? ¿O porque su padre es catedrático en Leipzig? ¿O sencillamente porque todavía la consideran una niña? El policía que está detrás del escritorio hojea su pequeño documento de identidad azul. Cuando le hicieron la foto, todavía iba al colegio, tenía el pelo largo y llevaba la raya al medio. El policía pasa hojas aquí y allá, viajó a Hungría en 1983, en 1984 y también en 1985 y, por último, este año, hace dos semanas, el banco estatal colocó un sello cada vez que Katharina cambió marcos a forintos. Finalmente, le pasa el visado y el documento de identidad por encima de la mesa. Y una hojita extra que mañana, hacia las cinco y cuarto, le permitirá cruzar la frontera hasta un Oeste por lo general inalcanzable. Una puerta que solo se abre cada cien años, piensa, y le viene a la cabeza la aparición espectral de anoche. Cuando sale, sigue siendo verano.

Mete diez céntimos en una caja y coge una de las regaderas abolladas que están colgadas de un gancho, con un «Pankow III» pintado de rojo, y solo entonces repara en que, sin su madre, jamás va a encontrar la tumba de su bisabuela en el enorme cementerio, y entonces devuelve la regadera al gancho.

A las seis menos cinco Katharina y Hans vuelven a encontrarse bajo el puente de Alex, igual que hace tres semanas. Esta vez no llueve, y el zapato de Katharina no se queda clavado en el pavimento, pero atraviesan el túnel, igual que entonces, hasta el centro cultural húngaro, que, igual que entonces, acaba de cerrar, Katharina avanza hasta la puerta de entrada, Hans se queda, igual que entonces, dos pasos por detrás, ella se gira hacia él, paso a paso ejecutan íntegra y cuidadosamente la coreografía de su historia en común, como si quisieran aprenderla de memoria para siempre. En la cafetería, otra feliz coincidencia, vuelve a estar libre la mesa donde se sentaron la primera vez. Aquella vez, dice Hans, unas amigas tuyas estaban sentadas ahí atrás, y las saludaste con la cabeza. Y tú pediste vodka, porque no había aguardiente de trigo. Y yo me alegré de que aquí hubiera una mampara, para que no nos viera juntos todo el mundo. Y yo me tomé el café solo, porque tenía miedo de que, si no, no me tomaras en serio. Y yo miré tus brazos.

Se van recitando otra vez así, el uno al otro y también para sí mismos, todo lo que pasó hace tres semanas, durante su primer encuentro. Algunas cosas las saben ambos, algunas las ha olvidado uno, o el otro, algunas pasaron entonces inadvertidas para uno, o para el otro, algunas solo las había pensado uno, pero no las había dicho, algunas el otro, y así, esa tarde, va creciendo en profundidad aquello que hace apenas tres semanas era presente, va cambiando y manteniendo al mismo tiempo, sin embargo, su contorno, por el que ambos lo reconocen.

Solo hay una cosa que Hans no le cuenta esa tarde, y es cómo, mientras Katharina estaba en Budapest, había mirado la cafetería por la ventana y había visto su mesa, en la que ahora vuelven a estar sentados, vacía.

Philipp se pasó por aquí para recoger su jersey, dice la madre cuando Katharina llega a casa para preparar el equipaje. ¿Philipp? Solo entonces recuerda al impuntual amigo al que había estado esperando el viernes, tres semanas atrás, antes de salir para encontrarse con Hans. A principios de año lo había visitado alguna que otra vez en su habitación, en un edificio de nueva construcción, se habían acostado y escuchado a Bob Dylan. ¿Le diste el jersey? Pues claro. Muy bien. A ese Philipp no lo ha echado de menos ni por un segundo. Él a ella puede que tampoco, si no, no habría esperado hasta hoy para venir. Y a tu padre deberías llamarlo. Sí. Y Sibylle quiere venir un momento a darte dinero para que le traigas algo de Colonia. Vale. Papá, me he enamorado. ¿De quién? Es diez años mayor. Bueno, está bien. No, diez años mayor que tú. Ah, dice el padre, y por un momento se hace el silencio en la línea. Ya hablaremos tranquilamente cuando vuelvas de Colonia, ¿vale? Sabe exactamente qué cara tiene ahora mismo su padre, cómo, con el auricular en la oreja, estará asintiendo para sí mismo. A veces es mejor llamar por teléfono que sentarse cara a cara. Sibylle está más callada que de costumbre, pues últimamente Katharina nunca tiene tiempo para quedar con ella por las tardes. Solo se está aprovechando de ti, dice al fin. Eso le dijo también cuando se tomaron el último gin tonic en la Casa Rusa, y los siguientes días Katharina prefirió pasar la pausa del almuerzo con sus compañeros en la cafetería del antiguo Ministerio de Aviación del Reich. ¿Qué quieres que te traiga de allí? Sibylle está sentada en la cama de Katharina, con una minifalda brillante que se hizo pegando bolsas de basura negras de plástico, y en lugar de responder dice: Que hayas abandonado así de fácil nuestra amistad solo porque aparece un hombre... ¡Yo no abandono nuestra amistad! Pero no toleras ninguna crítica. Tú no me criticas, me tomas por boba. Boba no, estúpida. Pues nada, encima tendré que alegrarme. Mientras en la oscuridad murmuran los castaños, y en la cocina la madre corta pan y Ralph lava la ensalada, en la habitación de Katharina las chicas se pelean hasta que la madre grita: «A cenar». Ya hay un cuarto plato sobre la mesa, junto al bol de ensalada, el *Leberwurst*, el pan, los rabanitos, la mantequilla, el queso y el té.

Hoy Hans recrea el primer paseo, cerca así esas tres semanas y, al hacerlo, algo ha cambiado. Dong: Bienvenidos al informativo diario de la Erste Deutsche Fernsehen. Está sentado en el sofá de cuero, viendo la retransmisión de las noticias occidentales sin verlas de verdad.

El paso de una cantidad a una nueva cualidad, así describió Hegel uno de los fundamentos de la dialéctica y, tras él, Engels y, tras él, Lenin.

Todo se ha vuelto nuevo en estas tres semanas con Katharina, nuevo para él, nuevo para ella, nuevo para ellos como pareja: por primera vez él la llevó a su casa, por primera vez escuchó su música con ella, por primera vez salió a comer con ella, por primera vez la vio desnuda, por primera vez estuvo con ella en la cama, por primera vez estuvo con una novia en su cama de matrimonio, por primera vez ella entró en su despacho, escuchó con él a Busch y a Eisler, por primera vez cocinó para él, por primera vez él miró sin asco el regazo de una mujer, por primera vez llamó a Katharina su amante, por primera vez le contó a alguien por qué no sabe nadar, por primera vez estuvo con ella en el cine, por primera vez la llevó a todos los lugares en los que lleva pasando las tardes de los últimos treinta años: el Tutti, el Offenbachstuben, el Ganymed, el Schinkelstube en el Palacio de la República, el restaurante del Hotel Stadt Berlin y, más recientemente, el Café Arkade. Después de que naciera Ludwig, hubo también una época de primeras veces en la que el niño, tan nuevo como era en el mundo, vivía de estreno en estreno: por primera vez respiró, gritó, bebió del pecho de su madre, sonrió a alguien, por primera vez agarró un juguete, mantuvo la cabeza erguida, se puso boca abajo, por primera vez se levantó al fin él solo y, un año más tarde, dijo su primera palabra. Para Ingrid, todo aquello había sido un milagro ininterrumpido: ¿De dónde viene un niño así?, ¿dónde está antes de nacer?, preguntaba a menudo mientras lo miraba dormir, tumbado entre ellos dos, y entretanto Hans, en cambio, rastreaba los rasgos del niño en busca de pruebas que demostraran que, con él, su propia cara había reemergido en una nueva piel. Todavía cree que apenas se parecen, pero quizá se equivoque.

¿Por qué llovió tanto antes de que yo apareciera en tu vida?, le había preguntado Katharina esa tarde mientras estaban por segunda vez en el Tutti. Pero apareciste como agua de mayo, había replicado él, y la había hecho reír.

El locutor del informativo diario amontona ahora las páginas de las que ha ido leyendo las noticias y golpea el fajo, para que todo cuanto ha pasado hoy vuelva a estar en orden. Hans apaga la televisión, se levanta y va hasta la estantería para buscar el texto de Friedrich Engels respecto del cual le pidió hace poco consejo experto a Ingrid, porque él de química no entiende nada. «La diferencia cualitativa que puede producir la adición cuantitativa de C_3H_6 nos la enseña la experiencia, cuando ingerimos alcohol etílico C_2H_6O, bajo cualquiera de sus formas potables, sin mezcla de otros alcoholes y cuando ingerimos el mismo alcohol etílico, pero añadiéndole una modesta cantidad de alcohol amílico $C_5H_{12}O$, que forma el elemento principal del infame aguardiente amílico. Nuestra cabeza se da clara cuenta de ello, sin duda alguna, a la otra mañana, bien a su pesar, hasta el punto de que bien puede decirse que la borrachera y el consiguiente malestar del día siguiente vienen a ser como la cantidad transformada en cualidad, por una parte del alcohol etílico y, por otra, de la adición de este C_3H_6.» Sí, algo cambió desde que Hans se sentó hoy por segunda vez con Katharina en el café donde todo comenzó. Al echar la vista atrás hacia el principio, el principio ha quedado cerrado. Y de pronto se antoja como una base. ¿O acaso se equivoca? Agua de mayo. Ahora viene algo, o no viene nada. Si al menos pudiera creer a Hegel en eso de que en realidad no hay diferencia entre una cosa que existe y una cosa que no existe. Mañana se levantará a las cuatro de la mañana para llevar a Katharina a la estación. Eso tampoco lo ha hecho nunca por una mujer.

El policía que vigila la embajada de Dinamarca está sumido en la niebla matutina, junto a su garita, y observa a Hans. Hans está frente a la casa de Katharina y observa cómo primero aún hay luz en su habitación y cómo luego se apaga. ¿Es casualidad que Katharina viva justo ahí, donde se cruzan los caminos por los que él tan a menudo pasaba de joven? Katharina se despide de su madre y de Ralph, baja por las escaleras, y la pesada puerta de madera se abre. Aparece Katharina con una maleta en la mano. Hans la besa, sin más testigo que el policía, y le coge la maleta. Por el puentecito que cruza el Spree pasa el breve trayecto de salida de ese país, que al mismo tiempo será puerta de entrada al viaje de Katharina. Cuando estés en Colonia come una ensalada *niçoise*, dice Hans, y acuérdate entonces de mí. ¿Una ensalada *niçoise*? Con atún y huevo. Ensalada *niçoise*, con atún y huevo, repite Katharina. Durante el abrazo de despedida, Hans se mueve con torpeza y hace que el pendiente de Katharina se caiga al pavimento de granito. ¿Lo hemos hecho todo bien?, pregunta él cuando el pendiente ya está de vuelta en su sitio, y ella dice: Sí. Pero a continuación tiene que marcharse, ha llegado de verdad la hora, no puede demorarse más. Venga. Pocos pasos después, Hans se da la vuelta, ella no. Ve desde atrás su figura y, en ese momento, los pensamientos de ella ya están en otra parte, en

75

la aventura que la aguarda, en esa tierra de nadie entre hace un momento y el reencuentro dentro de una semana. Así ha de ser. Solo él se siente de repente vacío, volcado y derramado de sí mismo, ese pellejo retorcido tiene que cargar ahora con sus propios huesos, las entrañas y también toda la carne, que le pesan y le oprimen la nuca y los hombros.

Todavía en el taxi, Hans esboza ya la carta que habrá de encontrarse Katharina en la lista de Correos a su vuelta. El tren que la alejará de él todavía tardará treinta y cinco minutos en ponerse en marcha y, sin embargo, la primera palabra que a él le viene a la mente es «bienvenida».

I/10

Son pocos los elegidos, y esos pocos son mayores. Ella es la única que no, pero nadie se sorprende de que también esté a la cola. ¿Se sigue pareciendo a su foto de pasaporte? Ella cree que no, pero el funcionario de fronteras le devuelve su documento de identidad y le hace señas para que avance. Atraviesa un túnel y sube hasta el andén y, de pronto, está del otro lado de la pared de acero. Conoce bien el aspecto de la pared vista desde el lado oriental. Uno no puede hacer otra cosa que mirarla mientras espera en el andén oriental por los trenes en dirección Strausberg, Erkner, Ahrensfelde. Pero ahora, de repente, lo que antes estaba dentro está fuera y lo que antes era cotidiano le ha sido recortado y ya no hay manera de verlo. Ahora, de repente, todo está del revés, invertido, y ella está detrás de una imagen, detrás de lo que antes era una superficie de una parte trasera inalcanzable. No crucen la línea blanca del andén hasta que el tren se detenga por completo, dice la voz de megafonía. Katharina y todos cuantos están esperando obedecen la orden, no cruzan la línea y prefieren incluso esperar en mitad del andén. En la parte estrecha del vestíbulo hay una pared de cristal que separa la parte superior del edificio de un aire, que, en principio, aquí sigue siendo aire oriental, si bien, dada la posibilidad de salir al Oeste desde este andén, es también, al mismo tiempo, un aire ya occidental y, frente a la pared de cristal, discurre fuera una pasarela de hierro y sobre esa pasarela de hierro patrullan soldados con un fusil a la espalda, cuyas siluetas resultan visibles. Pero tras la pared de acero que discurre en paralelo a las vías y que también desde este lado es una pared de acero, debe de circular hoy también, como de costumbre, el tren urbano que Katharina conoce bien, hacia Strausberg, Erkner o Ahrensfelde. ¿O no? ¿O tal vez el Este, que hasta entonces fue su presente, deja por completo de existir en ese momento en que ya no puede verlo? ¿Ha arrojado Katharina al pasado lo que hasta entonces era presente con ese par de pasos al otro lado de la estación de Friedrichstrasse? ¿O es esta estación gris un lugar capaz de albergar bajo el mismo techo dos tipos distintos de presente, dos cotidianidades, el uno como inframundo del otro? Pero entonces, ¿quién es ella mientras está justo en la frontera? ¿Se llamará tierra de nadie porque aquel que vaga hasta ella deja de saber quién es?

Justo cuando el tren se detiene, y la voz de megafonía dice que no está permitido cruzar la línea blanca, y todos quieren cruzar la línea y subir, Katharina descubre de pronto una cara conocida: es Jens, su compañero de colegio, el que le dio su primer beso. Jens, grita, y corre hasta él, pero ¿qué haces aquí? Pues raya con el milagro que la única persona joven en ese andén, aparte de ella, sea su antiguo compañero de clase, pero Jens la mira extrañado y parece no recordarla, pese a todo le da la mano, aunque sigue sin decir nada. Mi abuela cumple setenta, dice ella, y: ¿Y tú qué haces aquí? ¡No has cambiado nada! Pero Jens sí ha cambiado, pues no le dice nada y tampoco se alegra de volver a verla. Tal vez me equivoque, piensa ella, y sin querer le mira las manos, pero cierto, ahí falta el meñique, Jens se lo rebanó con la sierra circular en su primer año como aprendiz de carpintero. Jens es Jens, pero al mismo tiempo tampoco es Jens, aquí, al otro lado de la pared de acero. Bueno, dice ella, tendremos que subir. Sí, dice Jens, le hace una seña con la cabeza y se aleja de ella hasta el otro extremo del tren. Si Jens ya no es el que era, entonces dentro de la cotidianidad que ha conocido hasta entonces tienen que producirse también mezclas invisibles de un mundo con el otro, piensa, y coloca al fin el pie en el escalón del tren.

Y entonces el tren se pone en movimiento, deslizándose lentamente por la parte trasera de unas casas cuyas fachadas ella conoce bien: el Hotel Albrechtshof, el club de artistas Die Möwe y, muy a lo lejos, en el punto de fuga de la calle, por un instante llega incluso a ver el edificio donde vive, y la ventana de su habitación, en la que ahora ya no está, y por último, y de nuevo más cerca, los viejos muros de la Charité, después el tren toma una curva y ya no ve más que casas que nunca había visto. ¿Cómo son las casas del Oeste? En algunos edificios de nueva construcción los balcones están pintados de azul, amarillo y hasta naranja, pero los geranios son exactamente iguales que los que tiene su madre en el alféizar de la cocina. Y sin embargo... ¿De dónde proviene el aura en torno a esa mujer gorda, común y corriente, que tiende la ropa en un balcón del Oeste? Entonces el tren se vuelve a parar. Estación de Tiergarten. Katharina: de verdad de la buena, en la estación de Tiergarten. Desde su asiento, junto a la ventanilla, ve gente con maletas, viajeros jóvenes y mayores, buscando el vagón correcto, ve un quiosco en el que venden Coca-Cola y, por último, justo delante de la ventanilla de su compartimento, muy cerca, ve a una madre con un niño en brazos despidiéndose de una amiga o hermana. Katharina, en cambio, pasa inadvertida en su asiento, en su compartimento, en mitad de esa cotidianidad occidental, la mujer con el niño en brazos no tiene ni idea de que los ojos de esa que no pertenece ahí descansan sobre ella, y tampoco tiene ni idea del estado de excepción en que se encuentra Katharina, esa viajera cualquiera de ese tren con rumbo a Colonia. Katharina estudia el panorama, como si a través del mero acto de mirar pudiera reconocer ese algo invisible que también sobre esa madre berlinesa occidental ha colocado un halo. Entonces, la berlinesa occidental agarra la mano de su hijo y despide con esa manita infantil a su amiga o hermana según se sube, hablando al mismo tiempo. Katharina ve cómo se mueven los labios de esa madona berlinesa occidental. Dile adiós con la manita, probablemente diga. Y no advierte en absoluto la mirada de esa mujer joven del Este, a través de la cual todo lo que aquí parece ser normal se transforma en un espectáculo. La mano del niño, dirigida por la madre, saluda, y entonces el tren arranca y Katharina ve, conforme avanza, cómo sobre este mundo que tan solo le está permitido mirar de manera excepcional gira la estrella de Mercedes.

¿Conoces una isla en el mar Rojo? Una broma de sus años de colegio que le viene ahora a la cabeza. Berlín Occidental no es grande y, apenas han dejado el Muro atrás, el tren vuelve a circular otras dos horas por territorio de la RDA, sin parar, se entiende. ¿No expulsaron los alemanes a Lenin también en un vagón sellado, parecido a ese tren cerrado en el que viaja Katharina ahora, desde su exilio en Suiza hasta Rusia para avivar en el país enemigo la revolución que, con ayuda de Dios, habría de traer la victoria a las potencias centrales? «De la chispa brotó la llama», decía uno de los rótulos que había recortado en papel de terciopelo rojo cuando aún era una joven pionera. Las siguientes dos horas mira por la ventanilla esa parte del país que conoce bien pero que hoy, vista desde la ventanilla de ese tren, se le antoja también extraña. «Socialismo = paz», lee en una pancarta que atraviesa la calle de un pueblo. Hay Trabants junto a las barreras, viejas campesinas con batas sin mangas escardan sus bancales al fresco de la mañana, en los campos de cereales la recogida se encuentra ya a pleno rendimiento. Y entonces el tren para otra vez, hay un último control, y circulan por el Elba.

Del otro lado hay menos naturaleza salvaje. Los campos están más pulcramente delimitados, aprovechados hasta el último rincón. Y son más pequeños. Las casas están recién pintadas o construidas con ladrillos rojos. En realidad, conoce todo lo que ve aquí, por los anuncios y las series policíacas que cada tarde desfilan por televisión en su casa. La ropa colgada en estos tendederos se lava con Ariel, las marcas de coches se llaman Mercedes, Peugeot, VW y Opel, y la pintura con la que están pintadas las casas viene de la tienda de bricolaje, pero también aquí hay viejas campesinas con batas sin mangas arrancando la maleza. En algún momento, Katharina ya se ha acostumbrado a esas vistas de la cotidianidad de la República Federal que se van sucediendo a través de la ventanilla y saca su diario. Su entrada comienza con la siguiente oración: «No sabía que podía querer así».

Un pueblucho horrible, oye con la voz de Hans, mientras la visión de la catedral de Colonia, justo al lado de la estación, la hace elevar la vista. «¡Mira a la luz de la luna / ese muchacho colosal! / Se alza cual negro demonio, / en Colonia su catedral.» También a la luz del sol es negro ese muchacho colosal. Y entonces llega corriendo Senta, la perra de la familia de Colonia, que es grande y mueve la cola y le salta encima, para, Senta, oye gritar Katharina, antes incluso de ver llegar al andén al grupito conformado por el tío, la tía, la abuela y la prima. Pero bueno, ¡mi Kathrinchen en Colonia!, dice la abuela, cuántos besos y abrazos va a recibir, ¡hoy hemos cerrado antes la tienda para venir a recogerte! Senta se retuerce entre

80

las piernas de toda la familia, ladra de alegría, la reconoce. Apenas las Pascuas pasadas, los coloneses estuvieron de visita en Berlín, todos los años van una o dos veces y se quedan un par de días, más no se pueden permitir, es demasiado caro, mira, Erika, veinticinco marcos al día por persona, es que es una lástima. Solo su prima Katrin, al ser menor, quedaba exenta del impuesto de entrada en la RDA y a menudo pasaba semanas enteras de vacaciones en el Este con Katharina, habían patinado juntas al final de la Leipziger Strasse, se habían escondido juntas en la tienda del parque de juegos socialista para fumar el primer cigarrillo de su vida, habían ido juntas hasta la dacha de Ralph a las afueras de Berlín, y en la tienda que cada verano levantaban para albergar un cine se había dejado besar por un pueblerino que le gustaba. «Andamos y andamos y por fin / a la plaza llegamos; / las puertas de par en par abiertas, / y en la catedral entramos.» Pero, niña, ¿quieres ver la catedral así, ahora, con la maleta a cuestas? ¡Ni hablar! Katrin y Katharina se han pasado años escribiéndose cartas entre visita y visita, casi con tanta regularidad como sus madres, que son hermanas. ¡En casa ya tenemos puesta la merienda! También la abuela escribe cartas desde siempre: cuando todavía vivía en Berlín Oriental, a su hija Annie, de la que estaba separada por el Muro, y ahora que tras jubilarse se había mudado al Oeste con su hija Annie y su marido, al Este, para la madre de Katharina, Erika. «Tuve que parar dos horas de escribir para regar en abundancia las flores, que desde hace cuatro días tenemos un tiempo que dan ganas hasta de bañarse, ni gota de lluvia.» Desde hace veinticinco años circulan en ambas direcciones cartas entre esas dos, y luego tres, generaciones, como si fuera esa correspondencia un diálogo continuo. Katrin y Katharina se acostumbraron a ese diálogo y comparten la una con la otra esa cotidianidad separada, igual que compartieron la ropa cuando una u otra prima crecía más rápido que la otra. «Por cierto: tenemos albóndigas con patatas para comer. Mamá está enfadada porque hay una albóndiga que no cabe en la sartén.»

Ese mudo diálogo comenzó en las semanas durante las cuales se construyó el Muro, la tía Annie había ido de casualidad a Berlín Occidental la tarde del 12 de agosto del 61 a ver a su prometido, Manfred, y había pasado allí la noche. Sin que hubiese tomado una decisión propia, al día siguiente resultó que se había quedado para siempre en el Oeste. En septiembre se pudo casar, pero su patria se había quedado tras el Muro, la patria sabía a rollitos de col, albóndigas al estilo Königsberg y tarta de crema de mantequilla, y las recetas de la madre le llegaron desde allí por correo: «Mezclar el perejil bien picadito, sin dejar que se haga mucho, y retirar la olla del fuego; si no, el perejil se pone gris. Nada más. ¡Que aproveche!». ¿Habría habido también incontables cartas de no ser por el Muro? ¿Guardaba relación esa escritura con lo repentino de esa separación?

Ven, vamos por las escaleras mecánicas.

Katrin y Katharina nunca pensaron en por qué, a pesar de esa gran distancia, se hicieron tan buenas amigas, como tampoco sus madres, Annie y Erika, concebidas durante el permiso que le habían concedido a su padre en el frente, habían preguntado nunca qué había hecho su padre en la guerra. Aquello que una generación quería olvidar se arrastraba como un tabú hasta la siguiente, y aquello que se perdían los mayores lo hacían realidad los jóvenes, sin sospechar la razón, con quince años de retraso. Son dueñas y señoras de su propia vida, piensan Katrin y Katharina, y cuando cumplen doce años se empeñan en que solo ellas –¡y ninguna madre ni ningún padre!– podrán abrir las cartas que se escriben, comparten sus primeros secretos, y ni por un segundo piensan en el parque de juegos que constituyen, en realidad, sus deseos, afinidades y rechazos, ni en que vivos, y también muertos, habitan en su interior y manejan sus plumas: la Pelikan del paquete occidental o el bolígrafo checo con el que se podía escribir en cuatro colores distintos.

¿Ya sabes todo lo que quieres ver? De compras tienes que ir sí o sí a la Schildergasse. ¿El Museo Romano-Germánico? ¿El mosaico de Dioniso? Pero Katharina no responde, de repente se ha quedado quieta, el grupito se para, ¿qué pasa?, pregunta su tía. Junto a la escalera que baja hasta el metro, hay un anciano con barba sentado en el suelo, dos metros más allá una chica no mucho mayor que Katharina, pero está delgada, parece enferma y, a su lado, dos hombres jóvenes y mal vestidos. Están todos sentados en el suelo. El anciano tiene un cartel colocado delante, en el que con letras torcidas ha escrito: TENGO HAMBRE. Uno de los hombres jóvenes se está echando una cabezada, el otro está con la chica ante un plato con algo de calderilla. Naturalmente, Katharina sabe que en el Oeste hay mendigos, pero otra cosa bien distinta es verlo con sus propios ojos. «La verdad es siempre concreta», ¿no fue Lenin quien lo dijo? Hans se lo escribió hace poco a máquina, con letras rojas, y le regaló la hoja para conmemorar las dos semanas que llevaban juntos. Pobres criaturas, dice la abuela. ¿Cómo?, dice Manfred, no son más que vagos, habla tan alto que esos de quienes habla tienen que estar oyéndolo: Podrían ponerse a trabajar, pero en lugar de eso beben o se drogan. Manfred habla de esos mendigos como si fueran muertos, como si fueran figuras disecadas. ¿Alguien que tuviera de verdad elección iba a preferir quedarse sentado en el suelo mendigando en lugar de ponerse a trabajar? Katharina ha sacado automáticamente la cartera, pero en ella no hay más que chatarra socialista que tampoco les iba a servir de nada aquí a los mendigos. Ven, vamos, dice la tía, y la agarra de la manga y tira de ella por los escalones que bajan, hasta que los mendigos han desaparecido de su campo de visión. Abajo, en el andén,

Katharina pregunta: ¿Y qué hacen en invierno, cuando hay heladas? Pues muy fácil, dice Manfred, en invierno se tumban sobre el enrejado de la calefacción.

Está bien que el tren se sacuda y chirríe con tanto estrépito, así, durante el trayecto, el silencio de Katharina no llama la atención. Su silencio es tan grande que, sin esfuerzo, colma los diez minutos que circula el 16, primero bajo tierra y luego en la superficie. Para tía, tío y prima esos mendigos son una imagen evidente. Desevidenciar lo evidente, he ahí el arte, le dijo Hans hace poco. ¿Tenían de verdad esas personas la elección de no mendigar? Pero entonces la tía pulsa el botón que abre las puertas, y dice: Ya estamos.

¿Qué aspecto tiene entonces la libertad? El apartamento de la abuela está en un sótano. Es un buen barrio, ¡y caro!, pero quería tener a Annie a la vuelta de la esquina. Annie, su marido y la niña también viven en el barrio caro, pero en un edificio de nueva construcción, ¿verdad?, eso todavía se puede pagar. La abuela mira por las ventanas del salón hacia el macizo de flores: ¿A que es bonito? ¡Tener las flores aquí cerquita! A través de las flores ve a veces también las piernas de la gente que se puede permitir un apartamento en las plantas superiores. ¡Reconozco a todos por los zapatos!, dice la abuela, se ríe bien alto, y pone a hervir el agua para el café. Ahora cuéntanos tú, dice la tía Annie. Mientras Kathrinchen les cuenta, mira alrededor. El sofá, el sillón, la librería, la mesita baja con un ficus, el cuadro de los pescadores remendando las redes, los cojines del sofá con el pliegue en el medio, el servicio de café azul pálido sobre la mesa, Katharina todavía se acuerda muy bien de todo eso, pues hasta hacía cinco años la abuela vivía en la parte oriental de Berlín. Para cerciorarse, Katharina agarra la cajita de latón con la que tanto le gustaba jugar de niña y la destapa, correcto: ahí dentro están, justo igual que

84

antaño, las cerillas con las cabezas de azufre de colores. Ahora ha llegado al Oeste y, al mismo tiempo, ha retrocedido hasta su infancia. Más tarde va a hacer pis y en el baño ve trapos colgados por todas partes, igual que en el apartamento del Este de la abuela Emmi, sobre el radiador, bajo el lavabo, algunos colgados con pinzas de un cordel que va desde la estantería hasta la pared, bien tensado, así como en otro cordel sobre la bañera. Justo por detrás de la casa de la abuela Emmi pasaba por aquel entonces la raya fronteriza, y la abuela a veces se divertía sacudiendo los trapos desde el balcón de la cocina, haciendo que la pelusilla o las migas del desayuno volaran hasta el mismísimo puesto fronterizo. Antes la abuela Emmi limpiaba con sus trapos el Este, y ahora limpia con ellos el Oeste.

Para desayunar hay yogur Danone. Katrin recoge a Katharina con la moto. La imagen de los mendigos en la plaza de la catedral hoy ya no la sorprende tanto. ¿Tan rápido se acostumbra uno a tener más suerte que otros? Su prima la lleva hasta el monumento, ella va detrás, y con un paso abandona el presente para adentrarse en la catedral, donde el tiempo terrenal no es válido. En el interior, las columnas góticas se yerguen grises, como un bosque congelado. «Regían el enorme espacio / muerte, noche y silencio; / aquí y allá faros prendidos / La oscuridad acentuando.» Bajo la luz, Heine reconoció la profundidad de la oscuridad, sin dejarse engañar por lo que estaba iluminado. Como si hubiese sospechado lo que estaba por venir, piensa Katharina. De haber nacido un siglo más tarde, Heine no habría sobrevivido a Alemania. Ni como judío ni como pensador.

Otra vez fuera, su prima le enseña la torre, que había quedado dañada por los bombardeos de la guerra, y cuyo hueco se habían apresurado a rellenar con ladrillos, para evitar el derrumbamiento. «El empaste de la catedral de Colonia», así se llamó, como si una torre gótica fuera un diente. Tiene que contárselo a Hans cuando esté de vuelta en Berlín. ¿Acaso él mismo no vivió, de niño, la guerra? Christian las espera en el McDonald's. Al principio a papá le costó, ya sabes, pero ahora ya es uno más de la familia, dice Katrin y lo demuestra apoyando la cabeza en el hombro de su prometido. ¿Cómo puede estar así de limpio un local de autoservicio? Con rejillas de madera blancas a modo de separación entre las mesas, casi como en un castillo. Su prima está estudiando para trabajar en un banco, y Christian va a ser ingeniero. Adenauer es un modelo para ella, eso dijo en la entrevista de acceso a esos estudios formativos. ¿Adenauer? ¿Por qué precisamente Adenauer? Ni idea, pero gracias a ese nombre pasé la entrevista: me lo aconsejó Christian. Y otra vez la cabeza sobre su hombro. Por ser miembro de la OTAN, Adenauer vendió al Este, dice Katharina. ¿Y qué? Me lo explicó Hans hace poco. Perdona, le replica la prima, pero, en serio, ¿qué pretendes con un viejo así?, eso no tiene ningún futuro.

Katharina está de vuelta en el sótano para cenar, ¿pones la mesa? A las seis de la tarde, la hora convenida, el teléfono permanece mudo en la balda del pasillo. Voy a cortar unos rabanitos, dice la abuela. Cada vez que Katharina quiere ir al baño, camina hasta el espejo empotrado en la puerta del baño y, cada vez, piensa que no es el espejo de Hans. Frente a ese espejo estuvo, agarrada a su mano, en el oscuro pasillo. Oye cómo la abuela le explica algo, y piensa que la voz que oye no es la voz de Hans. Al día siguiente, al otro e incluso al tercer día, Katharina se pasea por la Schildergasse de arriba abajo y otra vez de arriba abajo. Come ensalada *niçoise* ya el primer día, con atún y huevo, y con vistas al Rin. Y luego otra vez de arriba abajo. Todo cuanto ha deseado lo ve aquí en las tiendas, y barato. ¿Un jersey por quince marcos alemanes? Por su jersey de terciopelo a rayas granate y negras, que solo vendían en la tienda de artículos de lujo, había tenido que pasarse dos semanas enteras de sus vacaciones, en su último año de colegio, limpiando una guardería. Había costado ciento cuarenta marcos. En esa guardería una cuidadora que siempre estaba malhumorada le había enseñado a fregar, primero en húmedo, luego en seco, y el trapo apestaba. De arriba abajo. La tía le aconsejó comparar los precios. Ni que te pagaran por kilometraje, niña, le dice al tercer día el portero de una tienda de ropa. Pero en realidad, cuando uno se recorre una Schildergasse de arriba abajo lo suficiente, puede ver cómo los precios caen, un vestido de verano puede costar por la mañana veinticinco marcos alemanes, al mediodía diez y por la tarde puede que tan solo dos y medio. Y es el mismo vestido por la mañana, al mediodía y por la tarde. De arriba abajo. Es por los remates de verano, dice la prima. Una ganga. Palabras que Katharina ha de aprender aún. Trata de recordar aquello que aprendió en ciencias cívicas sobre la diferencia entre el valor de uso y el valor de cambio.

Ninguna de las tardes suena el teléfono.

¿Dormirá Hans con su mujer durante las vacaciones? De arriba abajo, lo bastante como para que todo cuanto está a la venta le salga a uno prácticamente regalado. Qué bien has elegido, dice la abuela, que ahorró dinero de su pensión para que la nieta fuera de compras, y la elogia: el vestido, el bonito par de zapatos, cinco camisetas, dos jerséis finos, un pañuelo para el cuello, una americana, un par de pantalones cortos y un par de pantalones largos. Todo eso por menos de cien marcos alemanes, cuesta creerlo. Y eso sin contar siquiera la ensalada *niçoise*. Con un Hans invisible enfrente, en la mesa con vistas al Rin.

¿Y si le ha pasado algo? Pero, criatura, dice la abuela, seguro que lo único que pasa es que allá no hay teléfono. Katharina va corriendo hasta el espejo de la abuela, y ese espejo sigue sin ser el del apartamento de Hans.

El cumpleaños de la abuela no es en realidad hasta el día siguiente, y ahora es la víspera por la tarde, y esa víspera se alarga hasta la una y media de la madrugada: ensalada de patata, *frikadellen* y, por último, la tarta con crema de mantequilla. Base, relleno y gelatina incolora por encima, hay que hacerla exactamente como dice la receta, así siempre sale bien. ¡Felicidades! Ahora, es una pena que ya no concedan permisos por ser familiar y que por eso Erika no pueda estar aquí con nosotros. Pero Katharina lee una carta de la madre: «Mentalmente estoy con vosotros». Y qué, ¿te gusta la libertad?, pregunta el tío Manfred. La catedral es bonita, dice Katharina. Aquí puedes decir lo que opinas, dice el tío Manfred. Ya lo sé, dice Katharina. Y comprar todo lo que se te antoje. Eso ha hecho, eso ha hecho, dice la abuela Emmi. ¿Y mañana quieres ir entonces al museo?, pregunta la tía. Sí. Imagínate, dice la tía, los coloneses querían construir un refugio antiaéreo y al hacerlo se encontraron ruinas de la época romana, y justo ahí construyeron luego el museo, al fin y al cabo, un mosaico no es una alfombra que uno pueda llevarse a cuestas. ¿Quién quiere otro chupito de aguardiente?

Encima, la guerra aérea, y debajo de todo, Dioniso, el dios del deseo, cortado en dados, centímetro a centímetro. Encima, la Colonia Agrippinensis arde, debajo, ese ser desnudo va detrás de las mujeres por toda la eternidad, come y se emborracha, suena música, se deja ver una fauna vistosa, y la angulosa cruz gamada, que por entonces ondea sobre la superficie en negro-blanco-rojo a causa del Estado, en el subsuelo de la historia municipal no sigue siendo más que un patrón delimitando una alegre orgía. Es una pena no poder contemplar todo eso con Hans.

Hoy tampoco llama, dice Katharina por la tarde a la abuela Emmi, mientras corta los rabanitos en rodajas. Pero, criatura, si es que está casado. Emmi coloca el mantequillero, el plato con el *Leberwurst*, el tarro con los pepinillos encurtidos, la cesta del pan, la sal y la pimienta en la mesa. Ya lo sé, dice Katharina.

Una vez, dice la abuela Emmi, y va hasta la nevera, una vez, cuando tenía que reunir los documentos para la pensión, en una carpeta de Karl encontré dos fotos.

Mirar en una nevera de esas es como ir al cine, le había dicho Hans hacía poco. En una mano, Emmi lleva el cuenquito con la ensalada de patata que quedó de ayer, con la otra cierra la puerta de la nevera.

En una salía él con una mujer. En la otra, la misma mujer con un bebé en brazos. En el dorso de una estaba escrito, con la letra de Karl, «Stavanger»; en la otra, «Gerti y Peterle».

¿Qué es Stavanger?

Una ciudad en Noruega, allí estuvo destinado durante la guerra.

Retira el film transparente y mete una cuchara.

Veinte años estuve casada con Karl, dice, tuvimos dos hijas y, sin embargo, no conocía a mi marido.

¿Has intentado alguna vez ahora, desde que estás en el Oeste, encontrar a esa mujer?

No, dice Emmi, ¿para qué? Tanto ella como su hijo son unos extraños y a mí ni me van ni me vienen.

Katharina trata de imaginar que tiene un tío llamado Peter en Noruega, pero no logra ponerle cara.

¿De qué murió en realidad Karl?

De la bebida, Kathrinchen, ya en el 52 y de la bebida, dice Emmi, coloca el cuenquito y se sienta a la mesa.

Todo tiene siempre dos caras, criatura, dice. Pese a todo, te deseo que seas feliz.

Ocho días atrás, el tren de Katharina se puso en movimiento desde la estación de Friedrichstrasse en dirección Berlín Occidental, y cruzó el Spree, unas horas después entró en el Elba, en la República Federal, y hoy, en su último día aquí, debería traspasarse aún una última frontera. En este mundo que quizá Katharina solo llegue a ver una vez en la vida ha de verse todo, hasta el fondo de la libertad ha de llegar con la mirada, y el fondo se encuentra sin duda aquí: «*Sex shop*», dice la entrada al inframundo, en cuyo escaparate hay fotos de mujeres muy ligeras de ropa. Katharina descubrió la tienda hace unos días en las inmediaciones de la estación, en una calle muy transitada, inhóspita. Detrás de ella, los coches circulan al ritmo de los semáforos, frente a ella hay una puerta opaca. La abre y abandona la claridad de agosto para adentrarse en la penumbra del establecimiento. Por un momento está ciega, luego se lanza a mirar.

Pero, entonces, de una sola vez ve todo cuanto ha visto nunca un ser humano.

Ve órganos sexuales masculinos, miembros erectos con venas prominentes, rosados, de piel clara, morena o negra, con la punta brillante, ve cómo se meten, duros y gruesos, en rajas, en bocas, entre pechos, cómo los agarran manos, ve órganos sexuales femeninos, carne plegada sobre sí misma, ve cómo se abre, peluda o depilada, húmeda, embadurnada, cómo chorrea, brilla, se dilata, ve pechos pesados, pezones con grandes areolas oscuras, y puntiagudos, aframbuesados, ve bocas abiertas, anos abiertos, labios vaginales carnosos, testículos arrugados, todo refrotándose, restregándose, apartándose, apretándose, embutiéndose, chupándose, succionándose, escupiéndose, ve entonces aquí, en el fondo de la libertad, tetas y pollas y coños, pollas empalmadas y chochos, ve tetas enormes, pollas grandes, lenguas cachondas, ve fluidos brotando de glandes, ve fluidos rociados en culos, en pechos, en el interior de bocas, en párpados y lenguas, ve saliva, esperma, escupitajos y pis, ve mierda. La excitación le atraviesa el bajo vientre como un cuchillo de carnicero. La libertad desata ahí

90

abajo una masacre y la hace sentirse indispuesta. Katharina vuelve a abrir la puerta opaca y sale a la claridad.

Una chica joven que sale de un *sex shop* y se queda quieta frente a la puerta.

¿Quieres ir a tomar algo conmigo?, la aborda uno.

¿Está loco o qué? Katharina sacude la cabeza y se marcha en una dirección cualquiera.

¿Te lo has pasado bien hoy?, le pregunta la abuela al llegar a casa. Ella dice: Sí. Aparte de eso, ni prenda. ¿Quién habría pensado que el infierno está recubierto de moqueta barata, desgastada y manchada, que los condenados que para toda la eternidad se quedan frente a estanterías llenas de videocasetes solo tienen espalda, que lo que el ser humano desea en lo más profundo son correas de perro, látigos y mordazas? ¿Habrá sido la vendedora de pelo teñido también niña alguna vez? ¿Y será por eso por lo que tiene una bombonera en el mostrador, justo al lado de un cuenco con condones flácidos? Katharina piensa en las máscaras y los monos de cuerpo entero que vio en la tienda. ¿Será que uno solo puede ser uno mismo cuando ya nadie sabe quién es? Y cuando aquí satisfacer los deseos no es más que una cuestión de dinero, ¿se transforma entonces cada deseo en el deseo de tener dinero? Quizá fuera por eso por lo que las personas se avergonzaban en realidad, quizá fuera esa la razón por la que trasladaron una tienda así al barrio malo y por la que se escondían, como clientes, tras una puerta opaca.

El teléfono está sobre la pequeña balda del pasillo. Le gustaría decirle a Hans que ya ha visto suficiente, que ya tiene suficiente. Pero tampoco ahora suena el teléfono.

Niña, ponte las zapatillas, que te vas a enfermar.

Solo hay *un* teléfono para los huéspedes, abajo en el pasillo, justo al lado de la puerta de entrada de la casa Las Altas Dunas. Llamar a Katharina, tal y como le prometió, es algo que desde aquí no puede hacer. En la playa hacía calor, demasiado calor para leer. Ahora, Ingrid y Ludwig juegan al ajedrez en la mesa, Hans lee, todavía falta algo más de una hora para la cena. A las seis de la tarde, la hora convenida para la llamada, Hans aparta el libro y acerca una silla a la ventana. Mientras toma una copa de vino, mira hacia el sudoeste, confiando en que también Katharina esté sentada en alguna parte escuchándolo en la distancia, desde alguna ventana.

En el silencio entre una jugada y otra a sus espaldas, Hans piensa en cómo hace poco Katharina cruzó las piernas en el Café Arkade. Apenas pudo controlarse para no colocar la mano entre una y otra. No sé, dice Ingrid, cómo voy a salir de ahí. Luego otra vez silencio. Y Katharina tiene las rodillas redondeadas, que es algo que a él le gusta. Coge el alfil, dice Ludwig. Se mueve el alfil, luego el caballo, luego un peón, luego la reina. Blancas, negras, blancas, negras. De pronto, es como si Hans pudiera sentir la mirada de Katharina posada sobre él, en el noreste. A través de una distancia de seiscientos kilómetros, el deseo de él se entremezcla con el deseo de ella, como si entre ellos no hubiera ni tiempo ni carretera. Maldita sea, no lo he visto venir, dice Ingrid. ¿Cómo sería vivir con Katharina? ¿Quieres deshacer la jugada? No, no. Los pequeños orificios nasales de Katharina, cuyas aletas empiezan a temblar cuando está excitada. Jaque, dice Ludwig. Cuando se levanta para servirse otro trago de vino, ve lo concentrados que están Ingrid y Ludwig en su juego. Es bonita la manera en que están sentados el uno junto al otro. En realidad, piensa, un amor no le quita nada al otro.

Tranquilas y aburridas deben ser las vacaciones, y tranquilas y aburridas son. Hans se tumba en la playa, lee, cabecea, dice un par de palabras, camina, sin saber nadar, solo hasta que el agua le llega a las rodillas, intenta dominar la nostalgia y no sabe cómo, busca una sombra, lee, cabecea, devuelve los balones de los juegos de otros que se extravían hasta su propia existencia, construye con Ludwig, que de alguna manera todavía es un niño, y él mismo puede que también, un castillo de arena, sigue leyendo, no quiere saber, pero debe saber, que la nostalgia en realidad duele, solo que no hay manera de localizarla, ¿está en el diafragma, donde habitaba el alma de los antiguos griegos, o en el corazón, que lleva días desincronizado, o en la respiración, que circula como constreñida? Hans se mete una segunda vez en el agua e incluso una tercera, pero en el par de pasos que conducen hasta el agua mantiene siempre la mirada baja, se niega a advertir el grasiento tocino y las peludas extremidades de los veraneantes que hay alrededor y, con ello, la entrada a su propio recuerdo, Hans camina con paso firme y no ve más que la arena entre sus propios pies, busca ámbar y no lo encuentra, no quiere estar aquí, sino en otra parte, sacude la arena de los zapatos, pero le sigue rechinando entre los dientes, visitan un museo, los vikingos se repusieron de sus correrías en esta playa, en el campo que hay detrás del pueblo hay un gigante enterrado, en otras partes anidan cigüeñas, en días buenos la nostalgia se oye como los primeros compases de la Gran Sinfonía en sol menor de Mozart, en días malos le apoya silenciosamente un pie en la nuca a Hans, pero pese a todo él sigue adelante, y así va pasando, al fin y al cabo, el tiempo, salen a comer, compran helado o tarta, en días más frescos suben o bajan en bici por el Darss, hasta Ribnitz en una dirección, hasta Barth en la otra, la fuente de la plaza del mercado muestra al visitante que pasa por allí sus cuatro lados:

A los pescadores damos
barcas para un rico viajar.
Y mejor vida brindamos
en la socialista Barth.

El metal fundido
al campesinado.
Fraguamos, fundimos
nuevos aparatos.

Máquinas y tractores
de gran capacidad.
Colectivo es el motor
de la comunidad.

Vuelven pescadores
a Barth con su captura.
Con prósperos valores
y enorme ventura.

Hölderlin no es, dice Ingrid. No, dice Hans, es Kurt Barthel. Ludwig descubre entonces que el poeta del proletariado
Kurt Barthel se llamaba de forma abreviada Kuba, se muestra
interesado como mucho durante tres segundos y medio. Un
segundo, dos segundos, tres segundos y algo, lo justo y necesario para una breve sonrisa, por el bien del padre.

En realidad, tenía un gran talento.

«En realidad», dicho por ti, dice Ingrid, suena como una
sentencia de muerte.

Bueno, dice Hans. Es que también es difícil negarse a las
intenciones, a las tuyas y a las de tu gente.

Si fuera fácil, cualquiera sería poeta.

Pero si uno no quiere nada, ¿para qué esforzarse en absoluto?

Para darse cuenta.

Ah, bueno, claro.

Ingrid no sabe en ese momento si Hans se está riendo de ella o si realmente la necesita para recordar lo que él mismo piensa.

Kuba estaba satisfecho con tener la *intención*.

Pero ¿tú crees que desde que se levantó la fuente los trabajadores de la acería, pescadores y campesinos van juntos por la tarde a la taberna?

Puede.

Bobadas. La voluntad enturbia más los resultados que un trapo sucio.

Hubo un tiempo en que por frases como esa Hans quería a Ingrid.

Al llegar a casa, mira de pasada el teléfono en el nicho que hay justo a la entrada de Las Altas Dunas. Por la mañana, al ir a por el pan, intentó llamar un par de veces a Colonia desde una cabina, pero nadie respondió.

Has dicho que esto duraría lo que yo quisiera que durase, y ahora ya no quiero más. Eso dirá Katharina cuando, al fin, mañana la pueda llamar otra vez a Berlín, está prácticamente seguro. ¿Me ayudas?, se ha roto el maldito corcho. No, ahora no puede ayudar a Ingrid con su corcho, tiene que mantener esa frase inaudible en jaque: Y ahora ya no quiero más. Seguro que te las apañas, dice, y se queda sentado en el asiento que hay junto a la ventana. Advierte cómo el silencio se intensifica de pronto en esa habitación vacacional, pero le da igual, hace ya días que su nostalgia ya no suena a Mozart. ¿Por qué estás tan malhumorado? Y ahora ya no quiero más. ¿O acaso suena el teléfono, sin más, en el vacío? ¿Qué? Que por qué estás tan malhumorado. No estoy malhumorado. Y ahora ya no quiero más. Se le ocurren entre tres y cinco razones por las que podría ser así. ¿Llegará a recoger Katharina su carta en la oficina de Correos? Nada, lo más importante es que tú estés bien cómodo. Todavía ha de aguantar otra semana de vacaciones en el Báltico mientras la chica se vuelve a aclimatar a una cotidianidad en Berlín en la que él ya no existe. ¿Podéis dejar de pelearos?, dice Ludwig. Pero si no nos estamos peleando, dice Hans.

I/12

Todavía en el tren, poco antes de llegar a Berlín, le viene a la cabeza algo sencillísimo: podría ir hasta el Báltico, y darle una sorpresa. Todo el mundo tiene derecho a ir a la playa a tomar el sol, ¿o no? Todavía le quedan dos días libres, y ¿para qué libres si no para verlo? La indómita alegría que la invade con esta perspectiva quiere desfogarse, ahora mismo. ¿Y si justo antes de que el tren llegara a su destino se bajase rápidamente otra vez en Berlín Occidental, en la estación de Tiergarten, envuelta en leyendas, y diera un par de pasos más allá de la zona prohibida y, una hora después, volviera a casa con el tren urbano? Su visado solo es válido para Colonia, pero un amigo suyo que había podido ir a un bautizo en Hamburgo se había quedado incluso tres días más de lo autorizado para visitar también Kiel y Lübeck. En realidad, solo con que vuelvas se alegran, le había dicho él. El viejo y cansado Estado ha confiado en la joven y la ha dejado marchar, y ahora esta joven, mientras baja los escalones hasta el vestíbulo de la estación para dejar la maleta, tiene de pronto el poder. El poder de pasear por un rincón muerto donde nadie la vea ni la espere. Escalón a escalón Katharina se mide con su Estado, que fue clemente con ella y ahora depende de que ella sea clemente con él. Escalón a escalón se pregunta si abandonar ese regreso conforme a lo previsto es también algo así como llevar una capa de invisibilidad, una máscara, un mono de cuerpo entero. ¿Es también ella, ahí, donde nadie la conoce, donde es una completa extraña, por primera vez ella misma?

Durante media hora está fuera del sistema, y su miedo, al igual que su juego, no tiene que ver con que el brazo de su Estado pueda tal vez llegar también hasta aquí, ni con que alguien supervise quizá su camino en secreto. Su juego, al igual que su miedo, tiene que ver con que una soledad de media hora pueda convertirse en una soledad para el resto de su vida. Con poder caerse de una vida que le es conocida, con que la expulsen, con tener que quedarse aquí para siempre. Juega a ese juego consigo misma, y lo que le produce miedo lleva su mismo nombre. Antes incluso de que se pase la hora por la que pagó en la consigna, Katharina recoge otra vez la maleta y se sienta en el tren urbano en dirección Friedrichstrasse.

La primera palabra de la carta que apenas poco después recoge en la oficina de Correos de la Tucholskystrasse dice: «Bienvenida».

I/13

Ahí está él. Lee, cabecea, fuma cigarrillos, se levanta una, dos veces, y se mete en el agua hasta que le llega a la altura de las rodillas, vuelve, intercambia un par de palabras con su mujer, con su hijo, saca otra vez el libro. También la mujer lee, se ha hecho una almohada de arena. Parece simpática, por desgracia, piensa Katharina. Revuelve en busca de algo en un bolso grande, saca una caja de hojalata y ofrece al marido y al hijo trozos de manzana y zanahorias. La madre de Katharina también lo hacía. ¿Tendrá también ella más adelante una familia a la que ofrecer trozos de manzana y zanahorias? El hijo es pelirrojo y tiene pecas, qué singular, piensa. Y Hans lleva bañador, lo cual no le pega. Pero Katharina se alegra de reconocer su cuerpo pálido, las piernas larguiruchas, los hombros estrechos y angulosos, y su andar. Durante más o menos hora y media mira, desde lejos, la vida veraniega de él. Emoción, felicidad, tristeza, miedo, envidia, duda, curiosidad, deseo, rabia y anhelo se le deslizan a través del alma durante hora y media, mientras está sentada en la arena con la vista puesta en él y en esa parte de su vida en la que nadie le ha dado vela. Más tarde, mujer e hijo se han ido a nadar, Katharina se levanta de pronto, y lenta, muy lentamente, lleva su revoltijo de sentimientos, sin derramar ni uno solo, hasta él. ¿No tendrá usted un cigarrillo?, pregunta, y entonces él levanta la vista desde el libro hasta ella.

Voy a pasear un poco, dice Hans a Ingrid, sí, sí, vete, dice Ingrid, sacudiéndose el pelo. Unos cientos de metros hacia el sur, en la playa nudista, Hans embadurna con arena el cuerpo desnudo de Katharina, y Katharina respira con tanta intensidad que la arena se va resbalando. Hans se deja puesto el bañador, dadas las circunstancias, dice, y ella lo mira, ve a qué se refiere y sonríe.

Cuando te vi, dice él, pensé que se me paraba el corazón. Pero has sobrevivido. Sí, dice él, he sobrevivido a la felicidad, pero por poco. Hans mira su cara como si fuera un mapa. Qué joven es, piensa, y qué intachable, de sus ojos todavía no ha desaparecido del todo la mirada de niña. Después de nuestra última despedida no te giraste ni una sola vez, dice él, y yo lo interpreté como un mal presagio, y yo, dice ella, creía que me habrías olvidado porque no llamaste nunca, y yo, dice él, pensaba que ya no querías estar conmigo. Del revoltijo de sentimientos en el alma de la joven, en ese instante, solo queda uno: la felicidad.

Por la tarde, Ingrid y Ludwig juegan al ajedrez y Hans dice: Necesito otra vez tabaco, e Ingrid dice: Sí, sí, sin alzar la vista del tablero. Las dunas están cerradas con una alambrada, pero ese cierre no es válido para Hans, ni tampoco para Katharina. Una lista entera de caricias ideó para su amante en Colonia y, como no sabe si le alcanzará la vida para agotarla, se pone inmediatamente manos a la obra. Aquello que Hans ha visto hoy en la playa más meridional está ahora, a oscuras, bajo sus manos, y mete dentro la lengua, la polla. En esos tiempos en que un panecillo cuesta cinco céntimos, en que en la Helmut-Just-Strasse de Berlín, haciendo esquina con la Arnimplatz, hay unas obras en las que unos vagones están enganchados de tal manera que a través de un hueco en la chapa que los recubre se puede ver la tierra arremolinándose bajo el tren, en esos tiempos en que, cada dos meses, la empresa estatal Rewatex recoge la ropa sucia y la trae de vuelta lavada, en la que un perro se alegra cuando lo sacan de paseo, en la que una mujer va pegando en su cuaderno de socia, mes a mes, los sellos de la Sociedad para la Amistad Germano-Soviética y un hombre piensa cómo podría sostener su tomatero, en esos grandes tiempos, Hans le tapa la boca a Katharina cuando esta se arquea y quiere gritar, y siente bajo su mano una vida que se agita.

Al día siguiente, vuelven a estar tumbados al sol entre los demás bañistas desnudos y semidesnudos en la playa más meridional, con la cara tan cerca el uno del otro que el uno respira el aliento del otro. Mañana hará cuatro semanas que estamos juntos. Para mí es como si nunca hubiese sido de otra manera. Para mí también. ¿Fue aquí donde te quiso tirar al agua tu madre? No, eso fue cerca de Danzig. ¿Y aquello es bonito? Sí, es una zona preciosa, justo al lado de Stutthof. Hans se tumba boca arriba y mira el cielo azul. Cuando se ve tanto cielo azul como para coser con él unos pantalones, es que va a hacer buen tiempo, o eso dicen. Hoy habría en el cielo suficiente azul para una fábrica textil entera.

¿Stutthof?

El campo de concentración.

¿Tu padre trabajó en el campo?

No. Pero les enseñó a los polacos la cultura alemana:

> Ante todo, mi niño: sé siempre fiel y honrado,
> que las mentiras no profanen nunca tu boca.
> Siempre para el pueblo alemán estuvo claro:
> ser fiel y honrado es su máxima gloria.

Un joven alemán no llora. Un joven alemán no tiene miedo. Un joven alemán no hace un montón de cosas que en realidad son normales. Katharina se tumba boca abajo e introduce el dedo en la arena, que bien podría ser un desierto si uno ignorara la escala.

¿Estuviste en las Juventudes Hitlerianas?

Claro.

¿Y te gustaba?

Sí.

Rayas en la arena, líneas en la arena, juntar la arena con la mano hasta formar una colina y luego volver a aplanarla.

El deporte no era lo mío, dice Hans. Pero me gustaba formar parte de los elegidos.

¿Y después?

El patio trasero de nuestra casa estaba dividido en dos mitades por una valla verde. Una noche, al final de la guerra, de camino al refugio antiaéreo subterráneo, mi padre tiró mi camisa parda de las Juventudes, junto con el cinturón de chapa metálica y las condecoraciones, por encima de la valla. En la oscuridad.

Arena y más arena. Y cada granito es diferente.

¿Cuántos años tenías entonces?

Doce.

Arena.

Las primeras filmaciones de montañas de cadáveres en un campo de concentración las vi luego, a los trece años, en una exposición. El que me mandó pasar había estado preso en un campo de concentración. Tenía un aspecto tenebroso.

Arena.

Apilaban los cadáveres con la excavadora.

Arena.

Ante todo, mi niño: sé siempre fiel y honrado,
que las mentiras no profanen nunca tu boca.
Siempre para el pueblo alemán estuvo claro:
ser fiel y honrado es su máxima gloria.

Mucha arena.

Katharina conoce las filmaciones de la liberación del campo de concentración de Bergen-Belsen. Con su padre estuvo en Buchenwald, con el colegio, en Oranienburg. No recuerda una época de su vida en que no supiera que en Alemania la muerte no es el final, sino el principio de todo. Sabe que en este país apenas se ha esparcido una capa de tierra muy fina sobre los huesos, sobre las cenizas de quienes fueron incinerados, un alemán ya no puede pasear sino sobre cráneos, ojos, bocas, osamentas, cada paso hacia delante va directo a esa profundidad contra la que todo camino ha de medirse, lo quiera uno o no. Ese campo invernal desolado sobre el cual sopla el viento, antes ocupado por barracones. Su cuarto de niña con calefacción, su cama con sábanas limpias, los gritos de su madre: ¡En veinte minutos comemos!, todo eso se le había antojado siempre a Katharina como la excepción que confirma la regla, como algo provisional. Si el abuelo no hubiera logrado escapar aquella tarde del 30 de enero del 33, o si en España hubiera caído en manos de los fascistas, o si más tarde en Francia alguien lo hubiese delatado y entregado a los alemanes, también él habría caído bajo tierra antes de tiempo, y ella, Katharina, no estaría en el mundo. Sin que ningún miembro de la familia tuviera que expresarlo en voz alta, la fortuna que había tenido su abuelo llevaba siempre consigo la desgracia, que en la medida en que podría haberse hecho realidad tal vez superara incluso la fortuna.

Tengo que volver, dice Hans, si no, van a venir a buscarme.

I/14

Por los ollares de los corceles de la muerte resopla la oscuridad. Zeus ha prohibido a la aurora, el Sol, la Luna y las estrellas hacer acto de presencia, pues en la oscuridad no se puede encontrar la hierba mágica que la Madre Tierra, Gea, hizo brotar para hacer invulnerables a sus salvajes hijos tardíos. Solo el mismísimo Zeus, omnipotente, encuentra también a ciegas la hierba, y la arranca. Tomad mi cuerpo, dice Gea entonces a sus hijos sedientos de guerra, partidme, dice, y tomad todos mis miembros –montañas y ríos y arrecifes y costas e islas– como arma. Gea se vuelve planísima para sostener a quienes nacieron de ella, de la vieja Tierra, en la lucha contra el nuevo e inmortal orden de los dioses. Sin que medie una palabra de saludo, Hans toma a Katharina de la mano y la lleva a dar una vuelta. Dos, tres veces en la vida ha estado ya aquí, en el vestíbulo, frente a los bloques de mármol, dos, tres veces ha visto los monstruos escamados retorciéndose, las garras en alto, los cuerpos de mujer y mantos ondeando, los cuerpos de hombre y hocicos de perro mordiendo, ha visto cabezas de dioses y gigantes, alas y gusanos de tierra, todos congelados y entrelazados en esa lucha petrificada, pero solo entonces Hans le abre por primera vez los ojos ante aquello que ve. Gea quiere salvar a sus hijos, pero Atenea, la nieta, la devuelve de un pisotón al polvo, devuelve a la diosa de la Tierra a la Tierra y la separa así de su hijo Alcioneo, que solo con la separación se vuelve vulnerable. La Hécate tripartita se abalanza con tres caras, tres cuerpos y triplemente armada, con antorcha, lanza y espada, sobre el gigante Clitio. En ese punto, Hans señala un joven luchador que yace en el suelo, y cuya mano extendida sobre la rodilla de Doris, que lo abatió, busca apoyo, y luego le muestra la pata de caballo de Tritón, y más allá el tierno abrazo con el que el dios Éter le parte el pescuezo a un espíritu maligno con cara de lobo. Mira la cercanía, dice Hans, mira la cercanía de los luchadores, y cómo se corresponden en fuerza. Mira, dice Hans, mira cuánto se parecen el amor y el odio. Y mira las fracturas, dice él, lo que falta, las historias destruidas, las lagunas, también ellas son parte de una historia, pero de una historia que se desarrolla más allá de lo que está representado en el friso. De Heracles, por ejemplo, el héroe principal, solo queda la placa con su nombre. ¿Por qué es, entonces, el héroe principal?, pregunta Katharina y sigue paseando hasta Afrodita. Mientras tenga preguntas para mí, su amor habrá de durar, piensa Hans y dice: Los dioses queman lo crudo, lo golpean, lo estrangulan, lo atraviesan, pero solo Heracles, nacido de una mujer mortal, logra con sus flechas acabar con él definitivamente, hace falta un desertor para cargarse al gigante, un mortal para dar muerte a ese ser mitad dragón mitad humano. Qué extraño, piensa Katharina, que precisamente Afrodita, la diosa del amor, con un pie calzado en una delicada sandalia, le aplaste tan despiadadamente la cara a su joven oponente. Solo me cabe esperar, piensa Hans, que nunca se le agoten las preguntas. Pero hoy día, dice él, es probable que Heracles esté con la cabeza clavada contra un muro. O que esté aún bajo tierra, sin desenterrar, dice Katharina. Y ambos se imaginan por un momento cómo, en algún lugar de la zona de Pérgamo, en las profundidades de la tierra, toma impulso para la batalla, mientras la víctima de la batalla ya se puede visitar desde hace casi un siglo en un museo de Berlín. ¿Sabes que entre los antiguos griegos algunos creían que el Sol se paseaba de noche de oeste a este bajo la Tierra, de un lado a otro, atravesando el inframundo, hasta reaparecer a la mañana siguiente? No, Katharina tampoco sabía eso, y se imagina esa luz silenciosa y amarillenta, cómo en las profundidades, sin que nadie la advierta ni la contemple, se desliza a través de los terrones. Con Hans a su lado nunca más en la vida tendrá que aburrirse, piensa. A las tres de la tarde en el altar de Pérgamo, nunca nadie se había citado con ella así. Y aquí, donde aparte de ellos no hay más que turistas, Hans la lleva de la mano, todo el rato incluso. Más tarde, al despedirse, después de dar unos pasos, Katharina se gira para hacerle una seña. Y él también se ha parado, se ha girado, y le devuelve la seña. Ahora siempre lo hacen así.

I/15

En ese agosto berlinés colocan la cúpula sobre la catedral restaurada a los pies del Spree, que a partir de entonces se refleja en las ventanas bronceadas del Palacio de la República, ese agosto, el edificio donde trabaja Katharina se ve sacudido varias veces por explosiones subterráneas en la franja opuesta del Muro, antes estaba allí la cancillería del Reich y, ahora, el búnker donde Hitler se disparó y Magda Goebbels envenenó a sus seis hijos debería desaparecer al fin también para levantar edificios nuevos. Ese agosto, hasta el fin de semana en que Katharina visita a su padre en Leipzig, ya no pasa un solo día sin que Katharina y Hans se vean, aunque sea solo media hora. Ese Hans es un hombre interesante, dice el padre, y buen escritor, además. ¿Conoces sus libros? Claro. Me regaló *Regreso*, menciona Katharina, dedicado. Sí, escribe francamente bien. El padre se ha montado un piso de soltero en

Leipzig, y en él bebe bíter limón en unas tazas de estaño que tienen doscientos años: Duran una eternidad. Tu Hans, dice el padre, ha comprendido que él mismo es material, piensa en términos históricos, puedes aprender de él. Katharina asiente con seriedad, como si ahora tuviera una difícil misión que cumplir al mismo tiempo que ama.

Ese agosto, su compañera de trabajo Heike le ofrece su apartamento para que, en los días que no pasa las tardes en casa, pueda quedar allí con Hans. Sé cómo son las cosas cuando uno es joven, dice. Katharina no le ha contado cuántos años tiene Hans. A finales de agosto la madre y Ralph se van a visitar a los familiares de Dresde, y entonces Katharina invita a Hans por primera vez a su casa.

Katharina vive precisamente en la Reinhardtstrasse, esquina con la Albrechtstrasse, en el punto en que se cruzan los caminos nocturnos por los que él pasó tan a menudo de joven. Sé joven, dicen los muertos. Brecht. Eisler. Ernst Busch. Después de la función en la Berliner Ensemble el camino hasta el Hajo-Bar. El camino hasta el club de artistas Die Möwe. El camino hasta el Esterházy-Keller. Antes o después, pasaba cada una de esas noches por delante de su casa, que por entonces no podía ser aún su casa, puesto que no había nacido aún. ¿Acababa de llegar al futuro? Sé joven, dicen los muertos. Demolido desde hace un cuarto de siglo, el Hajo-Bar, cerrado desde hace un cuarto de siglo, el Esterházy-Keller, nada más que una puertecita discreta que conduce a un sótano y que solo se abre cada cien años, y por un instante la aparición espectral de hace dos semanas le roza la memoria a Hans, los cien años concluyeron precisamente cuando, rodeado de otros jóvenes de posguerra, aprendió en Berlín a pensar, abrigar esperanza y emborracharse. Demolida desde hace un cuarto de siglo, la juventud. La esperanza lleva ya un tiempo viendo los rabanitos crecer desde abajo. Solo quedan el pensar

105

y el emborracharse, que se mantienen tambaleantes en su puesto. Sé joven, dicen los muertos. Del dicho al hecho hay un trecho. En la oscura bocacalle de la izquierda estuvo hasta el año pasado el Friedrichspalast, apretujado entre casas, y si uno quería atajar desde la parada de tranvía hasta la Berliner Ensemble, pasaba por aquí. Ahora, detrás de la valla de estas obras no se ven más que escombros. Mientras lo demolían, apareció bajo las paredes de hormigón la estructura de un enorme mercado, repleta de filigranas. Durante un siglo, ese mercado había sido un espacio: muy al principio para pan, fruta y salchichas, luego cuartel general de un circo, en los años veinte de Reinhardt había acogido la *Orestíada* de Esquilo, apenas quince años después se había construido un palco para el Führer y encima se había colocado una inscripción: «Fuerza a través de la alegría», después de la guerra se habían reparado los daños provocados por las bombas, noche tras noche se alzaban en hilera las piernas desnudas de las bailarinas, en el programa de tarde actuaba el payaso Ferdinand. Al demoler ese obsoleto templo del placer se demolió, al mismo tiempo, todo cuanto ese edificio había sido a lo largo de la historia alemana. ¿Era una demolición así un final, o tan solo una metamorfosis? Sé joven, dicen los muertos. Brecht bajo tierra. Todavía nos haces falta, había dicho Eisler. Tienes que cuidarte, eres irremplazable. Pero Brecht no hizo caso y murió ya a los cincuenta y ocho. A Hans poco le queda para llegar a esa edad. Qué haces con este presente que era nuestro futuro, preguntan los muertos. En el hueco entre las paredes de dos edificios, una reja de hierro fundido, detrás, un par de tablas cubiertas de barro, y una botella vacía y papel de periódico arrugado. Frente a la casa de Katharina el búnker, ese coloso indinamitable, en lugar de venas, caminos de fuga en su interior, en lugar de entrañas, una vida interior de piedra. Crecen abedules en las cornisas. ¿Está muerto? ¿O acaso lo parece pero tan solo está a la espera, en realidad, de la siguiente guerra? El gigante Palas se quedó petrificado cuando Atenea le tendió su escudo con la cabeza de Medusa. Su hermano Damastor, buscando a su alrededor una roca que pudiera lanzar a los dioses, agarró por error a su hermano petrificado y lo arrojó a él. Si Hans hubiera nacido solo dos años antes, lo habrían empleado como auxiliar de artillería antiaérea. De aquí hasta la silueta del cortafuegos que hay poco antes del Muro la vista ha quedado despejada por las bombas, en mitad del descampado está la entrada del escenario donde ensayaba Brecht, la fachada está protegida como monumento, cuanto había detrás lleva un cuarto de siglo demolido, en el parque que hay en primer plano el viento no mece ni una sola hoja de los castaños de Indias rojos, igual que la mañana en que Hans había llevado de madrugada a Katharina a la estación para que cogiera el tren con destino a Colonia. El policía que vigila la embajada de Dinamarca vigila hoy también la embajada de Dinamarca, y frente a su caseta de aluminio estira las piernas en tan plácida tarde de finales de verano. Hans deja tras de sí los viejos y los nuevos tiempos y su indisoluble disonancia al abrir la enorme y pesada puerta de madera a su amante, Katharina, tan joven como lo fue él en sus mejores tiempos.

Se ha puesto una minifalda para gustarle. Le enseña dónde vive. El largo pasillo que va derecho hasta su habitación. A la izquierda y a la derecha hay otras habitaciones, cocina y baño. ¿Por qué vive aún en casa? El piso es demasiado grande, no tengo derecho a uno propio. Mira por un instante el salón de Erika Ambach, aquella doctoranda que nunca le había interesado especialmente. Libros, una estufa de cerámica, un sofá, una mesa baja de cristal delante, y también aquí la bonita lámpara de pie de su amigo Lutz Rudolph. Cortinas plisadas en las ventanas que dan al búnker. La madre de Katharina debió de intentar incorporar de algún modo las vistas del monstruo, piensa Hans, y sigue a Katharina, que entra en la cocina y ha preparado una tarta para él. En la cocina, la pared en torno al banco esquinero está cubierta de listones de pino hasta media altura. Ralph se alegró al recibir los listones, dice Katharina, los colocó todos él. ¿A qué se dedica Ralph? Es geólogo, responde, de vuelta en el pasillo con la tarta y los platos. Baja con el codo el picaporte de su habitación. Hans ha ido tras ella con las tazas de café. Un piano, un armario tradicional pintado, un escritorio frente a la ventana. Voy a por el azúcar. Solo cuando se gira, ve en la esquina, medio escondida por la puerta entreabierta, su cama.

Una cama de latón, el cabecero y los pies con barrotes verticales.

Esos barrotes son buenos para atar.

Atar.

La idea desplaza poderosamente a un lado todo cuanto hubiera podido servir como tema de conversación.

¿Atar?, dice Katharina, y ríe. Se trata de un juego, para pasarlo bien. Y, rápidamente, Katharina saca del armario un par de pañuelos y cintas, pañuelos anchos y resistentes, tal y como ha sugerido él, para que las ataduras no se claven en la piel. Evidentemente, no quiere hacerle daño. Claro que no quiere hacerle daño, sobra decirlo. Pero tiene que estar desnuda. Si es lo que quiere... Está tumbada ya, blanca sobre las sábanas blancas. La mano derecha y la izquierda, y luego el pie derecho, y el izquierdo. No hay trabajo práctico más hermoso que aquel cuyo significado trasciende la acción. Aquel que la trasciende con creces. Da varias vueltas a cada cinta en torno a uno de sus miembros y luego las pasa por uno de los barrotes de latón, por último, anuda el principio y el final de cada atadura. Casi parece un vendaje. Se preocupa por ella, por si siente dolor, ¿no le hace daño? No, todo bien, dice ella, y sonríe. Luego acerca una silla, se sienta junto a la cama y la mira.

Una vez, dice Hans, cuando era niño, estaba esperando

en el dentista. Dentro estaban tratando a una niña. Oí el taladro y luego la oí chillar. Fue la primera vez en mi vida en que me excité.

Qué extraño, dice Katharina, y piensa si tendría algo comparable que contar, pero no se le ocurre nada.

¿Y ahora?, pregunta Katharina pasado un rato.

Ahora, dice Hans, voy a la cocina a por un vaso de agua y enseguida vuelvo. Vale, dice Katharina.

Mientras espera a que Hans vuelva, se da cuenta de que se le están enfriando y adormeciendo los pies. Su madre le pidió que comprara cebollas y, con la emoción por la visita de Hans, se le olvidó por completo. La verdad es que es raro, piensa, yo estoy desnuda y él se ha dejado la ropa puesta. ¿Quizá se avergüenza y por eso no vuelve? Abajo se oye el autobús, cómo se detiene y más tarde arranca de nuevo. En el parque juegan niños, gritan. De vez en cuando pasa un coche. Cuando era más joven aún, a veces se quedaba largo rato despierta por las noches, y entonces le gustaba ver cómo los haces de luz de los faros se deslizaban por el techo. Pero ahora todavía es demasiado de día para eso.

Finalmente, mucho después de lo que tardaría alguien en servirse un vaso y beberlo, Hans vuelve a la habitación. ¿Qué has estado haciendo? Me he sentado en la cocina y he fumado un cigarro sabiendo que estabas aquí. ¿Sabiendo que estaba aquí?, dice Katharina sacudiendo la cabeza. Sabiendo que podría volver en cualquier momento y mirarte. Pero si siempre puedes mirarme. Sí, pero no así, dice él: No hay excitación mayor que la que uno siente ante lo que sería posible. ¿Mayor que por lo que de verdad ocurre? Mucho mayor, dice él, pues solo en aquello que uno imagina no falta nada, no hay mácula. O sea que cuando estoy libre sientes que me falta algo, dice Katharina, y sacude sus ataduras en broma. No, no es eso, dice Hans, y le sonríe, pero solo como si ahora tuviera algo más importante en lo que pensar. A Katharina le viene sin querer a la cabeza la mano del gigante, cómo busca apoyo en las rodillas flexionadas de la diosa Doris, su adversaria. ¿O quizá me atas para que no pueda salir corriendo?, le pregunta a Hans. Quizá. ¿O sea que te doy miedo?

Hans no responde, se limita a desatarle cuidadosamente los pies, abre la hebilla del cinturón, se lo quita y le dice: Túmbate de lado.

Una, dos, tres veces la azota, y Katharina se contrae y en la piel se le forman unas ronchas rojas. Entonces Hans aparta el cinturón y comienza a besarle esas ronchas rojas ya hinchadas.

Solo entonces, piensa Katharina, lo conoce del todo. ¿Se ha entregado él a ella, o ella a él? ¿O ambas cosas se funden en una cuando el amor va en serio?

¿Sabes?, dice una vez que Hans le ha soltado también las manos y se ha tumbado a su lado, con la cabeza apoyada en el brazo de él, ¿sabes que podría imaginarme tener un hijo contigo?

I/16

Barbara se llama la camarera del Arkade. Es guapa, parece rusa. ¿Debería ponerme celosa?, pregunta Katharina, y no lo preguntaría si no estuviera del todo segura de que Hans se lo iba a tomar a risa. Y, sin embargo, desde que hacía poco le había enseñado las fotos de su cincuenta cumpleaños, ya no está tan segura de él como lo estaba en los tres primeros meses. ¿Por qué le enseñó, para empezar, las fotos? Con la psicóloga que sale encendiendo un cigarro había estado liado más de nueve años. Y con la guapa presentadora del telediario, recostada contra la estufa a la izquierda, había estado al fin y al cabo tres años. Ambas se siguen llevando bien con su mujer, aunque seguro que esta se olía algo. Él, a cambio, sabía que a Ingrid le gustaba su compañero Bernd. Bueno, qué digo gustaba. Que probablemente había algo más ahí. La manera en que la abrazó mientras bailaban en la fiesta, sin duda Bernd la conocía bien, no solo por fuera sino también por dentro. Dijo Hans riendo. El dedo corazón de su mano derecha, con el que sujetaba la foto, amarillo por efecto de la nicotina. No lleva alianza. Ludwig, dijo, ya se había puesto bastante pálido al verlos bailar. Cuando esta de aquí, dijo, pasando fotos hasta señalar por fin la cabeza de una mujer de pelo corto, me besó luego en la boca, el chico salió corriendo y ya no volvió en lo que quedaba de noche. Sus padres le parecían, en el más verdadero sentido de la palabra, vomitivos. Pero solo lo supe después. Buen fotógrafo, por cierto, este Melis.

Al día siguiente por la tarde, mientras Katharina queda para hacer una hoguera con unos amigos que la han invitado, Hans está solo en el Arkade. La bella Barbara trabajó ayer, hoy es el de la cara picada de viruelas quien le lleva el aguardiente de trigo y una cajetilla de Club.

Once de la noche. En la mesa de enfrente hay gente hablando de sus cosas. Hans está ante su bloc de notas cuadriculado, apaisado, DIN A5. ¿Qué debería escribirle a Katharina? Escribe: «en la mesa de enfrente hay gente hablando de sus cosas». Como una cámara de eco se siente hoy. Como si ni él mismo tuviera texto alguno. Por eso ha de escuchar todas las banalidades de esos extraños que no le incumben en absoluto. «Ampliar el bungaló. Techos insonorizados no nos hacen falta. Embaldosado», empieza a poner por escrito la voz del pueblo. Crear una rutina de trabajo cuando más allá de eso ya no hay nada.

Si eso es un matrimonio, ¿para qué estar casado?, le había preguntado ayer Katharina.

Sin matrimonio no sería el que es.

Ella había asentido, pero pasado un rato le había goteado una lágrima desde la nariz hasta el café.

Como un defecto congénito lleva puesto ese matrimonio. Ella había asentido.

Por qué el grupito de ahí enfrente no puede hacer menos ruido. «Siempre un jarrón lleno de agua, humedad ambiental, calefacción de gas.»

¿Alguna vez tuviste algo con alguno de los que estarán mañana haciendo la hoguera?

Sí. Con Sebastian y André.

¿Con los dos a la vez?

No. Y con la servilleta se secó las lágrimas y volvió a sonreír.

¿Por qué lo dejasteis?

Sebastian ya no me gustaba, y André, en realidad, es más bien un amigo.

¿Un amigo con el que una se va a la cama?

Bueno, pasó.

Entiendo.

Barbara se llama la camarera del Arkade. Es alta, y más aún cuando lleva el pelo con un recogido alto. Barbara, dos cafés y dos vinos espumosos, por favor. Para celebrar el día. El tercer 11, su tercer aniversario, tres meses juntos, y si Katharina pudiera pedir un solo deseo, pediría que al destino jamás se le agotasen los días 11. Nueve años, tres años. ¿Cuánto habrá de durar lo que tienen ella y Hans? ¿Se trata solo de eso que llaman un lío? ¿Estará sentado, dentro de diez años, con otra cualquiera, le enseñará una foto de Katharina y añadirá: En otros tiempos fue mi amante? ¿Cómo soportar que el presente se precipite, momento a momento, y se transforme en pasado? Pero tú apareciste como agua de mayo. ¿Por qué le enseñó entonces las fotos? Que ya ha amado a otras es evidente, lleva mucho más tiempo vivido. Ella misma ha tenido ya, aparte de Gernot, otros tres o cuatro novios. Pero a sus otras mujeres les envidia la clandestinidad, el esfuerzo que ha tenido que hacer Hans para mantener a flote cada relación durante años: lavar la copa de vino con marcas de pintalabios después de haberse visto en su apartamento, o haberle dicho a Ingrid: Otra vez reunión en la radio, para así ocultar el encuentro, haber aprovechado que Ingrid tenía cita en la peluquería para hacer una llamada de teléfono o que, por la noche, ya estuviera acostada, y tener así la oportunidad de susurrar al auricular: Tesoro, cariño, cielo. Igual que hace ahora con ella. El pequeño Ludwig lo encontraba vomitivo, piensa Katharina. ¿Y acaso no tenía razón? Y, con todo, ella misma es parte ahora de esta sarta de mentiras. Y encima aceptaría de buen grado los secretos de Hans como un privilegio propio. Hace poco, una vez que Hans fue al cine con Ludwig, se sentó tres filas por detrás de ellos solo para estar cerca de su amado. Al salir, Hans le acarició rápidamente la mano entre el gentío.

«Sus profesiones soñadas eran pintor y campesino. Tres cerdos y, quitando eso, pollos, nada más.»

El de la cara picada de viruelas le sirve el segundo aguardiente de trigo y, bajo los retazos de conversaciones ajenas, Hans escribe entonces otra frase, dirigida a Katharina: «para que tengamos un futuro, tiene que haber más que tomar cafés y cama».

Y luego otra vez eso que ocupa a los demás: «El pequeño se queda con la casa».

Y luego otra vez eso que lo ocupa a él: «las aspiraciones que tienes con respecto a ti misma crecen muy tímidamente».

Intelectuales no son. Pero obreros tampoco. Probablemente funcionarios del ámbito de la cultura. «Funambulismo. No sé yo si es un medio propicio para un joven.»

113

Hoguera, piensa Hans, y escribe: «mi amor debería permanecer, aunque en otoño vuelva a estar más ocupado».

Tan pronto como uno apunta algo incontrolable, ese algo se vuelve material. «Así de golpe. Mi hija quiere ser farmacéutica, formación profesional, mi marido no está muy a favor.»

Hans escribe: «la postura que adoptas ahora, por desgracia, no tiene mucho que ver con el arte».

Hans apunta: «Gana dinero en divisas. No tiene hijos».

Barbara se llama la camarera del Arkade. Es amable, y su amabilidad parece auténtica, no rutinaria. Si no tenéis Duett, entonces Club, dice Hans, y Barbara le sirve entonces la cajetilla azul en un platito, con un papel redondo de crepé por debajo: «¡La Cámara de Comercio le desea una agradable estancia!».

Hace poco, una mujer que venía hacia ellos por la calle se giró de repente y se marchó corriendo. Su antigua amante de Radio 1, le contó luego Hans a Katharina. ¿Acaso no estaba enterada de que lo suyo había terminado? ¿O no importaba que estuviera enterada? Katharina se da cuenta cada día de que, en verdad, Hans y ella ya no son desde hace tiempo dos seres independientes, sino uno solo. Desde hace unas semanas ha adoptado la costumbre que tiene él de escribir todo en minúscula, ninguna palabra debería estar por encima de otra, que cada uno piense por sí mismo qué es un nombre propio y qué no, ¿o no? Sus discos de piezas para piano de Rajmáninov se los ha regalado a Sibylle, también el Concierto para violín de Mendelssohn, que antes tanto le gustaba escuchar cuando estaba triste. Ahora lo sabe: cuando *quería* estar triste. Encursilarse, lo llamaba Hans. Quien de verdad está triste procura salir de ese pozo a toda prisa, no puede permitirse el lujo de ponerse encima a escuchar música sentimental. Sí, antaño era vanidosa y le gustaba estar triste. Mozart, en cambio, no mete al oyente de cabeza en el sentimiento, cada una de sus líneas tiene una gestualidad muy concreta, tristeza, sí, pero como proceso sobre el que uno ha de reflexionar. Uno ha de preguntar: ¿Qué se ha perdido? ¿Por qué se está triste? Bach, más de lo mismo. Con el primer movimiento del Concierto de Brandeburgo en re mayor bailó el domingo pasado una danza salvaje mientras estaba sola en casa.

¿Cómo puede ser que Hans la conozca mejor de lo que ella se conoce a sí misma?

«si no, la alegría se nos desmigaja, uno ya no sabe bien por qué mantener una relación, y llegado un punto la deja estar.»

Enfrente piden por fin la cuenta, se levantan, empujan las sillas. «Que se dé bien la jornada, ¿dejamos la puerta abierta?»

El de la cara picada de viruelas trae el aguardiente de trigo número 3.

La luna de miel con Katharina ha durado exactamente tres meses.

¿Se habrá puesto guapa para sus amigos? ¿Estarán pillados ya Sebastian y André? Si pasa la noche hoy con sus amigos, ¿dormirá ella sola en una cama?

Cuando está con ella aquí, en el Arkade, y quieren marcharse, él le coge el abrigo y se lo pasa. Pero ella extiende siempre primero los brazos hacia delante, lo abraza por un momento, y luego se quita el abrigo y se lo pone correctamente.

I/17

¿Sabes?, dice Katharina a su amigo Torsten, hasta pintó con rotulador un punto en la copa para saber de qué lado bebí.

Y el amigo Torsten se ríe y dice: Es un truco viejísimo. Entonces se levanta para poner un par de salchichas en la parrilla. Desde hace cinco años organiza una hoguera cada octubre, mientras sus padres están en Hiddensee.

Katharina le dice a su amiga Anne: En noviembre Hans tiene que ir a Austria, pero no quiere, porque entonces estaremos una semana sin vernos.

¿Lo dejan ir a Austria?

Sí, a unas jornadas para escritores.

¿Tiene pasaporte?

Ni idea, probablemente.

¿Lo dejan ir a Austria y no quiere ir... por ti?

Sí.

Pero ¿va?

Sí, claro, es una cosa oficial.

Entonces me quedo tranquila, dice Anne, y mira a Katharina como si Katharina fuera Hans y entonces ella, Anne, Katharina, que está molesta con Hans, mira a Katharina como le parece que Katharina debería mirar a Hans.

Pero digo yo que si echa de menos a alguien podrá decirlo.

Sí, claro, claro que puede, dice Anne.

El guapo de Henry saca la guitarra junto a la orilla y se pone a cantar: «Candy Says».

Katharina se levanta y dice: Voy abajo.

Más allá, André está sentado en un banco bebiendo vino. Katharina se sienta a su lado, pues André es quien mejor la conoce de todos los que están ahí.

«*What others so discreetly talk about.*»

¿Sabes?, le dice, hace poco nos cruzamos con su antigua amante y se marchó corriendo al vernos juntos.

Ya, dice André, es que es duro.

¿Para ella, quieres decir, o para mí?

Para las dos. Tú eres su yo de antes y quizá algún día seas su yo de ahora.

116

¿Tú crees?

«*What do you think I'd see.*»

Igual te haría bien no colgarte demasiado de él.

¿Crees que soy para él como las otras con las que ha estado?

Ni idea. Pero aunque no fuera así.

Katharina sabe que André también estuvo una vez con una mujer casada.

Ellos siempre nos dan solo una parte de su vida, pero para nosotros lo son todo.

Pero yo creo que él se siente igual que yo.

«*That cause the smallest taste of what will be.*»

Haz lo que te parezca, pero ten cuidado.

Ruth atraviesa el prado con una copa de vino en la mano, llega y dice: ¿Puedo?, y se sienta en el banco con André y Katharina. ¿Le gustará André? ¿O tendrá que ver con aquel beso en la boca que Katharina le dio una vez a Ruth? Voy a por otro, dice André, enseña su copa vacía y se marcha. Es como un balancín. O como un campo en el que soplara el viento. Campos y alteraciones de campos. Ruth habla de Gorbachov, luego habla de su hermano mellizo que está en el ejército y tiene mucho tiempo para escribirle cartas. Ah, dice Katharina, no es lo habitual, ¿y qué escribe? Y: Qué gracia. Finalmente, Ruth dice:

Antes eras diferente.

¿Cómo?

Desde que estás con este Hans has perdido de alguna manera el brillo.

¿Qué brillo?

Bah, da igual.

Katharina piensa que igual habría sido mejor no haberle dado aquel beso en la boca a Ruth. Y André parece que ya no va a volver.

Voy a por algo para comer, dice Katharina, y se levanta del banco.

Esa noche todavía oye las siguientes frases:

¿Cómo?, ¿que tiene un hijo? Yo odié a mi padre cuando se marchó y nos dejó a mi madre y a mí.

Me gustaría enseñarle mis textos, ¿igual nos puedes presentar alguna vez?

¿Y qué tal es en la cama?

En esta hoguera, Sebastian y su nueva novia, Vera, se pelean. Vera llora, se sube a la bici y se marcha sola a casa.

En esta hoguera Steffen vomita en la oscura hierba.

En esta hoguera bailan en el prado. Cada uno ha llevado uno o dos casetes, y la música viaja campo a través, desde Dire Straits hasta Queen pasando por Tom Waits. Pero Katharina no tiene ganas de bailar.

Este año es la primera vez que Sibylle no ha podido ir, al parecer porque su hermana está de mudanza.

A la mañana siguiente, durante el desayuno, Katharina se vuelve a juntar en la cocina con los que se quedaron a pasar la noche.

¿Torsten no había sido siempre un buen amigo?

Le gustaba pedirle consejo cuando se trataba de hombres: ¿Era mejor hacerse la difícil cuando a una le gustaba alguien? ¿O no servía de nada si tan solo era una pose?, ¿se trataba de ser independiente por dentro? Pero ¿cómo era posible, si estar enamorado consistía precisamente en volverse involuntariamente dependiente?

Ahora que ya no necesita consejo con respecto a Hans, a Torsten no se le ocurre otra cosa que reírse de ella.

¿Y Anne? Con nadie podía uno sentarse más a gusto que con Anne en cualquier café a mirar a la gente, cómo se comportaban,

118

se peleaban, se daban ínfulas, se aburrían entre ellos, se emborrachaban o trataban de seducir. Pero ¿qué pasa?, ¿que ahora de pronto tiene que ser ella, Katharina, la observada? ¿Como si estuviese ciega y Anne fuera la única que sabe lo que pasa?

Sebastian siempre empezaba a sudar cuando se acostaban, entre el labio superior y la nariz le asomaban gotitas de sudor. Sobre su mesa se balanceaba una bombilla roja, y ahí se sentaba cuando ella no tenía tiempo para él, bajo la luz roja, y le escribía poemas. Y ahora ella tenía que llevárselos a Hans, su sucesor.

Ruth siempre se acuerda de todo, se sabe cada fecha y cada acontecimiento político o privado. Preferiría poder olvidarme de algo, le había dicho una vez a Katharina. Entonces Katharina, sin saber por qué, había agarrado a Ruth por el pelo, que era negro, la había acercado hacia sí y la había besado en la boca. ¿Se habrá dado cuenta Ruth de que anteayer lloró? Que había perdido su brillo, le había dicho Ruth anoche, Ruth, que todavía no ha tenido ningún novio, sino que se queda tres horas en la escalera esperándola.

Susanne está con un ruso: Vladímir, que una o dos veces por semana se arrastra por debajo de la valla de su cuartel a hurtadillas y va a Berlín a verla, arriesgándose a recibir un gran castigo. ¿Debería preguntarle a Susanne si acaso Vladímir no tiene una mujer en la Unión Soviética, y quizá también uno o dos hijos?

Steffen llega el último a desayunar, la víspera bebió demasiado. Katharina se ha sentado muchas veces con él en la cocina y se ha comido su sopa de patatas. A Steffen le gusta la fotografía, y también de Katharina ha sacado incontables fotos en los últimos años. A veces ella también estaba presente en la cámara oscura mientras él sujetaba un papel fotográfico blanco con las pinzas de madera y lo sumergía en el revelador fotográfico, y luego lo retiraba cuidadosamente al aparecer la imagen. Incontables Katharinas en blanco y negro ha tenido en las manos y, en el momento adecuado, las ha colgado de una cuerda a secar. Pero ayer, quizá por efecto del alcohol, salieron de pronto a relucir los celos. Unos celos que parecían odio. Pero ¿qué demonios le pasó para haberle hablado con ese tono y haberle preguntado con feas palabras por cosas que en realidad no son asunto suyo? Ayer Katharina vio su alma al desnudo, y preferiría no haberlo hecho.

Recordar todo eso no requiere más que unas cuantas miradas a uno y a otro, dos tazas de té, un panecillo, un huevo, un trozo de pepino. Con Torsten no ha sido la misma que con Anne, y con Anne, a su vez, no ha sido la misma que con Sebastian, Susanne, Steffen o Ruth. Hasta entonces creía necesitar a Hans *en* el mundo, ahora resulta que lo necesita *contra* el mundo. Ayuda a recoger la mesa, pliega un par de sillas de jardín, recoge sus casetes de Queen y dice adiós a sus amigos.

I/18

Ludwig eligió ese lamentable árbol de Navidad porque le daba lástima. Ahora está ahí delante, como un bosque deforestado, en mitad del salón. Mañana tocará adornarlo con las bolas, y hasta entonces las ramas deberían asentarse, pero tampoco es que haya mucho ahí que asentar. Hans está intranquilo y no sabe por qué. En los últimos cuatro meses no ha pasado ni un solo día en que no haya visto a Katharina, salvo por aquella semana de noviembre en Viena. Pero ahora están al caer las vacaciones, durante las cuales no hay ni una sola razón creíble para salir de casa.

Hace dos semanas Ingrid, una vez que quería llevar la americana de Hans al tinte, descubrió en el bolsillo interior una foto de carné de Katharina, y acto seguido estuvo tres días sin hablarle. A Katharina no le contó nada al respecto. En octubre, Katharina lloró por primera vez por el hecho de que estuviera casado, en noviembre por segunda vez, y desde entonces él evita mencionar a Ingrid. Y ahora, cuando Katharina a veces está seria, sabe que se está conteniendo y callando aquello que en realidad debería decir en voz alta. ¿Te pasa algo? No. Al eludir aquello que entristece a uno u otro, la tristeza ocupa de pronto un gran espacio entre ambos. Ya es lo bastante mayorcito para saber cómo el final inserta sus raíces en el presente, primero imperceptiblemente y luego cada vez más fuerte. Sin matrimonio no sería el que soy. Eso le dijo también en su día a Regina, la presentadora del telediario, y a Marjut, la finlandesa. Y con eso se dieron por satisfechas hasta que él ya no quiso más. Por lo que a Katharina respecta, la frase cobra otro significado más, pero ella lo desmentiría si él se lo escribiese: sin matrimonio cesarían el peligro, el secretismo, los acontecimientos que les producen añoranza, que no conforman el contenido de su amor, pero los impulsan y mantienen despiertos. «Igual que si / al galope / a un jaco atosigado / una fuente acuciase.» Acuciar. He ahí otra palabra extinta. El matrimonio, que le disputa la existencia al amorío, es al mismo tiempo la base de la cual este se alimenta. Y si Hans ha de ser sincero, puede que lo mismo ocurra también al revés. ¿Acaso Ingrid, cuando después de esos tres días de silencio al fin le volvió a hablar, y luego, durante el transcurso de la posterior pelea, se echó a llorar mientras se le corría el maquillaje y, presa de la ira, agarró la primera cosa que tenía por delante, un cepillo para la ropa, y lo tiró por la ventana que daba al patio, acaso no le pareció también Ingrid entonces, en su desesperación, más guapa y más valiosa de lo que le había parecido en mucho tiempo?

Noche de paz. Mañana será día santo. Paz abismal, negra como un cuervo. Pero cuando Hans se tapa los oídos, oye la sangre murmurar por las venas. Está intranquilo y no sabe por qué. Se queda una eternidad sentado frente a su pequeño escritorio, en el mirador, tapándose los oídos y oyendo cómo durante una eternidad no sucede nada. ¿Qué evangelio debería leer mañana? ¿Lucas o Mateo? Saca la Biblia de la estantería y enciende otro cigarrillo. En el de san Mateo, los Tres Reyes Magos visitan a Jesús recién nacido. En el de san Lucas lo hacen los pastores. La doble genealogía del Mesías como hijo de un dios e hijo de una muchacha solo queda patente al ver ambos evangelios, pero entre el café y el reparto de regalos la paciencia de Ludwig e Ingrid se verá seguramente limitada. Solo la combinación de ambas concede su rango al profeta. La cabeza de Jano. O mejor: la alianza. Proletariado barra campesinado más inteligencia. «El comunismo es igual a la suma del poder soviético y la electrificación de todo el país.» Dos factores de medida y un factor de referencia, para que uno sepa de qué va la cosa en realidad. Tres patas para que el taburete no cojee. Ingrid le prepara cada día a Hans los pantalones, la camisa y los calcetines que ha de ponerse. Ella lo viste, y Katharina lo desviste. Calcetines a juego con la camisa, pero de corbata ni hablar. Ingrid lo transforma en un hombre bien vestido, con el que pueda dejarse ver. Con el que ella o Katharina puedan dejarse ver. Y él consiente, como un niño. Un matrimonio josefino. Así resultó ser en algún momento después de que naciera Ludwig. Cuanto más tierno es con ella en público, más segura puede estar ella de que a la vuelta de la esquina está la amante de turno, le había dicho una vez Ingrid para fundamentar su asco hacia él. Tu puta, había dicho también una vez. Pese a todo, había seguido con él.

Sin matrimonio no soy el que amas. Pronto llegaría el momento en que para Katharina la pena empezaría a pesar más que la alegría, en que sus padres, sus amigos, cualquiera a quien ella pidiera consejo podría reconocer que él, Hans, ya no le hace bien. «De ahora en adelante, nuestro amor se irá a pique en vivo», había escrito Hans en noviembre, después del segundo llanto. Eso había sido cuando, al volver de Viena, Ingrid y Ludwig lo habían podido recoger en el aeropuerto, pero ella no. Se tapa los oídos con dos dedos, comprobando que su sangre sigue en movimiento. ¿Se ha ido ya la alegría, a toda prisa y para siempre, por esa calle de ahí abajo en la que, según le parece, nunca ha reinado más paz que hoy? Le vuelve a venir a la cabeza la manera en que Katharina se marchó tras la primera noche, en que cruzó la calle en el frío de la mañana, con su paso rápido y decidido. Él se había colocado aquí, en el mirador, junto a la ventana, y la había mirado desde arriba. La alegría estaba ahí abajo, y el miedo arriba, en la ventana del mirador. Era un día fresco y nuevo, las golondrinas se habían vuelto a apoderar del cielo.

¿Ya había terminado de verdad el año? ¿Y algo más que el año?

I/19

Está tumbada en el diván, ya dormida. Mañana se levantará otra vez a las seis y media, para llegar puntual a la editorial. Mañana, mientras ella ya está despierta, él dormirá. Katharina cierra la puerta con tanto cuidado que él no se da cuenta de que se marcha.

Hans está sentado frente al escritorio en el apartamento de un amigo que se marchó hace siete años al Oeste. Con pasaporte, de ahí que haya podido conservar el apartamento.

Y el amigo que se marchó hace siete años al Oeste lo había heredado antes de otro que se marchó hace ya nueve años al Oeste. Después de lo de Biermann había tenido bastante con el Este. Ahora, Hans recibe asilo en ese pisito de soltero. Después de veintiséis años de matrimonio vuelve a ser soltero. Pero joven ya no es.

Su mujer le dio quinientos marcos en concepto de dietas para el camino.

Ahora escribe en la agenda sus gastos de los últimos días:

5,00 tornillos
20,00 vino espumoso
17,00 taxi
4,00 cigarrillos
1,50 tarta
2,00 guardarropa
30,00 berolina

500 menos 79,50 son 420,50. ¿Cómo va a repartirse el dinero para apañárselas? ¿Tendrá que dejar de fumar? ¿O de salir a comer? ¿Y si con todas esas estrecheces su vida deja de parecerse a su vida?, ¿de qué le sirve entonces? Más de veinte años lleva Ingrid administrando las cuentas para que él pueda concentrarse en la escritura. ¿Y si ahora ya no lo hace? ¿Y si ahora ya no hay nada?

Hace tres días, una mañana en que Ingrid no estaba en casa, se pasó por allí a recoger un par de camisas y un jersey. Vagó por su propia casa como un extraño, como un huésped. Aquí, en casa de su amigo, es de hecho un huésped. Y a veces, cuando los padres de Katharina no están, también es un huésped en casa de Katharina. ¿No hay lugar ya en el que Hans esté en casa? ¿No pertenece ya a nadie?

Trabajar en esas circunstancias le resulta directamente imposible. Katharina le preguntó ayer cómo se imagina el futuro, qué espera. Espero, dijo, y lo dijo de verdad, que siga haciendo frío un par de semanas más. Pues en el apartamento ya no hay nevera, alguien se la habrá quedado después de que el propietario número 2 se mudara. Ahora, en febrero, Hans puede mantener refrigerados la mantequilla, los huevos, el embutido, la leche y la cerveza en el balcón, pero ¿qué va a hacer en marzo, en abril, o incluso en verano, si todavía está aquí? Espero que siga haciendo frío un par de semanas más.

Antes de que cerrara los ojos, Hans le hizo otro gesto desde el escritorio y ajustó la pantalla del flexo para no cegarla con la luz. Un pequeño cubo de nueva construcción es este apartamento: duermen, comen y trabajan en una sola habitación. Pero precisamente por eso es bonito, piensa Katharina, pues así, hagan lo que hagan, siempre están cerca. Y ahora ya tienen una cotidianidad compartida. A veces se sienta a su lado antes de que se quede dormida y le lee en voz alta. «Un vaso es indiscutiblemente un cilindro de vidrio como también un recipiente del cual beber.» Sea como sea, el tiempo que llevan juntos aquí supera ya el tiempo que uno se hospedaría en un hotel. Estas semanas le ha escrito sobre la felicidad, pero también sobre una tristeza atroz. Y le ha pedido a ella que le escriba qué quiere de él. Pero lo ve a diario, pueden hablarlo. Sí, dice él, pero lo verdadero no se puede decir. ¿Por eso se hizo escritor? Quizá Hans lleve razón. Pero ¿qué debería escribir? Lo ama. Y hasta que ella misma sepa lo que quiere, lo quiere a él. En agosto empieza sus prácticas, estará un año fuera, y luego quieren instalarse juntos en un apartamento. ¿O no? La alegría que ella le procure aquí ha de pesar más que la tristeza, Katharina lo sabe, pues, de no ser así, Hans volverá, no durante el año en que ella esté ausente, sino para siempre, a su vida conyugal. ¿Que qué quiere de él? Un hijo. Lo tendrán. Ya antes de que Ingrid encontrara las cartas de Katharina y echara a Hans, lo habían decidido de manera totalmente oficial en una comida en el Ermelerhaus. Se va a llamar Johann. O Kaspar. ¿Y si es niña? No creo. Ahora es el momento de ir hacia delante, pero en ningún momento es mayor la fuerza que lo retrae, Katharina lo sabe. Sabe que tal vez, mientras ella duerme, él escriba frases que deberían apartarla de él. En ese momento en que se ha de pagar el precio de todo, poco antes de que el deseo se haga realidad, todo vuelve a estar de pronto en el aire, muy en lo alto, y puede despeñarse, lo sabe. Ayer se quedó dormido junto a ella, cuerpo contra cuerpo sobre el estrecho diván, y entonces ella pensó que en ningún otro momento de su vida había sido más feliz que entonces. Pero a veces él la agarra más fuerte de lo que a ella le gustaría. A veces dice: Estoy tenso, y ella sabe que ha de desnudarse. A veces, en cambio, es tremendamente hermoso. ¿Que qué quiere de él? Hace poco se volvió a partir de risa cuando durante la cena Hans nominó la sopa de sobre, *Sopa de letras primaveral*, al Premio Nacional. Y bajo la ducha se frota los ojos con una manopla, como un niño. ¿Lo quiere porque, con treinta y cuatro años más, sigue siendo en realidad un niño? Hace poco le escribió que es adicto a ella, y ella pensó que es adicta a volverlo adicto. ¿Le basta a Katharina con lo que es ella para conservarlo? ¿Qué es Katharina?

Hans la mira, está tapada hasta arriba, solo le asoma la cara, apoyada en el brazo doblado. Sentado frente al papel en blanco, mirarla lo tranquiliza. Tendría que redactar la idea para su nuevo libro, pero desde hace semanas no logra pensar con claridad. Y tampoco desde que se marchó quiere escribir ya nada en la pequeña agenda donde solía apuntar cuestiones que ese mes habían sido importantes para él. ¿Qué pasa si Ingrid lo lee cuando vuelva con ella? Si es que vuelve con ella. ¿Y qué es importante para él? El día 15 se gastó treinta marcos, y el 16, siete y medio. A veces piensa que está en proceso de organizarse la soledad de la vejez. ¿Cuánto dinero necesita uno para sobrevivir? Le viene a la cabeza su padre, que después de la guerra había acaparado patatas. Y robado briquetas de los escombros. Y negociado en el mercado negro. Incluso estuvo brevemente encarcelado por eso. Y la madre se había echado un amante en ese tiempo. «Puta», habían escrito los vecinos con tiza en la puerta. Puta. Desde entonces conoce la palabra. Tendría doce o trece años. Cuando el padre volvió, el amante se quitó la vida. Una guerra así jamás tenía lugar únicamente en el campo de batalla. Ayer le dijo por primera vez a Katharina que preferiría que le pegasen un tiro que separarse de ella. Y en ese momento tal cual lo había sentido. Aunque Ingrid no quiere pegarle un tiro. Quizá separarse, nada más. El 18, doce marcos, y el 19, setenta y cinco. Ese día había invitado a su editor en Praga. Una festiva comida en la cafetería por setenta marcos. Más cigarrillos. Y un marco para la señora que limpiaba los baños. Cada vez que coge una cerveza del balcón se le va la vista hasta el poema del dueño número 1 del apartamento, que está clavado en la pared, junto a la puerta del balcón:

De noche me despierto con un ruido
No sé qué es, tan silencioso
Y entonces salgo al balcón

Bajo mi balcón llora una mujer
Aguzo el oído al frío
El viento azota mi albornoz

La mujer llora bajo mi balcón, cree que a estas horas nadie la oye
Pero la oigo yo
Agachado en el suelo aguzo curioso el oído

Hace nueve años el dueño número 1 del apartamento se fue al Oeste, desde este apartamento hasta el Oeste. También

127

él escribía. Tenía un telescopio en el balcón para mirar planetas lejanos y al mismo tiempo, sin embargo, se agachaba en el suelo para oír llorar a la vecina. Las estrellas y una mujer desesperada, ambas igual de cercanas para aquel que quería comprender. La jerarquía entre lo excelso y lo pedestre diluida por su interés. ¿Era frío un interés como ese? ¿O caluroso? Sea como sea, los astros están igual de lejos desde el Oeste. Y esta u otra mujer desgraciada, igual de cerca. El 21 fue a comprar, 16,60 marcos en comida, y el 22 fue con Katharina a una exposición, cinco marcos. Al dueño número 2 del apartamento el Gobierno le endosó el pasaporte, para que se marchara en buenos términos. Y algún día tal vez volviera. ¿Pensará Ingrid igual? Hans le ha descrito a Katharina el tiempo que vivieron juntos como unas «vacaciones». Para mayor seguridad. Para que no se cree falsas esperanzas. ¿Qué esperas?, le preguntó ella. Ella plantea las preguntas correctas, pero él no puede responderlas. Ni quiere. Si de verdad regresa a su matrimonio, es probable que pierda a la chica. Escribe: «un hombre que ama a su mujer mantiene una relación con otra. esta última no cuestiona la existencia de esos veintiséis años de matrimonio, puesto que no aspira a poseer al hombre».

En octubre Katharina lloró por primera vez por el hecho de que estuviera casado. Pero deja que la frase se quede así.

«la relación se da en un campo que no desempeña papel alguno al comenzar el matrimonio (doloroso, pero así es a partir de entonces).»

¿Es esa la verdad? ¿O una verdad? La palabra «amor» no aparece en ese par de renglones, y es mejor así. ¿Espera Hans que Ingrid encuentre esa nota? ¿O Katharina? ¿Qué espera Hans? ¿Habrá durado tanto su matrimonio solo porque, desde hace más de diez años, ya solo comparte con Ingrid la mesa y no la cama? ¿Acaso se ha de quedar uno siempre con solo una de las dos? ¿Y comparte realmente con Katharina solo la cama? Eso de escribir todo en minúsculas en los textos que le despiertan un cariño especial responde a su adoración por Brecht. Brecht se mudó a la Invalidenstrasse estando también soltero. Conocía el problema que plantea ese obsoleto sentimiento: los celos. Pero luego Weigel se mostró comprensiva.

Ahora, en lugar del telescopio del dueño número 1 del apartamento, en el balcón hay una caja con provisiones: leche, cerveza, mantequilla y embutido. Ahora, y mientras las temperaturas todavía lo permitan. ¿Qué esperas? Katharina respira muy sosegadamente en su mano derecha, frente a su boca ligeramente entreabierta. Pronto se acostará ahí él también a dormir. «Así, cuando el sol común se ha puesto, la mariposa nocturna busca la luz de la lámpara privada.» Antes le leyó a Lenin. Y mañana tal vez a Kafka.

1/20

Está sentada en el umbral esperándolo a él. Esperando desde medianoche. Enfrente, la tolva de la basura. A veces oye cómo, en la esquina, el ascensor se detiene en su planta, se abre automáticamente, se cierra automáticamente, sin que nadie salga o entre. Una vez oye salir a alguien, los pasos se alejan, se abre la puerta de un apartamento, y luego otra vez silencio. Algunas veces había esperado así en el edificio nuevo de la Leipziger Strasse, cuando se había olvidado la llave y su madre aún estaba de camino. Desde la ventana del descansillo miraba entonces hacia Berlín Occidental y contaba los autobuses de dos pisos que circulaban por allí. Pero ahora es de noche, el Oeste desde aquí no se ve, solo el lechoso vestíbulo de la estación del Este brilla a lo lejos, desde allí salen los trenes hacia Frankfurt del Óder, hacia Eisenhüttenstadt y hacia Varsovia. Su récord mientras esperaba en la Leipziger Strasse fueron veintitrés autobuses. ¿Cuánto tiempo pudo haber sido aquello? Si pasaba un autobús cada diez minutos, serían doscientos treinta minutos que, divididos entre sesenta, dan unas cuatro horas, no, seguro que su madre no se había ausentado tanto tiempo. Hans quería hablar con Ingrid esa noche. Y no se imagina que ella, Katharina, lo está esperando aquí. Debería ser sorpresa. ¿Se alegrará? ¿O se reconciliará con Ingrid? ¿O estarán hablando en realidad de la separación y por eso dura tanto la conversación? Una espera así contiene todo, todo lo bueno que uno pueda pensar y todo lo malo que uno pueda pensar, y por eso probablemente esté Katharina tan despierta como para no quedarse dormida tampoco ahora, después de haberse tumbado en diagonal frente a la puerta.

Hans está en el bar Berolina, emborrachándose. Ingrid no ha querido hablar esa noche con él, puede que sea mejor así, pero qué va a hacer él solo en su ratonera de una sola habitación. Sin Katharina no daría ni un solo paso más. Ella, descarada como es, tiene esperanza suficiente para los dos, y tiene que tenerla, sencillamente tira de él. Una criatura de los nuevos tiempos. Inquebrantada, intacta, protegida. En cierto modo limpia. Si fuera distinta tampoco la desearía tanto. Y tampoco de esa manera. «C.» de correa escribe esos días Katharina en la agenda. «Mesa + C.» En la propia abreviatura queda patente que se avergüenza. Se avergüenza, pero pese a todo le pone el trasero. Sabe que es guapa. «Un ser humano, qué orgulloso suena eso», dijo Maxim Gorki. Y él, Hans, se quita el cinturón del pantalón y la azota, hasta que duele. Y cuando está solo se emborracha, en el bar del Hotel Berolina. «Cuando uno se pregunta: Cuando mueras, ¿por qué morirás? Entonces surge de pronto con conmovedora nitidez un vacío negro, absoluto», había dicho Bujarin ante el tribunal que acababa de condenarlo. «No hay nada por lo que uno debiera morir, si uno quisiera morir sin arrepentimiento.» Bujarin, compañero de lucha de Lenin, ojito derecho del Partido, reglamentariamente fusilado por su propia gente en 1938. La

130

frase de Gorki y las últimas palabras de Bujarin como ambos polos del sistema soviético. Lo cierto es que le gustaría escribir una novela al respecto, pero aquí en el Este nadie se la publicaría. Y en el Oeste nadie la entendería.

Dentro, Katharina lo sabe, está el ramo de lilas sobre la mesa baja de cristal, frente al diván, que de día es un sofá y de noche es su cama y la de Hans. Es tan estrecho que cuando uno se gira el otro también ha de girarse. ¿Acaso no se le exige a uno a veces, al encontrar una maleta perdida, que enumere los contenidos para demostrar que le pertenece? Katharina puede decir de qué color es el cepillo de dientes de Hans, y que la mesita en la que comen y escriben es plegable, en realidad no es más que una tabla estrecha sobre dos patas, atornillada con una bisagra bajo la ventana. A la derecha, junto a la puerta del balcón, está clavado el poema del dueño número 1 del apartamento. «Agachado en el suelo aguzo curioso el oído.» Y toda la habitación huele a esas lilas que hace dos días Hans cortó abajo de noche a hurtadillas y luego le ofreció. Sobre una silla está la camisa azul claro de Hans, sobre la otra su pañuelo de seda y la falda gris que ella misma se cosió.

Cada vez que, apoyada en sus antebrazos, Katharina vuelve su trasero hacia Hans, él comprueba que las patas no se doblen, no las de Katharina, sino las de la mesa provisional. Todo en su vida es, en esa época, provisional. Y podría doblarse cuando él menos se lo espera. Él mismo antes que nada. Las transiciones requieren fuerza, a veces más de la que uno necesita al aterrizar en una nueva vida. Hans lo sabe. Katharina todavía no. Para ella, esta nueva época no es ninguna conquista, sino un estado en blanco. Comparte los entusiasmos de Hans, pero el turbio fondo del cual estos nacieron, y los esfuerzos que le hicieron falta a Hans para poder salir, él solo, de los escombros de su infancia y hacer de sí mismo una persona,

131

es algo que Katharina no conoce, ni tampoco puede conocer. ¿Es una ventaja para Katharina? ¿O aquello que, objetivamente, la separa de él?

¿Acaso no oye incluso, a través de la puerta del apartamento, cómo zumba la nevera que tienen desde hace poco? Ralph les ha prestado la que tenía en la dacha, y, si hiciese falta, Katharina podría decir también de memoria qué hay en esa nevera: dos botellas de cerveza, una botella de bíter limón, un litro de leche, un paquete de queso en lonchas empezado, dos paquetes de yogur de frambuesa, una barra de mantequilla, un tarro de salchichas Eberswalder. Salchichas Eberswalder y porcelana de Meissen: la fórmula más sintética de reunir cuanto conoce el mundo sobre la RDA, dijo Hans anteayer al abrir el tarro.

Una vida entera puede relatar Katharina para demostrar que cuanto tiene lugar en ese raquítico apartamento es su propia vida. Pero la vecina del dueño número 2 del apartamento le dio a Hans una sola llave.

«miedo a volar», escribe Hans en el posavasos que se acababa de dejar aquel señor que viajaba por trabajo y que se había sentado en el taburete de al lado. La semana pasada había tirado por error a la tolva de la basura, junto con otros papeles, el único original mecanografiado que tenía del esquema para la nueva novela. Tuvo que llamar al portero, para que le abriera el sótano donde aterrizaban las basuras de veintiuna plantas. Bajo tomates podridos y compresas llenas de sangre, mondas de patata, colillas, huesos de pollo mordisqueados y trozos de pan mohosos, Hans encontró su texto y lo fue juntando página a página. Aquello que le era tan propio entre todas las inmundicias ajenas. Excursión al reino de los muertos, así lo había llamado y, justo después, había estado media hora frotándose bajo la ducha antes de dejar que Katharina lo abrazara.

132

El viajero se acaba de marchar tambaleante hasta su habitación, ¿debería irse Hans también? Otra, dice, levantando la copa vacía. El que tiene miedo a volar, piensa, no se imagina una avería concreta, sino toda la caída, la caída al abismo. Y antes de que se haga realidad, él ya lo siente en su interior. Desde que hurgó en las profundidades del sótano, entre la basura, Hans tiene una imagen muy vívida de lo que le sobreviene a uno en una caída así. Sobreviene, piensa, y sacude la cabeza. «La belleza del moho», así podría haber llamado, en realidad, a su manuscrito restaurado. Con lo que le había costado escribir en las semanas previas, y luego el día de la entrega va él y lo manda al garete. Extraña idiocia. ¿O una señal? Bobadas.

Su vida. Aun cuando por respeto a Ingrid no deba descolgar el teléfono cuando está sola en el apartamento. El lunes pasado, por ejemplo, mientras Hans estaba en el oculista, no paraba de sonar. Y ahí al lado estaba ella, haciendo como si no estuviera. Con todo, su vida. ¿Es feliz a expensas de Ingrid? ¿O feliz a secas? ¿Está uno siempre en relación con otro?, ¿acaso hay una suma en la que todo cuanto pasa deba hallar consenso? ¿O está todo en realidad deslavazado, una cosa y también la otra? Por la tarde, con Hans ya de vuelta, fue él quien descolgó al fin y habló con Ingrid. Katharina salió entretanto al balcón, pero lo oyó todo. Igual que con una extraña habló Hans con su propia mujer. Esto podría haber alegrado a Katharina, pero la entristeció. ¿Es eso lo que queda de un matrimonio después de treinta años? ¿Tendrá ella también, cuando sea mayor, un marido que hablará con ella por teléfono mientras su amante está fuera en el balcón, únicamente esperando hasta poder entrar? Si uno supiera todo cuanto es verdad, si uno pudiera escuchar también lo mudo y ver cuanto está en la sombra, ¿seguiría teniendo sentido el deseo?

«miedo a volar.» Se guarda el posavasos. Al menos no le cayó más porquería en la cabeza mientras estaba abajo en su expedición de castigo. El hedor que reinaba era verdaderamente bestial. Sin darse cuenta, levanta el antebrazo para olerse la camisa. El último trago de aguardiente para desinfectar, y ahora la cuenta.

Pasadas las dos llega, no se quedó con Ingrid, esta noche no, y tampoco para siempre.

Pasadas las dos llega, y ese ser que está tumbado en su umbral se llama Katharina. Si al menos en un abrazo así un cuerpo y otro se pudieran mezclar por completo, como si ambos estuvieran hechos de agua.

La habitación huele a lilas.

Más tarde están tumbados el uno tan cerca del otro que cuando uno se gira el otro también ha de girarse.

O sea que sí existe, la felicidad, piensa ella.

O sea que sí existe, la felicidad, piensa él.

I/21

Cuando se mudaron aquí hace medio año, todo estaba lleno de polvo debido a la larga ausencia del dueño del apartamento. Ahora resulta que, precisamente pasado mañana, vuelve de visita a su antigua vida. Y avisa hoy.

Hans retira la chincheta que sujeta el papel de estraza a la mesa, y lo dobla. Hay manchas de vino tinto, citas de Lenin y apuntes que había tomado para su próxima emisión radiofónica. Y la dirección de la óptica. Ahora necesita llevar gafas todo el día. Katharina le eligió unas doradas, la semana que viene podrá recogerlas. Cuando vuelva a ser el marido de Ingrid.

La nota de anteayer sigue sobre la mesa. «¿Dónde andas?»,

le había escrito Katharina hacía dos días, con un corazón debajo. La asamblea del Partido había durado más de lo previsto, y cuando Hans por fin llegó a casa ella ya iba camino de Leipzig para ver a su padre. El nuevo estilo de mando soviético les da miedo. Seguimos comparando los relojes, pero seguimos trabajando con la hora local. Dice el ministro de Cultura Hoffmann. «¿Dónde andas?»

Hans guarda la nota en su agenda.

Katharina volverá mañana de Leipzig con el primer tren para ayudarlo a recoger.

Empaqueta los casetes de Beethoven que tan a menudo escuchaba mientras ella dormía.

Libros, jersey, la cazadora de invierno, tres botellas de cerveza.

La tetera que le regaló Katharina es mejor que se la lleve ella. Hans ya tiene una en casa.

En casa.

Si Ingrid supiera los planes que tiene Hans con Katharina, seguramente no habría accedido a que volviera. Pero no tiene por qué saberlo todo. En el fondo él tampoco sabe qué va a pasar en un año.

Mientras vivió con Katharina en ese apartamento ajeno, se esforzó mucho por equiparla. La dotó minuciosamente de todo aquello con lo que él se siente en casa. Bach, Beethoven, Brecht, Busch, Chopin, Eisler, Giotto, Goya, Grünewald, Hacks, Kafka, Lenin, Thomas Mann, Marx, Mozart, Neher, Steinberg, Verdi, Robelt Walser. Por orden alfabético. El orden es miedo al desorden. O sea, miedo. También en su caso. ¿Habrá creado únicamente en esa carne más joven un reflejo más hermoso de sí mismo? ¿Alguien que en su soledad le pueda responder? ¿O habrá compartido todo eso con ella de verdad por amor? A fin de cuentas, ella era la razón de su destierro. Amor, amor, amor, se dice a sí mismo, y de pronto la palabra se le antoja del todo vacía.

¿Qué pasa si ahora, al dejar el apartamento, las cuatro paredes de Katharina se desmoronan también de repente y todo cuanto él ha tratado con tanto esfuerzo de mantener sujeto sale disparado?

Maniobra a maniobra ha de dejar atrás ahora Katharina la vida que tanto amaba. Ha de hacerlo, y no quiere. ¿Acaso no puede no venir, así sin más?, ¿tiene en cambio que venir precisamente aquí, donde fue más feliz que nunca, y ponerse a desmontar pieza por pieza, ver otra vez cada objeto de su vida aquí con Hans y luego decidir qué hacer con él? ¿Tirarlo a la basura? ¿O meterlo en una de esas dos grandes bolsas de viaje que ha traído? No logra deshacerse del paquete de la sopa de sobre de hace tres días. La última noche de su vida juntos. Sopa de espárragos, PVP 1,50 M. Su felicidad, un producto estatal, y barata: 1,50 M, calentada en el único fogón que tienen aquí.

Hans empezó a empaquetar ya anoche, y ahora está fuera, ocupándose de la lista de la compra que ella le preparó:

Cubo de la basura
Tapa para el inodoro
Té
Cuerda
Bombillas

Antes de que se mudaran a ese apartamento, Katharina iba a veces con él a comprar con las listas de la compra que le preparaba su mujer. Todavía recuerda bien su letra.

Queso (Gouda)
Pan de molde
Patatas
Salchichas Eberswalder
Mantequilla

¿Volverá a ser así ahora? ¿Puede ser que el futuro sencillamente se parezca a aquello que ya existió alguna vez? Pese a que este verano Katharina vaya a tener su primer apartamento propio tal y como lo decidió su padre, pese a que sus prácticas en el teatro de Frankfurt del Óder solo vayan a durar un año, pese a que Hans haya hablado recientemente de divorcio y el hijo que algún día tendrán ya responda al nombre de Kaspar o Johann aunque todavía no exista, pese a que Hans y ella hayan hablado de amor y de duración cuando el otro tenía dudas: pese a todo eso, despedirse de ese asilo provisional es como despedirse para siempre. Y como no quiere llorar delante de Hans y únicamente empeorarlo todo, aprovecha su ausencia y llora ahora. Llora mientras aspira, llora mientras limpia la cocina, llora también en el baño, mientras restriega la ducha y el lavabo, apenas deja de llorar por un momento cuando baja con las botellas vacías, y se echa otra vez a llorar tan pronto está de vuelta en el apartamento, llora mientras retira los cuadros que ha colgado con Hans y, en su lugar, saca del cajón los del dueño número 2 del apartamento y los vuelve a colgar.

Katharina monta la tapa del inodoro con la que Hans regresa tres horas después, la monta ella porque sabe cuánto asco le da a él todo cuanto se ha vertido por un desagüe así. La tapa del inodoro ha de estar siempre cerrada, lo ha aprendido al convivir con él: un inodoro ha de parecer sencillamente un mueble. Cuando regresa a la habitación, ve cómo Hans ha metido todos los bultos voluminosos que ya no caben en su maleta en los dos enormes bolsos negros que ha traído ella. Tres estaciones había metido ella ahí: invierno, primavera y verano. Ahora es él quien mete el grueso álbum con reproducciones de Grünewald, el flexo y los cuadros que ella había descolgado, tres pares de zapatos suyos, así como la tetera que

Katharina le había regalado. Toda una vida deforma ahora los dos enormes bolsos negros, pero ¿acaso no dejan de crecer? ¿Tienen vida? Ni idea de cómo se los va a llevar hasta casa. ¿Estás de mal humor?, pregunta él. ¿De mal humor? ¿Ha metido en los bolsos también el amor? ¿Por eso parecen tan pesados? Al levantar uno con la mano derecha y el otro con la izquierda se siente como una brizna de hierba, se tambalea y al salir tiene que girarse para caber por la pequeña puerta de nueva construcción, él coge su maleta y su bandolera, cierra la puerta del apartamento y le da una vuelta a la llave. Abajo, en la parada de autobús, no puede contenerse y le vuelven a caer las lágrimas. Él lo ve, sacude la cabeza sin querer, se marcha y la deja ahí, sin una palabra de despedida.

A la mañana siguiente, cuando su vuelta al piso conyugal se ha completado con éxito, silba bajo la ventana los primeros compases de «Eine kleine Nachtmusik», su sintonía.

I/22

Todo retazos, retazos del final, retazos del principio. Katharina puede dejar sin deshacer los dos bolsos negros, a rebosar con la vida de los seis últimos meses, y en apenas unos días llevarlos directamente a su nuevo apartamento: con vistas a un patio trasero, de vieja construcción, una sola habitación. Hace nada estaba en la editorial, ahora su formación profesional ha terminado, es una trabajadora cualificada, ha aprobado con éxito el módulo de Tipografía, y redacta su dimisión:

«Por acuerdo de ambas partes, y por la presente, solicito la rescisión de mi contrato de trabajo con la Editorial Estatal Berlín con efecto a partir del 7-7-1987, tras haber recibido un día de asueto el 1 de julio por motivos de mudanza y tras haberme tomado del 2 al 6-7-1987 los días de vacaciones que me correspondían. En dicho período de tiempo he amado, y seguiré amando en adelante, al trabajador autónomo fijo de radiodifusión y escritor Hans W.».

La última oración se la escribe solo a Hans. Con todo, y tal como cabía esperar, el señor Sterz no se mostró contento.

«La compañera dimite por propia voluntad, dado su deseo de cambiar de rumbo en su desarrollo profesional. Lamentamos su partida, pero le deseamos mucho éxito en su nuevo camino.»

Principio y final. Un año entero con Hans. El 11 de julio, para celebrar su aniversario, volvieron a verse bajo el puente del tren urbano. Hans le sacó una foto allí, y allí está ella, con una rosa en la mano que él le regaló, en el lugar de su primer encuentro. Entretanto ha cumplido un año más, veinte, ya no es una adolescente. Centro cultural húngaro, Café Tutti, la breve separación, el regreso. Esa coreografía ya conocida de sus primeros pasos juntos. Más tarde, en su nuevo apartamento, todavía huele a pintura fresca. ¿Qué pasará en un año? Principio y final. Lo que sea debería reflejar lo que fue, pero se niega a hacerlo y no muestra su imagen en ninguna línea temporal. ¿O no? Hans, aquel 26 de diciembre en que, de noche, bajó corriendo hasta ella, con la camisa abierta, al frío, y se citó con ella para el 11 de julio del nuevo año. Y ella le hizo entrega de un «Vale por cien años de amor». Su año de nacimiento, sumado al de ella, da cien como resultado. Katharina en su abrigo de piel, y él con la camisa abierta, esos dos minutos y medio que pasaron juntos en secreto ante la puerta de su casa intentando lanzar una red sobre el futuro. Katharina se había dejado el alma silbando «Eine kleine Nachtmusik» hasta que él la oyó y bajó.

Hans comenzó a redactar la idea para su nuevo libro la tarde del mismo día de marzo en que Katharina recibió confirmación de que la habían aceptado para realizar sus prácticas. Pasarían el año, y ni siquiera será un año entero, juntos, pese a estar separados. Ella debería conocerlo. Y él debería poder verse como un extraño a través de los ojos de Katharina. Katharina debería entender el ardiente interés de Hans por ese nuevo pensamiento que el viejo y enfermo mundo quiere borrar, su pasión por eso que, aun tropezándose, tiene más envergadura que cualquier otra cosa que haya logrado la humanidad. Katharina navega en aguas vadeables desde que nació. No dispone de esa fuerza intrínseca al acto de desmarcarse, y no es un fallo suyo, sino una carencia que quizá él pueda compensar. Pues ¿qué harán con el futuro, si no, esas criaturas de los nuevos tiempos, que ya no conocen la base sobre la que se asienta ese futuro? ¿Qué esperas?, le había preguntado ella una vez al principio de su convivencia provisional, y con ello se había referido a su propia vida privada y la de ella. ¿Qué esperas?, le podría preguntar él también a ella, y con ello se referiría a otra cosa totalmente distinta. ¿Se puede heredar la esperanza? ¿Una esperanza que merezca llamarse así? ¿Lo bastante grande como para trascender la mera satisfacción del deseo individual? Hace tres años, por créditos millonarios que deberían granjearle al Estado socialista el favor de sus ciudadanos, Honecker sometió ese mismo Estado socialista al favor de Occidente. Un pequeño burgués, ese Honecker. Katharina es uno de esos niños que pasaron por todas las estaciones que el Estado socialista dispuso para ellos con objeto de convertirlos en ciudadanos del futuro, desde el pañuelo azul hasta lecciones de producción y ruso, pasando por ayudar con la cosecha en Werder. Y, sin embargo, la distancia entre ella y ese Estado es enorme. Distancia, pues resistencia no es, solo algo así como desinterés, hartazgo político, tan en desproporción con su juventud que a Hans le resulta sospechoso. Es como si Katharina no supiera ya siquiera qué merecía la pena buscar. Él, en cambio, había sido un pequeño nazi fervoroso hasta el final de la guerra. En su caso, y con un mal

140

propósito, la manipulación había sido mucho más eficaz. Pero ¿por qué? ¿Y de verdad se trataba siempre solo de manipulación y no de que uno entendiera en realidad algo?

En la habitación, que hasta hace nada era su habitación de niña, su madre quiere montarse ahora un despacho. La madre y Ralph despiden en la calle al camión de las mudanzas. Pero nada más entrar en su primer apartamento propio, Katharina vuelve a amontonar en una esquina las cosas que había de llevar a Frankfurt. Cajas a medio deshacer, cajas sin deshacer. A finales de julio, mientras Hans está con su mujer e hijo en el Báltico, ella tendrá su primer día de trabajo en el teatro de Frankfurt del Óder. Hasta hace nada, alguien que tenía previsto estudiar Arte Comercial en Halle, ahora, alguien que se postula para estudiar Escenografía y Vestuario en Berlín y se ha organizado ella sola las prácticas necesarias. Hans le dio Brecht a leer: *Puntila, Madre Coraje, El alma buena de Sezuán,* y le había enseñado, además, los bocetos de Caspar Neher. Y Karl von Appen. Y Felsenstein. ¿Acaso no era el teatro mucho más interesante que pasarse una vida proyectando hueveras o carretillas? ¿Y acaso no estaba Berlín mucho más cerca que Halle? ¿Quién será en el nuevo apartamento? ¿Y en Frankfurt del Óder? ¿Es en todo siempre la misma, o hay infinitas manifestaciones suyas que, como en esos higrómetros en forma de casita en los que las figuras aparecen y desaparecen según la humedad, se van mostrando una por una? Hasta hace nada, alguien que convivía con su amante, ahora vuelve a pasar las noches sola. Con los cabos desatados, el futuro se bambolea hacia el presente hasta volverse él también presente, se amarra a la carne de una u otra persona y de pronto ejerce su floreciente y, quizá también, férreo poder. Según. ¿Qué pasará en un año?, le preguntó una vez Katharina a su madre. Y esta le respondió: Si de algo podemos alegrarnos es de no saberlo. ¿Por qué había tanta acritud en su

141

madre? Hacía poco, Ralph había entrado en la habitación mientras Katharina hacía estudios cromáticos: He ahí el nuevo estilo primitivo, había dicho, y, con una sonrisa irónica, se había marchado. Sí, sin duda le había llegado la hora de marcharse y empezar a vivir al fin su propia vida.

La despedida de Riga. El enorme barco. Con incontables personas que quieren marcharse de allí, ¿o deben marcharse de allí?, él, la madre y el padre cruzan un tablón de madera hasta llegar al barco. Más tarde, desde la borda, vuelven la vista hacia su ciudad que, conforme aumenta la distancia, se vuelve más y más pequeña. ¿Quién va a vivir ahora en nuestro piso?, había preguntado el niño de seis años, y todavía hoy recuerda la respuesta de la madre: Eso ya no es asunto nuestro. Su habitación de niño, los gatos de los vecinos y sus amigos con los que jugaba a escondidas porque al padre no le parecía bien que hablasen ruso, letón o incluso yidis. Eso ya no es asunto nuestro. Luego la llegada a Gotenhafen, la acogida triunfal, todos los que están en tierra extienden la mano hacia delante para saludarlos, y en un gran recinto hay arroz con leche con azúcar y canela para los niños. Después, el primer viaje en tren de su vida, la llegada a una ciudad extraña, frente a la estación un largo y silencioso séquito de personas con maletas y fardos avanza hacia ellos, ¿estarán por embarcar en su travesía? ¿Por recibir la acogida triunfal? Si es así, ¿por qué parecen tan tristes? Soldados con ametralladoras los ayudan a mantener la dirección, a no extraviarse. La siguiente imagen en la parte de su cabeza que por siempre seguirá siendo la cabeza de un niño de seis años: llega a su nueva casa, y hay una habitación infantil con un balancín en forma de caballo. Ahora esto es tuyo, dice el padre, y lo sube al caballo. Imágenes de idas y venidas, grabadas en su cabeza infantil. La alegría de estar en el bando de los ganadores cobra forma para él en ese balancín. «Allá donde se despierte un sentimiento de crianza y raza, habrá de entenderse el retorno de nuestro pueblo a los valores raciales hereditarios como un proceso de sanación», escribe el padre en su escritorio, mientras el pequeño Hans se balancea. El pequeño Hans se balancea. Si algún día me muero, ¿seguirá habiendo días? ¿Por qué seguirá habiendo días? Ni el padre ni la madre tienen respuesta para eso. Un oscuro día de febrero, Hans talla con el cuchillo una fecha en su pequeño escritorio, para arrancarle al infinito mar negro del tiempo al menos un día y guardarlo para siempre. Cuando su madre descubre la talla no lo castiga, pues es competencia del padre propinarle con el cinturón a su hijo un número de azotes razonable en la mano, la espalda o el trasero, según la gravedad de su infracción, al llegar a casa del trabajo por la tarde. «La mayoría de ustedes sabrá lo que significa que yazcan juntos cien cadáveres, o quinientos o mil. Haber resistido a eso y al mismo tiempo –salvo por las excepciones propias de las flaquezas humanas– haber mantenido la decencia: eso nos ha curtido y es un mérito que jamás antes se ha escrito y ya jamás se escribirá en nuestra historia.» Así se dirige a su gente en 1943 Heinrich Himmler, *Reichsführer* de las SS, en Posen. En 1943 Hans tiene diez años. El teatro en el que comparece Himmler está entonces a solo cuatro paradas de tranvía.

Ser libre de hacer o dejar de hacer lo que quiera. La lavadora traquetea por primera vez con la colada que ella misma lava, entre cuatro paredes que le son propias. Pinta de azul claro el aparador que encontró en la basura, y que junto con Ralph y un vecino sacó del contenedor y llevó hasta su casa. Abre de par en par las ventanas y escucha hasta quedarse dormida cómo murmuran las hojas del gran castaño que hay en el patio trasero.

Frente a la casa en la que hasta hace nada vivía con Hans crecían lilas. Pero uno no alcanzaba a escucharlas murmurar desde el duodécimo piso.

Por su sueño se deslizan aquellos adolescentes que una vez, al salir del edificio de nueva construcción a las seis de la madrugada con minifalda y zapatos de tacón de aguja, la tomaron por una puta y le gritaron chistes obscenos: y eso que en ese país ya no había putas, hacía cuarenta años que no. Mocosos, les grita ahora en su sueño, y se pregunta por la propia palabra, pues tampoco la palabra existe desde hace ya cuarenta años.

El Primero de Mayo Katharina y Hans hicieron el amor mientras abajo, frente a la casa, una triste orquesta de viento esperaba a actuar en la manifestación de la Karl-Marx-Allee y ensayaba mientras tanto sus canciones en la calle lateral. «El género humano es La Internacional» y, entretanto, Katharina y Hans rodaban y gemían sobre el estrecho diván dentro de su emigración privada, «Agrupémonos todos», suena metálico en el sueño de Katharina, ahora que Katharina está tumbada, sola, en su cama de latón, y mayo queda ya muy lejos.

En un duermevela, cuando ya casi es de día, la última en vagar por la habitación es la mujer que escupió ante ellos hace un par de semanas, cuando Katharina se despidió de Hans en la parada de tranvía con un beso y un abrazo. Entonces Hans miró a Katharina y Katharina miró a Hans y juntos miraron a la mujer como si supieran más que todos los demás.

Acuérdate de lo que sueñes la primera noche porque se va a cumplir, le había dicho el padre por teléfono. Pero ¿qué pasaba si sus sueños no se componían de nada más que retazos de lo que ya había pasado?

Cuando Katharina le enseñó por primera vez a Hans su futuro apartamento, por entonces vacío y sin renovar, los vecinos con los que se habían cruzado por las escaleras habían creído que era su padre.

¿Qué oirán y verán las paredes del nuevo apartamento?

La madre acababa de limpiar el polvo, el padre acababa de impartir una clase magistral en la Universidad del Reich y para almorzar acababan de servir carne de cerdo asada cuando los rusos tomaron Litzmannstadt y, según se decía, marchaban a toda velocidad hacia Posen. La artillería de los rusos ya se había oído cuando la madre, el padre y él estaban en la estación, dispuestos a salir de la ciudad con uno de los últimos trenes que circulaban cada media hora. El caballito, que desde hacía tres o cuatro años tenía ya su establo en el sótano, pronto volvería a ser ensillado y montado por un nuevo jinete. Eso ya no es asunto nuestro.

La casa de la abuela, a las afueras de Mannheim, estaba intacta, pero en el centro ya no quedaba gran cosa. En las cuadrículas del centro los británicos habían ensayado con sus bombas de precisión. Los propios alemanes habían volado los puentes en marzo del 45 para dificultarles la entrada a los americanos. Arruinaron su propia ciudad para salvarla. Esta vez no hubo una acogida triunfal. Justo enfrente de la estación Hans leyó en un muro: «La férrea Mannheim resiste». Y en las ruinas de la casa de los vecinos: «¡Cuidado! ¡Peligro de derrumbamiento!». En mitad de la Kronprinzenstrasse había quedado un tranvía atravesado a modo de barricada. En las ventanas de las casas había ya sábanas blancas por doquier. La voluntad de ganar y la capitulación se habían precipitado la una sobre la otra. La guerra había apagado la luz, no solo en las calles. Tal y como lo recuerda Hans, desde esa llegada hubo seis años de oscuridad, seis años de silencio. Una juventud en tierra de nadie, nadie quería nada de él. «Absolutamente nadie», como en Kafka. Hans hace novillos en el colegio. Se escapa por la ventana y deambula toda la noche por los jardines. La luna tiene manchas oscuras, un paisaje extraño que memoriza a lo largo de esas noches. Los adultos están ocupados consigo mismos. «Haber resistido a eso y al mismo tiempo —salvo por las excepciones propias de las flaquezas humanas— haber mantenido la decencia: eso nos ha curtido y es un mérito que jamás antes se ha escrito y ya jamás se escribirá en nuestra historia.»

El vecino destila aguardiente en su propia cocina, con las cortinas cerradas. Por mil cigarrillos americanos, la madre cambia la cámara de fotos familiar, marca Voigtländer. La foto de Hans a los diez años con el uniforme de las Juventudes Hitlerianas asoma como única foto suya aún en los primeros años de posguerra. En el patio que hay detrás de casa, un herido de guerra canta la canción «Capri Fischer». El padre sale de la cárcel y consigue plaza en la Universidad de Göttingen. Otra vez a mudarse. Al terminar la selectividad, el catedrático de instituto Unzen le regala a Hans un atlas histórico del Imperio romano.

Compró la moqueta con su madre, Sibylle la ayudó a pintar el apartamento y André a montar las estanterías para los libros. Sin que sus amigos le preguntaran, ella misma les explicaba: Hans tiene una emisión, Hans tenía que llevar a Ingrid al aeropuerto, Hans tiene un problema en la espalda. Ha quedado esta noche con él para inaugurar el apartamento: vino espumoso y café. Esta vez se pone la falda gris con los zapatos de tacón, y así vestida parece el ama de los cómics eróticos que el otoño pasado Hans trajo de Viena y le enseñó hace poco. Pues así lo había deseado Hans. La alegría de la anticipación, dijo él, es más hermosa aún que el propio amor. Prepara tarta, ensalada, escalopes, patatas, echa una sábana sobre el montón de cajas por deshacer y hace la cama. Ojalá le guste el apartamento, ahora que ya está totalmente amueblado. Pero Hans se retrasa nada más y nada menos que dos horas: Ingrid está fuera y Ludwig no dejaba marchar a su padre. El chico tenía miedo de quedarse solo a la hora de dormir. ¿Miedo? ¿Ludwig?, ¿a sus quince años? Los incómodos tacones llevan ya tiempo en la esquina, y el escalope está frío. Hans la invita al restaurante que hay en el sótano del ayuntamiento una vez reconciliados, y también porque ha de tomarse sí o sí un aguardiente después de todo ese caos.

146

¿Y si no fuera en absoluto así y una cosa no sustituyera a la otra?, ¿y si no hubiera olas que se llevaran una cosa a alguna parte y la otra lejos? ¿Y si todo estuviera presente al mismo tiempo, en cada momento que uno vivía? Que uno u otro vivía. Solo en cada historia de vida individual se podía evaluar si el polvo que conformaba la historia cobraba la forma de un principio o de un final. ¿Qué había estado haciendo él mientras Himmler pronunciaba su discurso en Posen? ¿Y su padre, y su madre? Uno no iba tras la mecánica si confiaba en la fachada. Pensar conjuntamente en todo lo ocurrido, expulsarse continuamente del propio punto de vista, solo así podía uno entender lo que pasaba en realidad. El sentimiento era el engrudo con el que, si uno no extremaba las precauciones, se quedaban pegados los ojos y el pensamiento entero. Separar el sentimiento de uno mismo y colocarlo bajo el microscopio, en ello consistía en realidad el arte en ese maldito siglo xx. Después de todo ese caos.

I/23

Son las escaleras de un teatro cualquiera y parecen, sin embargo, un trampolín, uno advierte con sus propios pasos inseguros cuánta fuerza está esperando a hacerle perder el equilibrio y bajar rodando, y Hans no sabe nadar. Al menos le gusta cómo se mueve Katharina aquí, en el trabajo: sin maquillar, en zapatos planos, con el pelo recogido hacia atrás. Le enseña alegremente la casa, *su* casa la llama ya, aunque no lleva ahí ni una semana y media, va brincando como un cabritillo, subiendo y bajando dos escalones de golpe. Son unas escaleras en un teatro de provincias y parecen, sin embargo, un trampolín. Se cruzan con una mujer gorda, y mamá dice que te mande muchos recuerdos, dice Hans alto y claro, y luego se calla y deja pasar a la mujer, que parece una secretaria de la organización. Más tarde, de camino a casa de Katharina, ve cómo son las cosas aquí: en utilería trabaja uno que ya de mañana huele al caramelo de menta con el que ha tratado de disimular el olor del aguardiente que se ha bebido con el desayuno. Katharina sacude la cabeza ante ese vano intento, y también Hans sonríe. Una de las encargadas de vestuario tiene la piel tan fina que en las sienes se le transparentan unas venitas azules. ¿No debería la escenógrafa en prácticas ocuparse de otra cosa totalmente distinta? ¿Acaso aquí no representan también funciones de Kleist y Verdi?

Y mamá dice que te mande muchos recuerdos. Katharina no ha olvidado cómo la miró Hans esta vez en el Báltico, como si fuera una completa desconocida. Katharina había pasado un día entero en el tren solo para darle una sorpresa el 11 de agosto. De Berlín a Frankfurt para firmar el contrato de alquiler de la buhardilla, luego de Frankfurt otra vez a Berlín, y en la estación del Este cambiar inmediatamente en dirección a Greifswald. Desde el andén vio la casa donde hasta hace unas pocas semanas había vivido con Hans, duodécimo piso, fue contando los pisos desde arriba y reconoció el balcón. Luego, desde Greifswald, en autobús a Ahrenshoop, y así llegó a la playa justo a tiempo, por la tarde. Hans en bañador acompañado de mujer e hijo, la almohada de arena, la caja con trozos de manzana y zanahorias. Hans lee un libro, y Katharina sabe incluso cuál es: una nueva edición de Maupassant que se compró estando con ella, cuando todavía eran náufragos felices. Ingrid y Ludwig practican el pino en el agua, y entonces Katharina proyecta su sombra sobre la narración de Maupassant, una gran sombra, pues lleva la tienda de campaña en la mochila, y le pide un cigarrillo, pero Hans apenas levanta la vista, se pone a buscar y dice: Solo tengo Club, golpea la cajetilla contra el suelo para que asome un cigarrillo y se la ofrece. Y la ve y, sin embargo, no la ve. No comprende lo que ve. Y cuando al fin comprende que es ella, Katharina, en mitad de sus vacaciones familiares, igual que el año pasado, solo que no es el año pasado, sino un año más tarde, cuando reconoce quién está frente a él, e Ingrid sabe, además, desde hace tiempo cómo es su amante, cuando reconoce que Katharina está inesperadamente frente a él, la boca se le achica y la piel, pese a las quemaduras, se le vuelve de pronto muy gris. El año pasado todo era distinto, ahora tiene miedo de que lo descubran aquí con ella, solo miedo, aparte de eso nada.

En su alcoba de Frankfurt no hay más que un colchón sobre el suelo de madera, *La bohème*, tercer acto, dice Hans, y se acomoda ahí abajo mientras Katharina pone a hervir agua para el té. Esta vez no tiene llave para él. Pues la del apartamento de Berlín se la había dado ceremoniosamente y, pocos días después, él la había devuelto sin ceremoniosidad alguna. Una piel tan fina que a través de ella relucen las venas. ¿Ya vuelve a estar entusiasmada con una mujer, igual que hace poco? Con la visita de esa mujer contaba, con la de él, aquel día de julio que la sorprendió ante su puerta, no. Parecía decepcionada, pero cuando él empezó a hacer preguntas ella se rió. ¿Es amiga tuya? No, es de Leipzig, la conocí en casa de mi padre. ¿Sería la amiga en realidad un hombre? Claro que no, se llama Hanna. Pero al final Hanna no vino ese día. Pese a todo, Hans sacó la llave de su manojo y la dejó en la mesa. Y no se dejó convencer de llevársela otra vez. ¿Será diferente Katharina ahora que tiene nuevas libertades? En un terreno tan extraño como ese afloran a veces extraños que solo por fuera se parecen a quienes uno conocía hasta entonces. Como en un trampolín sobre el agua se había sentido Hans al caminar con ella por el teatro. Y el agua más profunda de lo que era bueno para él.

Una noche en el camping, podría estar en otro sitio totalmente distinto, pero como el autobús a Greifswald no salía hasta la mañana siguiente, todavía estaba ahí. Ni playa ni dunas. Y de pronto su amor era tan grande como solo lo puede ser el amor hacia algo que amenaza con perderse. Pero a la mañana siguiente Hans apareció, de hecho, en la parada poco antes de que saliera el autobús, y a ella le habría gustado lanzarse en sus brazos.

Durante los ensayos podía sentarse aquí, es más, debería, había dicho el director, un tipo simpático con gafas de media montura. Uno de los actores le había pedido a Katharina que le mecanografiara un texto. Y al asistente de escenografía, que se llama Vadim, ¡pero no es ruso!, ya podía echarle una mano con el modelismo. ¿Se reirá algún día alguno de los tres de Hans cuando vuelva a ir con ella por la escalera? Si no hubiera regresado con su familia después de su medio año de exilio, el sacrificio habría sido en vano. No solo por la felicidad de Hans, sino también por la de Katharina, han de acabar pagando otras personas. Otras personas cercanas a Hans que no tienen la culpa de que se haya vuelto un disidente. Ahora, Ludwig cierra a veces con llave su habitación y cuando Hans llama a la puerta y le pide que salga no lo hace. Hace poco, Hans leyó una vez a hurtadillas los diarios del chico. Katharina quiere tener un hijo con él, pero en el fondo desconoce por completo lo que eso significa.

Se había sentido orgullosa al enseñarle su teatro, y se había sentido orgullosa al enseñarlo a su teatro. Ahora Hans se escondía tras la máscara del padre. «Antes que el gallo ca-a-ante, me habrás negado tres veces.» En Pascua escucharon la *Pasión según san Mateo* y Katharina todavía recuerda bien cómo habían vuelto atrás una y otra vez y habían contado juntos las notas con las que Pedro lloraba su fracaso. «Y llo-o-o-o-o-o-o-ra-a-ba a-mar-ga-me-ente.» A lo largo de quince notas había repartido Bach el arrepentimiento de Pedro.

I/24

A las 15.48 llegará Hans. Trece veces han celebrado ya el día 11, y hoy será la decimocuarta.

15.48 horas, andén 2. Hace dos semanas, la primera vez que Hans estuvo aquí con ella, se acostaron en la buhardilla y él casi perdió el tren. Corrieron por la explanada para que llegara a cogerlo, pero hoy Katharina llega con tiempo: son las 15.44. Hoy, hace catorce meses, estaban en el autobús 57, los dos justo en el momento correcto.

Dos minutos más para que llegue el tren. Hoy Katharina es puntual, ayer llamó media hora más tarde de lo convenido. Pero también él, hace poco, la tuvo medio día esperando su llamada.

15.46 horas. Ayer, más o menos a la misma hora, le habló de Hans a Vadim. Solo entonces recordó mirar el reloj. Habían quedado en llamarse a las 15.30, pero cuando llegó al despacho donde estaba el teléfono eran las 16.02.

¿Olvidado? Nos fuimos de excursión con la bici. ¿Quiénes? Vadim y yo, hasta Helene. ¿Quién es Helene? El lago Helene. ¿Os bañasteis? Sí, dijo ella, el agua sigue estando buena. O sea que te lo pasaste bien. Sí, dijo ella, muy bien. Imagínate, nos comimos doce tortitas. ¿Doce tortitas? Cada uno no, los dos juntos, o sea seis cada uno. Solo seis cada uno. Sí. Qué bien, qué bien.

Y entonces llega el tren. Tan pronto reconoce la silueta de Hans tras la puerta de un vagón, echa a correr hacia la puerta para estar justo a su lado cuando salga.

Hans levanta la palanca de la puerta y se apea.

Hans se deja abrazar en el andén, pero no se mueve y tampoco se suelta, espera a que los demás viajeros se hayan dispersado y entonces le dice a Katharina: Me voy a marchar ahora mismo con este tren a Berlín.

Katharina no entiende: ¿Cómo que te marchas?

Hans dice: Tengo que sacarte de mi cabeza.

Katharina no entiende.

Hans dice: Se acabó.

Y tiene ya un pie puesto en el escalón para subir.

Diez minutos dura la parada del tren en Frankfurt, a continuación, desengancharán la locomotora delantera, acoplarán otra locomotora por detrás, y así la parte delantera pasará a ser de pronto la trasera y la trasera será la delantera, y entonces ese tren cuyo destino final es Frankfurt del Óder, pues detrás del Óder ya empieza Polonia, regresará a Berlín.

¿Se acabó? ¿Cómo que se acabó?

Hoy, hace catorce meses, ambos se subieron al autobús 57 en el momento correcto, hoy, hace catorce meses, Katharina no llegó demasiado tarde, y tampoco Hans. Hoy, hace catorce meses, con los mismos pies que ahora la sostienen, se adentró directa hasta su suerte. Y él hasta la suya. ¿O no?

Tengo que sacarte de mi cabeza, ¿qué significa eso?

Antes de que Katharina entienda lo que significa, Hans cierra la puerta, antes de que entienda, el tren se vuelve a poner en movimiento, a las 15.48 llegó y a las 15.59 ya se aleja con las luces traseras rojas, en dirección a Berlín. Ella, sin embargo, se queda ahí quieta, ahí donde se acaba el país. Óder-Neisse-Frontera de la Paz, Óder-Neisse-Frontera de la Paz, susurra para sí misma mientras baja al fin los escalones que hace nada subía rebosante de alegría anticipatoria, la alegría de la anticipación es más hermosa aún que el propio amor, ¿o no? Óder-Neisse-Frontera de la Paz hasta llegar otra vez a la planta baja, y luego baja otro poco, en dirección al hedor a orines y a desinfectante y a la luz verde de neón, hasta el fondo del todo, hasta las entrañas de la estación, hasta el baño de la estación de Frankfurt del Óder, donde no existe ni la tarde ni finales de verano, ni la ciudad ni el paisaje, y ojalá tampoco ella.

La cabeza de Hans era el hogar de Katharina. ¿Cuánto suman quince y cuarenta y ocho? Diez céntimos cuesta entrar, eso dice la cartulina que el hombre de la bata blanca tiene colocada sobre su mesa. Pero la joven no entra, únicamente se tambalea como una hoja en la profundidad, y la última profundidad se encuentra aquí, tras la puerta que dice «Damas», en la gran sala embaldosada, entre cuatro puertas que separan cuatro cabinas a la derecha y cuatro puertas que separan cuatro cabinas a la izquierda. Contra la fría pared de atrás se inclina Katharina, se resbala hasta el suelo y empieza a sollozar en alto, y se queda agachada en el suelo, sin dejar de sollozar. El hombre de la bata blanca se levanta de su silla, se adentra unos pasos en la sala que dice «Damas», y dice: Pero, niña, que todo va a salir bien. Y después de unos minutos: Tampoco será para tanto. Pero luego ya no se le ocurre nada más que decir y entonces vuelve a su silla. Llega un señor que tiene que hacer pis y deja sus diez céntimos sobre el plato. Llega también una señora, y luego otra vez dos señores, otra señora, y también una madre con su hijo. Siempre suenan las monedas, y luego la clientela entra, según su sexo, en la sala de la izquierda, en cuya puerta dice «Caballeros» o, tras un pequeño titubeo, en la sala de la derecha, de la que proviene ese extraño ruido. Cuando no hay clientela, el señor de la bata blanca se levanta de su silla, «Damas», y echa un vistazo a esa jovencita acuclillada en el suelo y cuyos lamentos sencillamente no acaban.

Pero Katharina no tiene ojos para quienes entran, no ve ni al hombre de la bata blanca ni a las señoras que entran en las cabinas, como tampoco ve a la madre y el hijo. No tiene oídos para oír el pis, y tampoco huele el hedor. No, coloca ambas manos sobre la cara de Hans y se acerca mucho a él, para que él y ella, con su boca, su nariz y los ojos cerrados puedan estar a solas el uno con el otro como una habitación hecha de piel.

¿Te acuerdas?, le pregunta a Hans, ¿de cómo hace poco estábamos con la copa de vino en la mano, en la barandilla del balcón, y nos preguntamos por qué uno se aferra en realidad a la copa cuando también podría soltarla?

¿De cómo después de que me hubieras acompañado a casa te acompañé de vuelta hasta la parada del tranvía? ¿De cómo dijiste: Este ir y venir podría durar eternamente?

¿Te acuerdas?, le pregunta a Hans, ¿de cómo de camino a Viena me escribiste una postal desde el avión, a dos mil metros de altitud?

¿Te acuerdas de cómo apoyas la cabeza en mi regazo al leer?

¿Y de cómo me río cuando hablas conmigo en el idioma de las erratas y dices lodor de baceza en lugar de dolor de cabeza?

Pero Hans no responde.

Una hora se pasa la joven llorando en el baño de la estación de Frankfurt del Óder, hasta que de pronto el llanto se transforma en una risa, la risa de alguien inconsolable. Entonces, el hombre de la bata blanca dice: Igual debería usted marcharse. La sostiene por el codo, la ayuda a levantarse y la saca de allí.

¿Adónde va alguien cuyos caminos se han borrado? A su buhardilla en todo caso no. Allí todavía está la tarta en la mesa, y dos copas de vino espumoso y un ramo de flores. ¿Cuánto suman catorce y once? En el cine que hay junto a la estación ponen una película rusa. Es una película verdaderamente extraordinaria, le dice un Hans invisible, los rusos saben mejor que nadie lo que es el montaje, un Hans invisible busca con su mano invisible la de ella y la hace entrar en el cine. Durante hora y media permanece invisiblemente sentado a su lado, sujetándole la mano. Pero luego esa hora y media ha pasado y la película ha terminado. Katharina sale a la calle, y todo ha terminado. El tiempo resulta espesísimo, como si hubiera perdido la fuerza necesaria para transcurrir. Por toda la eternidad se quedarán ahí la tarta, las copas de vino espumoso y las flores que en otra vida Katharina había colocado sobre la mesa de la buhardilla.

El único a quien conoce en Frankfurt es a Vadim. Cuando llega a su casa, él la deja entrar, le ofrece una silla y le pregunta si le apetece un café. Aparte de eso, no pregunta nada más. Y ella dice sí, y aparte de eso nada. Toman café. Y luego Vadim le prepara en una esquina de su habitación una cama improvisada y ella se tumba así, tal y como está, con la ropa puesta, y duerme ahí.

I/25

La casa de Agathe es de papel maché. La imagen que cuelga de la pared, y que se cae al comenzar el undécimo acto, está clavada con un alfiler. Klaus, el escenógrafo, mira esta casita en miniatura desde arriba con Katharina y Vadim, en la mano lleva una linterna a modo de foco. Más o menos así, dice, y se arrodilla, verá el escenario alguien desde el palco. Colocar una pared, quitar una pared, proyectar sombra o luz, una sala o un paisaje, con una maniobra. A las cinco de la tarde, Katharina está sentada sola en el despacho, esperando a que suene el teléfono. Suena el teléfono. Katharina habla con Hans como siempre ha hablado con él, pues lo que vivió ayer se le antoja totalmente irreal. Y él también habla con ella como si nada hubiera pasado. Es bonito. Hablan como siempre. ¿Mañana en Berlín en el bistró? Mañana en Berlín en el bistró.

Las flores, las copas de vino espumoso y la tarta de la aciaga víspera siguen sobre la mesa cuando Katharina regresa por la tarde a su buhardilla, entonces aparta todo, se corta un trozo de tarta y se lo come. ¿Mañana en Berlín en el bistró? Mañana en Berlín en el bistró. ¿Qué sombra atravesó ayer su vida? ¿Era algo? ¿O no era nada? ¿Acaso ya no puede fiarse de su recuerdo? Un día más tarde está en Berlín con Hans en el bistró, como siempre. ¿O como antes? Hans le exprime el limón en el té, sobre la mesa están sus gafas y una cajetilla de Duett. *Valentín y Valentina* se llamaba la película que había visto hacía dos días en el cine de Frankfurt. Mientras un Hans invisible le sujetaba la mano. Ahora puede verlo, está frente a ella, fumando, se pide otro aguardiente de trigo para el café y dice así sin más: La verdad es que cuando te dejé hace dos días me sentí aliviado. ¿Aliviado? Sí, ciertamente aliviado. Y entonces Katharina agarra su taza de té, extiende el brazo, mira fijamente a Hans y entonces suelta la taza, que se cae con estrépito al suelo, y en el suelo de piedra el té se transforma en un océano en miniatura para las esquirlas de porcelana. Y entonces llega la camarera con la bayeta. Y Katharina se levanta, se disculpa y aparta su silla para ayudar a la camarera.

Polterabend,[1] llamarán luego a esa tarde, entre risas. *Polterabend*, un día después, cuando ya están felizmente casados. Un vestido blanco de verano, un velo hecho con un retal de corti-

1. Tradición nupcial alemana que consiste en romper objetos de porcelana, poco antes de que se celebre una boda, para desear suerte al futuro matrimonio. La pareja recoge los añicos como símbolo de los momentos difíciles que habrán de superar en su vida conyugal. *(N. de la T.)*

na, medias blancas y las sandalias blancas de su madre en los sesenta, que hacía poco la madre había estado a punto de tirar pese a que a Katharina le quedan que ni pintadas y ahora se han vuelto a poner de moda. ¿Qué dirá Hans cuando la vea? La alegría de la anticipación es más hermosa aún que el propio amor. Con su vestido blanco de verano espera al novio, el velo atado al pelo, los pies enfundados en las sandalias blancas y, como broche final, la «Marcha nupcial» de Mendelssohn, que antes de correr hasta la puerta se apresura a reproducir, pulsando el botón del radiocasete.

Cuando le abre la puerta a Hans, está vestida de blanco de la cabeza a los pies.

¿La cree cuando le dice que su sospecha era infundada? Tiene que creerla. Como regalo de tornaboda, antes de saludarlo incluso, le tiende la llave de su apartamento de Berlín por segunda vez, para que esta vez no pueda hacer otra cosa que cogerla. Entonces él levanta el velo y besa a la novia, levanta el vestido de boda y se lo pasa por la cabeza, los zapatos se los quita ella misma y también las medias, rápidamente, primero apoyada en un pie, luego en el otro. Ahora, en la bañera, la espuma nupcial es blanca, y Hans se sienta con el desagüe en la espalda, para que ella esté cómoda. La gente con las rodillas puntiagudas es complicada, leyó Hans alguna vez, se lo dice y señala sus propias rodillas. Bobadas, dice ella, tú tienes las rodillas puntiagudas y eres buena persona y yo las tengo redondeadas y también soy buena persona. Se colocan una barba de espuma que les cuelga por la barbilla, hacen olas y esto y aquello y las chiquilladas que se les ocurren y luego, cuando ya están bien limpios, se van a la cama juntos, la noche de bodas es, dadas las circunstancias, una tarde de bodas, y bajo la almohada Katharina ya ha puesto la toalla para ciertas manchas, tal y como a Hans le gusta.

Y ahora, sin embargo, se desgaja, ahora que ella está aliviada por la reconciliación, y él está aliviado por la reconciliación, ahora que ella ríe, y él ríe, ahora que ella lo besa, y él la besa, ahora, en mitad de todo eso, se va desgajando en un solo espacio que trasciende la carne de ambos, imperceptiblemente, una capa de tiempo de las demás. En la difícil hora que pasó Katharina en el baño de la estación de Frankfurt piensan ambos en silencio, y esa hora queda sin respuesta. Él, porque no puede ni quiere saber nada de ello, y ella, porque no le cuenta nada. Hans tiene lágrimas de emoción en los ojos ante la función que le ofrece esa dulce niña y, sin embargo, ve también la capitulación que entraña. Lo único que no sabe es si quien capitula es él o ella.

A las seis de la tarde la boda ha terminado, Hans tiene que llegar puntual a casa para cenar porque hoy irá Heiner de visita, Heiner Müller. Y Katharina regresa a Frankfurt.

I/26

El espectáculo nupcial que Katharina le ofreció a Hans dos días después del escándalo en la estación de tren iba acorde con el amor que sentía hacia él.

También iba acorde con la magnitud de su deseo de permanecer en el teatro. Pues ¿acaso no tendría que haber abandonado aquello para siempre si Hans no la creía?

En toda su vida no ha visto hasta entonces nada tan hermoso como ese polvo que, desde la luz artificial, se va alzando por el suelo de tablones negros mientras Toante le dice a Ifigenia y a su hermano Orestes: «Adiós». Katharina está entre bastidores observando una transformación y observando, al mismo tiempo, cómo se ejecuta esa transformación. El público llora, y los técnicos se preparan para correr el telón. El águila a punto de precipitarse por la Garganta del Lobo tiene plumas reales y pesa tres kilos y medio, pero para que la caída provoque en el público la consternación deseada y no risas, se prepara el pellejo con hilo de pesca y luego, a cámara lenta, se deja bajar flotando boca abajo de un lado a otro. Así parece pesada, imponente. La verdad, dice Klaus, el escenógrafo, tiene que estar muy bien construida para que se la reconozca como tal. Para *La batalla de Hermann* se cubre todo el suelo de tierra, es un rollo para los actores, pero para comprender la pieza resulta esclarecedor cuando el lodo se convierte en una segunda piel durante la representación. Una traición se ve distinta bajo una luz azul que bajo una luz roja, y un aria no suena igual en un ensayo con piano que con acompañamiento de orquesta. Una compañía teatral invitada, procedente de Sofía, ofrece un espectáculo durante tres días, Katharina no entiende ni palabra de búlgaro y, sin embargo, queda impresionada, y tras la última función todos se van a la cafetería y beben y cantan y hablan entre ellos, también Katharina y, por supuesto, Vadim.

Más o menos medio año después, Hans y Katharina sabrán exactamente que fue el 21 de septiembre cuando Katharina pasó por segunda vez la noche, y esa vez por voluntad propia, en casa de Vadim. No, por voluntad propia no: se había olvidado en Berlín la llave de la buhardilla de Frankfurt. «Mi chiamano Mimi.» Pero ¿qué quiere decir eso de pasar la noche? Ella en el colchón, él en la cama. Y nada más. ¿Nada más? No. De verdad que no. Al día siguiente, juntos en las ruinas de una antigua fábrica de cerveza, sol, calor, el cielo despejado. Allí dibujó a Vadim, y borró tanto alrededor de su mirada que la imagen acabó por estropearse. Finalmente, hizo una bola con el papel y lo tiró en la primera papelera. Aquella manera suya de mirarla. Y por la tarde, la película muda *Los nibelungos*, una retrospectiva de Fritz Lang. Fue precisamente la mudez de la película lo que la mantuvo fascinada y clavada a su asiento, ni por un segundo se distrajo. ¿La mantuvo? ¿O los mantuvo?

En la agenda de Katharina no figura nada al respecto.

Un ama con una fusta en la mano, frente a ella, en el suelo, la criada gira el trasero desnudo hacia ella, por lo demás está debidamente vestida, con delantal y cofia. Para celebrar el primer mes de casados, Hans le ha regalado esas imágenes a Katharina. Ha copiado la serie en blanco y negro y le ha cortado paspartús, para que destaque más el artificio. Un paisaje en blanco y negro de volantes enmarcando la desnudez. Míralas, dice Hans. Ella pasa páginas, sentada frente a él. Él ve cómo mira las imágenes. Pasa las páginas con seriedad, como si aquello que tuviera en el regazo no fuera otra cosa que un álbum con reproducciones de Durero o una carpeta con collages de Picasso. El ama azota a su subordinada, y la doncella la mira con lágrimas en los ojos, el ama coloca su fusta sobre los turgentes pechos de la doncella y le ordena que coloque su cabeza entre sus piernas erguidas, y el ama mira desde arriba cómo extiende la lengua esa que ha de hacer todo cuanto se le ordene. Hans ve cómo mira Katharina, y eso lo excita. Ve cómo eso que le enseña anida, ha de anidar, en ella. Lo obsceno se pasea desde los ojos de Katharina hasta sus pensamientos. Y una vez ahí ya no puede salir nunca. Su placer no sería ni la mitad de grande si la cara de Katharina no tuviera ese aspecto tan puro.

Katharina le escribe a Hans: Solo cuando estamos juntos soy feliz.
Y esa es la verdad.
Escribe en su agenda: Modelo construido con Vadim.
Y también esa es la verdad.
No escribe que por las mañanas, cuando llega al teatro, lo

primero que busca con la mirada es la bicicleta de Vadim. Tampoco escribe que pasó otras dos noches en casa de Vadim en octubre y otra a principios de noviembre. No escribe que le gustan sus brazos, que le encantaría morderlos, pero no lo hace. Cuando duerme en casa de Vadim, se acuesta en su cama, pero siempre vestida, él no puede desnudarla ni tampoco besarla.

Todo eso se lo calla con Hans, pero sobre todo se lo calla a sí misma.

Si algo no se registra, no ha pasado.

En noviembre, en diciembre, sale de Frankfurt por la tarde y viaja hasta Berlín tan a menudo como puede. ¿Viaja o escapa? Queda con Hans a primera hora de la mañana en el Espresso, en el Arkade, en el Nicolai-Viertel, para un café y se sube al tren en la Alexanderplatz para comenzar puntual la jornada, a las diez, en el atelier.

Ciertamente aliviado se había sentido aquel 11 de septiembre, al volver a subirse inmediatamente al tren en el andén 2 y regresar a Berlín. Aliviado y muerto de pena al mismo tiempo.

Ahora todo vuelve a ser como era.

Divino. Y difícil.

Quiere quedarse con Katharina, y al mismo tiempo ha de dejarla estar, pero la duda lo asalta y se va cobrando sus fuerzas. En las últimas semanas no deja de venirle a la cabeza una frase de una obra de teatro de Hacks: «El peso de un sacrificio que uno hace de buen grado aumenta al llevarlo encima». ¿Está haciendo un sacrificio Katharina al amarlo? Sea como sea, aquella tarde de septiembre, en el andén 2, Hans renunció a su candor. Cuando dos días después Katharina lo recibió vestida de novia, resurgió en esencia la duda con la que él se había desposado por tiempo indefinido. Quizá por eso le esté costando tanto trabajar en el libro que está escribiendo para ella.

¿Será el amor de Katharina lo bastante grande y, por encima de todo, durará lo suficiente como para que, cuando el libro esté terminado, todavía sea suya? Ella le dio la motivación para comenzar con la novela, pero la base de la que nace en realidad su trabajo no tiene nada que ver con ella, y eso es algo que él advierte conforme emergen más y más recuerdos del lodazal del olvido. Sabe, naturalmente, que cuando de pronto despiertan tanto interés en uno los escombros y las esperanzas del pasado, estos guardan relación con los escombros y las esperanzas del presente. Y probablemente por eso lleve semanas sin poder hacer otra cosa que escribir sobre la posguerra. Habló también de ello con Müller, quien, para sorpresa de todos, quiere representar en el Teatro Alemán su obra *El hundesalarios*, una pieza teatral de los cincuenta, que habrá de estrenarse en enero. La función debería ser sencilla como un epitafio, dijo. «¿Puedes enterrar lo que ya fue? No.» Hans aceptó escribir un texto para el programa. Con dieciocho años creía que un principio era inherente a un final, ahora le parece exactamente al revés. Pero, en cualquier caso, la cuestión que en su día los enemistó a él y a su padre todavía espera respuesta. Su padre, que debía su carrera al odio y la codicia de los fascistas.

«La postura espiritual y política de la Universidad del Reich en Posen se verá simbólicamente marcada, en lo que a investigación y formación se refiere, por la institución del Reich para la investigación alemana en el Este, creada por el mariscal del Reich Hermann Göring y afiliada a la Universidad. Las tareas que a usted le competen son, pues, parte de la inspección del armamento espiritual en el marco de nuestra obra política en el Este.» Inmediatamente después del nombramiento del padre como catedrático, él y la madre ofrecieron un banquete en casa, los adultos bebieron vino espumoso y el ama de llaves le había preparado aparte una jarra pomerana, una macedonia de frutas servida en una jarra de cristal, los cubitos de hielo iban en un recipiente aparte, de cristal soplado a boca, que se vertía hasta su interior por el borde de la jarra. Jarra pomerana, el término ha sobrevivido en su cabeza, y eso que lleva décadas sin ver una jarra así. ¿Qué había dentro de esa jarra?, ¿y fuera? Todavía recuerda haber pensado en eso. Jarra pomerana. «Protección intelectual, material y étnica y germanización del espacio vital alemán en el Este.» Desde hace semanas Hans va al archivo de la Biblioteca Estatal, ese gran edificio gris en Unter den Linden, en cuyos muros todavía se ven las perforaciones causadas por los disparos de abril del 45, y hojea el tiempo en que fue niño. Un ala lateral de la Biblioteca Estatal resultó bombardeada durante la guerra y sigue siendo, a día de hoy, una ruina. Con ocho años pudo quedarse por primera vez despierto tanto tiempo como quisiera, es decir, hasta que se quedó dormido en la *chaise longue* del despacho del padre. Hojea periódicos que por entonces sus padres leían con el café de la tarde. «*El cazador furtivo*: una función sobre el cumplimiento del deber, una pieza acorde con los tiempos.» Entonces escuchó por primera vez el acorde en do mayor de la obertura. Lee y se ve a sí mismo: con la raya del pelo a un lado y su corbata de niño en el sillón de terciopelo rojo, en la Garganta del Lobo. «¡Nada puede salvarte de la profunda caída!» ¿Qué hay dentro? ¿Y fuera?

Hans hojea también periódicos que por entonces sus padres seguro que no leían. Leer o no leer. Como si la verdad fuera algo que uno puede elegir. La *Wehrmacht* invade la Unión Soviética, conquista el conocido como «nuevo espacio vital en el Este» y literalmente ara a los habitantes de la porción de tierra anexionada: Madre, ¿por qué nos tiran tierra a los ojos?

163

Tres días hasta que la tierra dejó de moverse.

Tres días hasta que el último de cuantos enterraron vivos dejó de respirar.

«Con el sentido aguzado, ojo certero y mano firme, investigadores y profesores alemanes inician aquí una obra que está decidida a ser un faro en el campo de fuerza espiritual del nuevo Este, que en el fuego purificador del espíritu alemán habrá de forjar este carácter nacional en ciernes y alumbrarle el camino hacia el futuro.»

Ni diez años tardó siquiera el padre en volver a ser catedrático, esta vez en Göttingen, pues también en la República Federal confiaban en sus conocimientos sobre la historia del Este.

La continuidad da pie a la destrucción, había dicho una vez Brecht durante un ensayo. La continuidad da pie a la destrucción, había escrito en su bloc de notas aquel jovencísimo autor llamado Hans en la penumbra del auditorio.

Madre, ¿por qué nos tiran tierra a los ojos?

¿Cuánto se tarda en olvidar a los muertos? Solo en la Unión Soviética, veintisiete millones de muertos. Muertos que por la esperanza de la expiación, y como si de un cordón umbilical se tratase, se mantienen unidos a los vivos. Todo, ya sea el enmudecimiento de su padre o su propia rebeldía, ha de medirse con relación a esas víctimas. Con dieciocho años había querido demostrarse a sí mismo y a la humanidad que habría hecho las cosas de manera distinta a su padre. Pero ¿habría hecho las cosas de manera distinta? ¿O era cada persona un recipiente que el tiempo llenaba con aquello que se le iba ocurriendo? ¿Tenía uno poder sobre aquello que veía en el espejo? ¿O tan solo se deshacía uno de una impotencia con otra? Al declararse culpable uno ha de decir, en todo caso, yo. Pero un yo así no se podía comprar en ninguna calle comercial del mundo occidental.

Al mudarse a Berlín Occidental, Hans había tomado una decisión para siempre, con menos edad entonces de la que tiene ahora Katharina. De Göttingen, con sus ilesas fachadas de entramado que llevaban ya en pie quinientos años, y que ahí se habían mantenido también en pie mientras existía Auschwitz, y que después de la guerra todavía seguían en pie, de ese mundo tenebrosamente ileso había venido a un Berlín roto, a la maltrecha capital de los asesinos alemanes, en la que la guerra se seguía viendo en cada esquina: páramos, ruinas, agujeros de disparos en el enyesado de preguerra desmoronado, raíles de tranvía que no llevan a ninguna parte entre baches y adoquines. La destrucción había sido la realidad. Pero en el fondo de esa verdad ardía, en la parte oriental de Berlín, una nueva luz nunca vista: la enigmática esquina de Stalin en el Audimax de la Universidad Humboldt, con sus bombillas rojas en torno al retrato del vencedor, y la mesa en la que estaba colocado el retrato, cubierta con una bandera roja. Ese ardor iba con él, con Hans. Y, encima, la voz de Ernst Busch, cómo resonaba por las calles a través de los altavoces cantando la «Marcha izquierda» de Maiakovski: «¡Desplegad vuestra marcha, muchachos de a bordo! ¡Basta ya de riñas y charlas!». Uno quería ir ahí. Ahí había algo que hacer. Ahí empezaba algo que merecía llamarse futuro. Paz para siempre, la propiedad privada de los medios de producción abolida, la humanidad reconciliada consigo misma. Georg Knepler enseñaba Musicología. Hans Mayer, a apenas dos horas de distancia en tren, literatura alemana en Leipzig. Y Bertolt Brecht escenificaba en la Berliner Ensemble.

Hay un cuadro de Goya: *Duelo a garrotazos*. Hace poco se lo enseñó su amigo Grischa Meyer en el Espresso. Los dos combatientes están enterrados hasta las rodillas en fango, que es su campo de batalla. En ello tuvo que pensar también la semana pasada, cuando Katharina salió totalmente desconcertada del concierto de punk en la iglesia de Sión. Unos neonazis armados con cadenas de bicicleta y barras de hierro habían irrumpido en la iglesia. Judíos fuera. *Sieg Heil.* Sibylle, la amiga de Katharina, se escondió bajo el altar, Katharina escapó por una puerta lateral. Los punks eran ilegales, los neonazis eran ilegales, adolescentes paliduchos en ambos bandos, Ludwig podría haber sido uno de ellos. Los unos iguales que los otros, en busca de un mundo en el que los quisieran. Fines demasiado buenos, o demasiado malos. Cadenas de bicicleta. Barras de hierro. Fuera había policía, pero ni se había movido, decía Katharina. Como si se mataban a palos unos a otros. «La continuidad da pie a la destrucción.»

¿Por qué los muertos no iban contigo?, había preguntado a su padre, y su padre se había quedado mudo.

Aquel adolescente paliducho llamado Hans se había decidido por la parte de Alemania donde el antifascismo estaba escrito en las banderas rojas.

Los muertos sí iban con él.

Fue el precio lo que había disparado su esperanza hasta lo más alto.

Pero si aquello que tomó como respuesta durante cuarenta años no lo era y tampoco lo sería nunca, ¿resultaba entonces, con cuarenta años de retraso, que aquellos sacrificios se habían hecho en vano? ¿Y quién se va a atrever a bajar hasta los muertos y decirles que murieron en vano?

«¿Puedes enterrar lo que ya fue? No.»

I/28

Y ahora todo se desliza ya hacia ese día de enero. Ahora, una vida es ya insalvable en relación con la otra. Ahora, Katharina paga por la felicidad de Berlín con la infelicidad de Frankfurt, y viceversa. Pese a todo, sigue diciendo que Vadim es su hermano, a veces se quedan el uno apoyado contra el otro en el atelier, sin hacer nada más, a veces Katharina piensa en cómo él le preparó café y la alojó aquella tarde de septiembre, cuando ella no sabía adónde ir. Por las mañanas se apoya en esos hombros extraños, por las tardes va hasta Berlín, duerme con Hans, y por las noches le escribe, cuando él ya está de vuelta, sentado a la mesa para cenar en familia: «Una felicidad como la de aquella vez que, tras una despedida provisional, te giraste y volviste hasta mí». De igual manera se gira ella ahora hacia el pasado en común. ¿Acaso no podía ser dramaturgo en el teatro de Frankfurt en lugar de trabajar para la radio? En su emisión de octubre pone todas las piezas que siempre han escuchado juntos: «El clave bien temperado», «El idilio de Sigfrido», «El arte de la fuga». Y ella se sienta en la pequeña buhardilla de Frankfurt por las noches y oye esa voz, la más cercana a ella, desde el aparatito a seis pilas que su madre le dio para esa nueva época. De Frankfurt a Berlín hay una hora de viaje. Y al revés igual. Pero Hans solo viene una vez en noviembre para colgarle una rosa de la puerta, a modo de sorpresa, pues sabe que Katharina está en Berlín. ¿Desconfiará de ella? ¿O la habrá dado incluso por perdida? Todo se desliza ya hacia ese día de enero, casi se podría creer oír un leve resbalón primero, poco a poco más alto. «Hermosamente íntimo», le escribe a Hans, «como recién enamorada, como en el primer encuentro.» Y, sin embargo, ya no sabe bien si las palabras no serán infieles, si la verdad no habría que buscarla realmente del lado equivocado. Desconcentración también, mal humor y tristeza. Solo dos noches libres tiene Hans en esos seis meses, y entonces quedan en el apartamento de Berlín de Katharina, se acuestan y luego salen a comer algo, por la tarde escuchan música, se cepillan juntos los dientes y se van a la cama, a la mañana siguiente se sientan juntos a desayunar. Como en su cotidianidad compartida, de la que apenas pasó medio año. Katharina todavía está familiarizada con esa vida que ya no le pertenece. Una vez Hans deja que lo acompañe a la cafetería del Teatro Alemán, y ahí está sentado Heiner Müller, que parece un indio blanco y la saluda con un gesto amable. Una vez la lleva a su despacho, despeja la mesa, le presiona la cabeza contra la dura madera, y se coloca detrás de ella. Tienen media hora antes de que aparezca Weigel, el dramaturgo del Teatro Alemán, y cuando llama, Katharina ya va camino del metro con las mejillas aún encendidas por el sexo. Y en la misma mesa están ahora tendidas las propuestas para el programa de la obra. A los ensayos de *El hundesalarios* no se la lleva, alguien podría sospechar algo. Solo una vez sale Hans en la pausa de un ensayo, se sienta con ella diez minutos en la plaza que hay frente al Teatro Alemán, fuma un cigarrillo y la acompaña hasta casa de su madre, que está solo a cien metros. Ahí vivía Katharina cuando él la conoció. El olor de ese pasillo en el que ahora se despiden es el mismo que el de su primera visita. La penumbra de las escaleras. Su habitación y la cama con los barrotes verticales. ¿No oye Hans ese resbalón? ¿Y Katharina? «Registro civil agencia de viajes» llama él a esa tarde en que recogen los formularios de solicitud de la agencia de viajes. Después se van al bar del Centro de Comercio, para planear el viaje con una copa de vino espumoso: ¡el verano que viene se van juntos a Moscú! Cuando lleguen a Moscú, volverán a ser otra vez ellos mismos. Katharina le ha traído fotos: ella misma con el velo de novia hecho con una cortina, él califica las fotos como «encantadoras» y se guarda el sobre. ¡Por nuestro amor! Por nuestro amor. Desde que su mujer encontró una vez las cartas en casa, guarda todo cuanto recibe de Katharina en su despacho, del que su antigua amante de Radio 1 todavía tiene llave, ¿acaso Hans lo ha olvidado? Una vez, en su ausencia, su ex entra, encuentra las fotos de la joven novia y lo maldice tan pronto como aparece. Lo mira con sus ojos ambarinos, se echa el pelo hacia atrás, lo señala con el dedo y le echa una maldición. Una maldición, ¿en serio? ¿Acaso esos doscientos años de aclaraciones fueron en vano? Hans la echa a empujones. Como grava se acumula todo, echa a rodar, se dirige a la profundidad, todo, hasta la más mínima piedra, está sujeto a la gravedad y se ve arrastrado por pedazos más grandes y arrastra, a su vez, otras piedras. El vigésimo octavo aniversario de su matrimonio lo celebra desde mediodía con Katharina, «más hermoso que nunca», escribe Katharina en su agenda. «Reunión en la sala de pintura», escribe algún que otro día y recuerda la reunión, pero también cómo le levantó luego la blusa Vadim en el despacho y le besó los pechos, pues besarla en la boca todavía lo tiene prohibido. Justo esa tarde Hans no la llamó. ¿Lo verá todo? ¿Como Dios? No, Hans no es ningún dios, en su bloc de notas figura: «por la tarde, discusión tormentosa con una ex de hace ya tiempo, pero que se niega a serlo». Lo cercano se desliza, y también aquello más lejano, todo un frente se escurre hacia ese día de enero. Katharina sale a pasear por el Óder, ve cómo los copos de nieve caen al agua negra y se derriten nada más tocarla, se jura a sí misma que ese sentimiento falso debería tener fin, pero no tiene fin, en Berlín va con Hans a ver la película *Carmen, pasión y muerte* de Godard, en Frankfurt va con Vadim a ver *Don Carlos*, está en Alex con Hans frente a las puertas cerradas de la iglesia gótica, desde dentro se oye Mozart, el Réquiem, su Réquiem, la música de su primera tarde, es demasiado tarde para entrar y, además, tampoco tienen entrada. Se quedan diez minutos apoyados ahí, escuchando atentamente contra la gran puerta de plomo. Con Vadim presenta propuestas para un cartel, con Hans pasea por la nieve en el cementerio de Pankow hasta la tumba de Ernst Busch. Una vez se encuentra con Hans por casualidad en una esquina de Prenzlauer Berg, como si fueran desconocidos. Todo se desliza, pero el movimiento es tan grande y tan lento que desde lejos uno ni siquiera llega a percibirlo. Hans, puede que Vadim se haya enamorado de mí. ¿Y tú? ¿Y yo? Estaría bien poder hablar con Hans no solo de muchas cosas, sino de todo, pero eso también sería pedir demasiado. Una vez le dijo a Hans que el amor que siente hacia él es como el amor hacia una madre. Como si no pudiera ser de otra forma. Así de evidente y correcto. ¿Hacia una madre?, dijo él, y sacudió la cabeza, pero no preguntó más. Hacia finales de año, Hans se inquieta, como si se asfixiara, como si el tiempo se les escapase: quiere ir con ella a esta y esta otra exposición, y ver esta y esta otra película, y escuchar por fin juntos *La condenación de Lúculo* de Dessau, como llevan tiempo planeando. ¿Tiene miedo Hans de estar cerca de ella? ¿O acaso se precipita su amor hacia el vacío desde que Katharina solo está de visita en Berlín? Tres veces viene con el disco bajo el brazo, pero cada una de las veces no hay más que café, vino espumoso y cama. ¿Eso es mucho o poco? Basta con un solo momento para que se malinterpreten, basta con una palabra en falso para que se desate una pelea, pero no disponen de la noche para reconciliarse. Katharina viaja hasta Hoyerswerda para montar una función que ofrecerán como compañía invitada, y cuando Hans la llama por la tarde por teléfono ya se ha vuelto a olvidar el nombre del «poblacho», como él lo llama. Christoph Hein exigió durante el congreso de escritores de noviembre que abolieran la censura, y el Estado no lo encerró. Este Estado se ha quedado sin dientes, un mísero perro viejo. ¿Sabe Katharina lo que eso significa? Hans está lejos de la cotidianidad de Katharina, y Katharina de la de él. ¿No podemos ser como hermanos? Vadim está con ella sobre el escenario vacío, junto a un púlpito que quedó tras un acto, baja la mirada hasta el suelo de tablones negros y no dice nada, tan solo sacude la cabeza de manera casi imperceptible. Todo tiene siempre dos caras, había dicho entonces su abuela en Colonia. ¿De verdad todo? Con sombrero y velo, Katharina recoge a Hans de su curso de formación en el Partido, en otra ocasión se pone un liguero para gustarle, pero el conjunto oculta más de lo que enseña. Hans llama cansancio a aquello que no logra explicar, Katharina debería acostarse, dormir, como si fuera un médico la mete en la cama y se sienta a su lado, pese a que ella no está ni cansada ni enferma. Pasa Nochevieja con Sibylle y un par de personas más en una azotea de Berlín, mirando ese año ciego que se extiende ante ella. A comienzos de enero Hans le prohíbe seguir yendo a Berlín todas las tardes en tren, y cuando a la mañana siguiente tiene que volver a trabajar, le prohíbe escaparse de Frankfurt, donde vive Vadim, que ya no quiere ser un hermano. ¿Quiere facilitarle las cosas, tal y como él afirma? ¿La tiene en libertad condicional? ¿O desterrada? En newtons se mide la fuerza que dota de aceleración a una masa. Vadim le regala un pedazo de madera que tiene ya desde hace años en su escritorio, nada especial, en realidad. Hans posa para ella desnudo, mientras escucha «El clave bien temperado» al mismo tiempo que lee las notas. Luego ha de meterse en la cama para entrar en calor, ella lo acompaña. «Inesperado, único, íntimo.» A mediados de enero Katharina entrega su porfolio para solicitar su ingreso en la escuela de arte. ¿Estará estudiando en otoño? ¿Vivirá ya con ella Hans para entonces? Pero la esperanza no devuelve ningún eco, es como si hubiera perdido la certeza, su apeadero en el futuro. Cuando Katharina descubre que en utilería hay una fusta, igualita que la de las fotos eróticas, se la guarda y se la lleva a Berlín para dársela a Hans. Se la lleva en una bolsa de plástico desde la estación del Este directa hasta el Arkade. Acarrea la potencia en una bolsa de plástico. ¿Es bonito saber lo que tenemos por delante? Sí, es bonito. Pero aún tardará cerca de una semana en volver a pasar un día entero en Berlín. La alegría de la anticipación y todo eso, dice Hans. ¿Es así como Katharina compra su propia libertad? «Es bonito pasear por la ciudad con una cosa así en una bolsa de plástico», escribe por la noche en su bloc de notas. Podría ser que, a veces, mientras ella está en la ducha o se ha quedado dormida, Hans lea su bloc de notas. Podría ser también que a Katharina se le haya colado hace tiempo el falseamiento bajo la piel. Ciego, ciego se extiende ese año ante ella, como un espejo rancio. Pero ¿acaso no oye el ruido que ha borrado la visión? Cuán vivo está ese bramido, esa caída, ese resbalón, cuán sumamente vivo todo cuanto se ha puesto en movimiento.

A la mañana siguiente, Katharina regresa a Frankfurt.

Primero sucedió despacio, y luego cada vez más rápido, y ahora todo llega finalmente allá adonde se precipitaba, a las profundidades, que uno ha de atravesar para llegar al otro lado del espejo. Katharina recorta cartulinas hasta medianoche, Vadim dibuja los planos para una nueva producción, primero escuchan la interpretación de *El lago de los cisnes* y cuando empiezan los aplausos, lo apagan. Tendrían que marcharse del edificio antes de que el guardia nocturno haga su ronda, pero en lugar de eso apagan la luz cuando lo oyen venir, se agachan detrás de la mesa y se quedan en completo silencio. En ese mismo momento, Hans está en su apartamento conyugal en Berlín y, ahora que Ingrid está ya dormida, comienza a escribirle una carta a Katharina como nunca le ha escrito una carta antes a nadie. En apenas una semana la fusta recorrerá el aire con un leve sonido hasta dar, con un chasquido, contra la piel desnuda de esa chica que quiere que la castigue. Un día entero tendrán, de diez de la mañana a seis de la tarde, para hacerlo todo a conciencia. En la carta que Hans comienza a escribirle aparecen la palabra «polla» y sus sinónimos «miembro» y «la» y «lo» treinta y cuatro veces. Mientras Katharina permite por primera vez que Vadim la bese en la boca, Hans escribe en su carta la palabra «cachondo» ocho veces. Mientras ella misma se quita el jersey, mientras Vadim le desabotona la blusa que lleva debajo, mientras ella coloca al fin sus manos bajo la camiseta de Vadim y agarra su cuerpo, suave, caliente y firme es su piel, Hans escribe la palabra «coño» seis veces. Seis veces escribe «muslo», y siete la palabra «húmedo». Mientras caen todas las prendas de ropa que llevan puestas Katharina y Vadim, una detrás de otra, mientras ambos se enredan en el suelo del atelier, entre recortes de papel y cartulinas y bocetos, mientras se oyen crujidos y Katharina agarra por el pelo a Vadim para acercar aún más su cabeza hasta ella, hasta que ya no hay manera de distinguir la cavidad de su propia boca de la de él, mientras eso ocurre, Hans escribe la palabra «tieso» y su sinónimo «durísimo» tres veces, las palabras emparentadas «lengua», «lengüetazo» y «punta de la lengua» ocho veces en total, y dos la palabra «abierto», y cuando Katharina deja de oponer resistencia a aquello que quiere y que Vadim también quiere, cuando todo se disuelve y se funde en uno, Hans está sentado en Berlín ante su pequeño escritorio junto al mirador, escribiendo oraciones en las que la palabra «follar» aparece doce veces, una sola la palabra «gemir», «tetas» y «lamer», y veintiuna veces, en cambio, la palabra «trasero», «ano» y «por detrás». Cuando Katharina comienza a explorar el cuerpo de Vadim y se tumba sobre él, cuando se lo come y se lo bebe entero, y él se la come y se la bebe entera, o quizá solo cuando ya están tumbados tranquilamente el uno al lado del otro, totalmente desnudos y cerquísima el uno del otro, hasta tal punto que el aliento de uno es también el aliento del otro, Hans escribe una vez la palabra «castigo», «violación» y «violencia».

Esa noche es la noche del 19 al 20 de enero, en un año 88 todavía recién estrenado.

I/29

En la agenda que él le regaló, ahora ya no es capaz de escribir nada más.

Hans titula su carta «Apuntes para una santa», la mete en un sobre y lo deja sobre la cama de Katharina antes de que esta llegue a Berlín para pasar su día libre.

Katharina no apunta nada.

Hans apunta: «la mañana en que hemos de reservar nuestro viaje a moscú se queda dormida, manda a la asistenta de su madre para que me avise».

Katharina no apunta nada.

Hans apunta: «fiesta inaugurada».

Katharina no apunta nada.

Hans apunta: «katharina respondona, tristona».

Katharina no apunta nada.

Hans escribe: «fui hasta la estación del este para verla un momento, pero no llegué a tiempo».

Katharina no apunta nada.

Katharina, en ese tiempo, vaga por tierra de nadie.

¿Cómo va a encontrar la salida?

El hundesalarios se estrena el 27 de enero y esa misma tarde, en Frankfurt del Óder, se estrena *El cazador furtivo*.

«No dispares, soy la paloma», grita Agathe cuando Max afina la puntería para el atroz disparo contra la blanca paloma que, en realidad, es su novia presa de un hechizo.

No dispares, soy la carroña, dice el utilero borracho desde bambalinas, citando ese viejo chiste teatral.

Katharina no es capaz de reírse.

Evita a Vadim cuando este quiere hablar con ella, dice no.

Los renglones de su agenda permanecen en blanco.

Hans apunta: «katharina con sibylle en la tercera función de "el hundesalarios". la espero en el vestíbulo, oigo su voz entre todas las demás».

Los renglones de la agenda de Katharina permanecen en blanco.

Hans apunta: «hasta el metro, viene conmigo hasta la dimitroffstrasse».

Los renglones de la agenda de Katharina permanecen en blanco.

Hans apunta: «hoy hace un año del *dies irae*, el día de la ira».

Es decir, el día en que su mujer encontró las cartas de Katharina el año pasado y lo echó de casa.

Los renglones de la agenda de Katharina permanecen en blanco.

Garbe, el hundesalarios, renueva el alto horno mientras está en funcionamiento, a mil grados es posible que los zuecos que lleva en los pies empiecen de pronto a arder: un Hermes socialista. Pared con pared con el fuego se decide aquello que en otra parte se cuestiona y que, de un modo distinto, está candente. Las normas son las normas de producción, que ahora está en manos de todo el pueblo. Este tan solo ha de entenderlo, y hace cinco años todavía era un pueblo totalmente distinto, que entendía otra cosa totalmente distinta y, por desgracia, con mayor entusiasmo. ¿Por qué son esas normas, para empezar, tan elevadas? ¿Qué pasa con las fábricas desmanteladas del Este, con las reparaciones que se van pagando generosamente a plazos a los rusos y que no redundan en beneficio de los alemanes vencidos? Ingleses, franceses y americanos crían compradores mientras en la zona rusa pagan su deuda de guerra. Las normas, se dice, son normas de producción, que ahora está en manos de todo el pueblo. ¿Y en qué debería resultar visible? ¿En el reparto de la margarina, cuando en el Oeste ya hace tiempo que se vuelven a alimentar de mantequilla? «La verdad es siempre concreta.» ¿Cómo se produce el convencimiento? ¿Y cómo se propaga? ¿A mil grados? Hans se trajo de un viaje a Hamburgo un cartel que lleva años colgado en la puerta de su despacho: Marx, Engels, Lenin y por encima de las tres cabezas figura: «Todos hablan del tiempo». Por debajo: «Nosotros no». Ese es justamente el error, le había dicho a Katharina cuando hace año y medio cruzó por primera vez el umbral con su vestidito negro.

Hans escribe en su agenda: «tal día como hoy, hace un año, comienzo de la convivencia a modo de prueba».
Katharina no escribe nada.
Hans escribe: «por la tarde patatas asadas y mozart».
Katharina no escribe nada.
Hans escribe: «conversación sincera con ingrid, pero sin contratiempos».
Katharina no escribe nada.

Stalin muere en febrero del 53, y Ulbricht se marchará también, un par de meses después. Los camaradas del polit-buró, que abogan por un mando colectivo, cuentan al princi-pio con el respaldo de los sucesores de Stalin. Solo cuando resulta que el desasosiego de la base alemana ya no se puede contener con reformas venidas desde arriba, los sóviets acaban por mostrar preferencia por el autócrata, y ahí está Ulbricht, unos días después de su elección, como si no hubiera pasado nada, y destierra a sus adversarios. Ese día de junio en que los tanques soviéticos toman posición contra los trabajadores ale-manes que prueban el poder del proletariado en su huelga contra el poder del proletariado, llueve. Llueve en Unter den Linden, donde está Hans, todavía sentado en la Biblioteca Estatal. ¿Serán algunos de los agujeros de disparos que se ven en el muro del edificio gris de aquel 17 de junio? Hans Garbe, el hundesalarios, se declara en huelga esta vez contra la norma, con las condecoraciones en la solapa por haber quebranta-do la norma hace tres años. Todo tiene siempre dos caras. ¿Solo dos? La culpa y el mérito se encuentran, más a menudo de lo que uno piensa, bajo un solo nombre. No alimentar ni reducir una a expensas de la otra. Dejar ambas desconectadas, pues solo del desnivel surja tal vez algún día el movimiento.

Ahí se almacena energía, en la disparidad, en el desequilibrio, en la espera, ahí se fraguan en silencio la esperanza y la ira. Multiplicar lo insoportable sería entonces, visto así, un acto revolucionario. ¿U oportunismo?

«buenos avances con el libro», escribe Hans.

Katharina está sola en su apartamento. ¿Acaso el tiempo ya no tiene cara? ¿O únicamente le ha cambiado? Katharina escribe en una hoja arrancada por la mitad cómo fue aquella vez que Vadim le besó los pechos por primera vez.

A continuación, deja en la mesa esa hoja arrancada por la mitad, o se olvida de que la deja en la mesa, quizá no quiera volver a tocarla, o quizá no quiera leer una segunda vez lo que pone, la hoja arrancada por la mitad acaba bajo otros papeles, o Katharina le coloca otros papeles encima, la hoja arrancada por la mitad acaba en el escritorio cubierta por todo lo imaginable, bocetos, facturas, listas de la compra, pero escondida no está, y tampoco reducida a polvo.

En febrero del 56 Jruschov habla por primera vez de los crímenes de Stalin. En marzo del 56 Brecht enferma, en agosto muere. La Stalinallee de Berlín pasa a llamarse Karl-Marx-Allee. Alguien toma ese nombre caído en descrédito y lo tira por el pequeño muro hacia el patio trasero adyacente, hacia el mismo lugar donde yace ya la camisa parda. Tres semanas transcurren desde la noche que Katharina pasó en el atelier y el día en que baja rápidamente a comprar tarta y, entretanto, Hans busca en su apartamento una hoja en blanco en la que anotar el nombre de Tretiakov. Encuentra una hoja arrancada por la mitad, pero no está en blanco.

Intermedio

Para revisar la primera caja de cartón Katharina necesitó muchas tardes y algún que otro fin de semana, a lo largo de todo el otoño. En esta época empieza también a releer las novelas de Hans, que leyó hace mucho tiempo. Cuando su marido le pregunta por qué lo hace, no tiene respuesta. En algún momento del otoño y, para cerrar el círculo, presenta ante la autoridad competente una solicitud para examinar los expedientes. Va al sótano a buscar sus viejos cuadernos, abre cajones en los que encuentra apuntes de su época universitaria y cartas de sus amigos de entonces. ¿Quiénes eran en realidad sus amigos? Lee algún que otro cuaderno. Acerca negativos de hace treinta años a la luz para ver si merece la pena copiarlos.

A veces se ve a sí misma enterrada bajo tierra y ve, al mismo tiempo, cómo se desentierra.

Pasada la guerra de Troya,
Troya se quedó anticuada.

HEINER MÜLLER

SEGUNDA CAJA

II/1

Ir junto a los muertos y llamar a la tierra para ver si le permite a uno entrar. Katharina camina hasta la tumba de Ernst Busch, donde poco antes había estado con Hans, ¿adónde va a ir si no? Justo detrás del muro del cementerio está la casa en la que vivía Busch y en la que, al final de su vida, veía visiones. Llamar a la tierra y esperar a ver si se abre. Hundirse en el suelo. Katharina se acuclilla junto a la tumba y llora amargamente, pero la tierra no se derrite, no se vuelve permeable, y tampoco devora a la chica. Ni arenas movedizas ni pantano. Solo un par de sucias islas de nieve. Los muertos siguen muertos, y Katharina sigue viva. Y entonces recuerda de pronto que esa tarde había quedado con el padre. ¿Podrá localizarlo aún y cancelar el plan antes de que el padre se suba al tren? Se pone torpemente en marcha tratando de encontrar una cabina de teléfono, a través de la colonia contigua al cementerio, donde a comienzos de los cincuenta el Estado dejó vivir a los artistas comunistas que habían sobrevivido a los campos de concentración, las purgas estalinistas, los campos de prisioneros, la guerra, el exilio. Aquí deberían producir arte para ese nuevo comienzo: textos, pinturas, música. Entretanto ya han pasado cuarenta años desde ese nuevo comienzo. Katharina todavía tardaría mucho en nacer y, sin embargo, todo ha terminado ya para ella. No hay ni una sola cabina de teléfono en los alrededores para decirle al padre que su vida pende de un hilo en ese momento, nada más que una superficie de hielo por la que ahora, al caer la oscuridad, pasa un hombre gordo y solitario en patines, y en una esquina redondeada dos astas de bandera. En el muro de arenisca que hay al lado se ha grabado el deseo del poeta Weinert: «A las ideas luz / Al corazón fuego / A los puños fuerza». Weinert estuvo con su abuelo en la guerra civil española, luego vivió en el número 4, ¿seguirá su nombre en el timbre? ¿Saldrá el muerto? No, no lo hará.

También Hanns Eisler, un par de casas más allá, lleva mucho tiempo enterrado, y si tan solo viera ahora cómo le caen las lágrimas a Katharina, podría añadir a sus catorce maneras de describir la lluvia una decimoquinta. «Mísero este sucumbir / mío y de cualquiera / que a falta de valor / por su causa no viviera.»

En el reino de los muertos se quedó también la esperanza del pintor Max Lingner, que dotó el antiguo Ministerio de Aviación del Reich de un fresco socialista. Durante el socialismo resucitó a su *Yvonne* parisina como joven pionera, pero ¿de verdad va la muchacha a la cabeza, o está sencillamente de pie? ¿Acaso no se sigue tocando música tras la columna mientras ella se detiene ya al frente? Siempre que Katharina pasaba por allí de camino a la cafetería con sus compañeros de la editorial, se lo preguntaba. Una pequeña colegiala, no en el centro de la imagen, sino en el centro de la mirada. También a Max Lingner la resistencia a los fascistas lo enfermó hasta morir. ¿O fue la crítica de los camaradas al fresco, que para la Comisión de Cultura tenía demasiado *savoir vivre* y demasiado poca precisión alemana? Está muerto, murió hace mucho.

¿No tendrá Willi Bredel, él también poeta y camarada brigadista, y que estuvo en Stalingrado, un teléfono para esta chica a la que nada le gustaría más que estar muerta y bajo tierra, pero que antes ha de avisar a su padre? Él también se marchó hace mucho, criatura. Casa número 12.

Katharina avanza a tientas de un nombre muerto al siguiente, de una verja de un jardín a la siguiente, hasta que al fin lee el nombre de una persona viva en el timbre: Theo Balden. Su padre tiene un pequeño bronce suyo, una mujer recostada que cabe en una mano. Theo Balden y su mujer se sorprenden al ver a esa desconocida sollozando ante su puerta, ella les dice su apellido, que también es el de su padre. Solo quiere llamar por teléfono. Y una vez que ha mencionado el nombre acceden. Pero ¿qué le va a decir a su padre? ¿Que cree que ha de morir si Hans la deja? Theo Balden y su mujer se quedan desconcertados a su espalda, mientras esa chica desesperada habla con su padre y le dice que esta tarde no tiene tiempo para él, que ahora mismo todo es muy difícil para ella. Chiquitina, le dice el padre, solo eso: Chiquitina, y casi siente lástima de sí misma, pues quizá pronto abandone el mundo y acabe ahí abajo, entre todos aquellos que ya mucho antes que ella se fueron al otro lado. Chiquitina. Su padre antes siempre la llamaba así, cuando ella aún era pequeña, cuando él aún vivía con ella y con la madre.

Y entonces, por última vez, va a ver a Hans, para pedirle por su propia vida. Pedirle que le conceda una prórroga. Solo un par de palabras más. Al borde del camino, un peluquero. ¿Dos milímetros? ¿Segura? Sus largos cabellos caen al suelo, el peluquero los recoge con la escoba y los tira a la papelera. Ahora parece una pecadora, parece aquello que es. Hace año y medio Hans conoció a una inocente, y ahora le cae en el regazo una pecadora.

De granito verde es la barra del Café Ecke Schönhauser, en la Kastanienallee.

¿Cómo pudiste hacer algo así?

Si uno golpea su disidente cráneo contra el borde con toda su fuerza, quizá se parta en dos.

¿Cómo pudiste hacerme algo así?

Golpea una, dos veces contra el borde.

¿Cómo pudiste hacernos algo así?

Pero un cráneo así es más resistente de lo que uno piensa.

Si te dejo entrar de nuevo, dice Hans, he de comprender quién eres en realidad.

Katharina asiente con su cráneo intacto, solo los pensamientos están gravemente agitados.

Si voy a intentar salvarnos, tengo que acometer la aclaración de esta cuestión como un trabajo.

La cabeza machacada mira hacia abajo y asiente.

Y entonces, a partir de ahora, todo lo relacionado con tu tiempo en Frankfurt es material para ese trabajo.

La cabeza machacada mira hacia abajo y asiente.

Tengo que entender qué pasó en realidad. Si no lo entiendo, puede volver a pasar. Y entonces estoy perdido.

La cabeza machacada mira hacia abajo y asiente.

Si no eres sincera conmigo hasta el fondo de tu alma, nuestro amor no tiene ni la más mínima posibilidad.

Nuestro amor, esto es: ella es él y él es ella. La cabeza machacada mira hacia abajo y asiente. Katharina no es más que una filial de la vida de Hans. Carne de su carne, sangre de su sangre.

Solo puedo acometer este trabajo si eres incondicionalmente sincera: si expones tus diarios, tus agendas, tus apuntes y tus cartas.

La cabeza machacada mira hacia abajo y asiente.

Todo cuanto no hayas apuntado o nombrado de manera distinta, deberás añadirlo fiel a la verdad.

La cabeza machacada mira hacia abajo y asiente.

Piensa en esto: Lo que no me digas ahora, lo que permanezca oculto, lo que calles, todo eso quedará sin aclarar y ac-

190

tuará contra nosotros. Contra nosotros, contra mí y, por encima de todo, contra ti misma.

Lo sé, dice la cabeza machacada, mira hacia abajo y asiente.

Por la noche Hans le escribe otra vez a Katharina: «te lo suplico: no seas cobarde».

Hans se pasa la noche entera en vela junto a Ingrid, viendo cómo Katharina se revuelca con el otro hombre más joven. ¿Acaso no sospechó ya en septiembre que aquello acabaría en algo así? Cuando piensa ahora en la palabra «amor», no quiere hacer otra cosa durante el resto de su vida más que vomitar.

Debe estar loco para hacer de su derrota un trabajo. Debe haber una razón para ello. Probablemente esté empujando a un lado otra cosa distinta a esa.

II/2

Si al menos hubiera pasado solo una vez, dice Hans.

Solo pasó una vez.

Quién sabe, dice Hans.

Solo pasó una vez.

Aunque fuera así, dice Hans, ¿qué pasa con todo el tiempo que me mentiste sistemáticamente?

Se beben una botella entera de vino tinto en mitad de la tarde, fuera nieva, y entonces él la vuelve a abrazar al fin por primera vez.

A la mañana siguiente, Katharina recoge sus cosas de Frankfurt acompañada de Ralph y su madre. Se despide de Klaus, el escenógrafo, de la encargada de vestuario con la piel tan fina que en las sienes se le transparentan las venas, de los técnicos de recursos escénicos y del utilero borracho. Ve el águila de tres kilos y medio en la estantería de utilería. A Vadim no lo ve, pero Vadim le dejó una carta a Klaus para ella. De un día para otro, Katharina puso fin a sus prácticas en Frankfurt, el director artístico le vio el pelo corto y comprendió que no tenía ningún sentido convencerla de que se quedase. De vuelta en Berlín, Ralph y su madre la ayudan a descargar, la madre la abraza, y luego se queda otra vez sola.

En la mesa de la cocina todavía están las dos copas de vino tinto de ayer y, al lado, la botella vacía. Ayer todavía creía en una reconciliación, hoy se encuentra en el buzón una carta en la que Hans escribe:

«lo que ayer pareció un final feliz fue una medida fruto de la desesperación y que aún no nos garantiza nada en absoluto. si no hubiera vuelto a tomar posesión de ese cuerpo inmediatamente, el asco y las imágenes de eso que hace nada hiciste con otro se habrían fijado para siempre en mi cabeza. el principal trabajo aún está por hacer».

O sea que, a partir de ahora, todo lo que parece felicidad no es más que fachada.

¿Fue Hans quien, al descubrirla, le abrió los ojos a Katharina y le hizo ver el monstruo que es en realidad? De lo contrario, ¿habría mantenido ella el lío que tenía allí con Vadim, tal y como afirma Hans? Ella cree que no, pero eso ya no hay manera de demostrarlo, dado que las circunstancias ahora son otras. ¿Un monstruo? Hans se rió ante ese calificativo que ella misma se había aplicado, un monstruo no es, en realidad, tan solo alguien que pilla aquello que puede agarrar. Miserabilísima doble moral burguesa, así se refirió él a su error. Pero ni siquiera él puede sufrir tanto como está sufriendo ella. Esa que ve en el espejo le produce asco, pero no puede quitarse la piel que lleva puesta. Miserabilísima doble moral burguesa. *Così fan tutte.* ¿Será el cable del secador lo bastante largo? Entonces podría demostrarle que su arrepentimiento es real. ¿O hasta eso no sería más que un espectáculo, extremo, definitivo? ¿Quién es?

¿Cuál de sus sentimientos es verdadero, y cuál finge ante él, ante él o ante sí misma? ¿Qué hay dentro?, ¿y fuera? Se siente infinitamente agradecida hacia Hans porque después de lo ocurrido no la haya espantado al momento y para siempre. Porque la quiera ayudar a ser otra. ¿Alguna vez volverá a querer acostarse con ella?

El «principal trabajo», como él lo llamó, comienza ya al día siguiente, Hans se sienta entonces a la mesa en la habitación de Katharina, de espaldas a ella, ella está acurrucada en la cama, oyendo minuto tras minuto el silencio, luego otra vez cómo van pasando las hojas, luego otra vez el silencio. Hans revisa las cartas que le mandó a Frankfurt, las junta con las que ella le mandó a Berlín. Minuto tras minuto lo oye reflexionar, minuto tras minuto oye el silencio con el que Hans quiere descubrir el engaño, oye cómo van pasando las hojas, el mudo comparar, sopesar, rumiar. ¿Por qué no puede dejar de latirle, sencillamente, el corazón?

Ceniza, piensa él, un venerable icono se le desintegra aquí bajo las manos hasta volverse ceniza. De su puño y letra ha de leer lo idiota que fue en otoño, y todavía ahora, hasta hace unos pocos días, en invierno. Y en ninguna de las cartas que envió, olvidó Katharina ese renglón en el que le dice que lo quiere, y eso que desde hacía tiempo tenía el corazón en otra parte. En la línea de la mentira, todo cuanto se llamaba felicidad se transforma en infelicidad. Y la infelicidad durará mucho y será grande. La sombra, quizá mucho más larga que aquello que la proyecta.

¿Viste otra vez ayer en Frankfurt a tu amante?, pregunta por encima del hombro.

No, dice ella, y podría dejarlo ahí. Pero como prometió que a partir de ahora sería sincera hasta la médula, añade: Klaus me dio una carta de su parte. Y se levanta para mostrársela.

También en ella se habla del amor, por Dios, piensa Hans,

cuánta inflación en torno a esa palabra, y del dolor, de la añoranza también, todo el repertorio de vocablos sentimentales del que se puede servir cualquiera que, en esencia, solo quiere una cosa: tirarse a una cosita joven y guapa.

¿Y?, ¿ya le has enviado una respuesta?

No.

Pero ¿quieres?

Pues...

¿Qué quiere decir «pues...»?

Siento haberlo confundido tanto.

¿Confundido?

Se enamoró de mí.

¿Quieres mantener el contacto con él?

Claro que no.

Entonces siéntate aquí, que te enseño cómo se pone fin a un contacto de estos, bueno, claro, si eso que me decías de que te arrepientes va en serio.

Va en serio.

Entonces coge un lápiz y una hoja de papel y empieza: «Vadim».

¿No puedo escribir: «Querido Vadim»?

¿En serio me lo preguntas?

Vale, pues «Vadim».

Escribe: «Igual que para ti, para mí lo nuestro no fue más que folleteo».

No puedo escribir eso.

O sea que quieres tenerlo detrás eternamente.

Claro que no.

Puedes pensártelo.

Katharina escribe.

Sigue: «Estuvo bastante bien, pero estoy acostumbrada a algo mejor».

Yo nunca escribiría así, se va a dar cuenta enseguida de que eso no es mío.

Lo verá de tu puño y letra y se lo creerá, igual que yo también me creí de tu puño y letra todas tus mentiras.

Katharina escribe.

«Así que no te esfuerces más.»

De verdad que no es mala persona.

Estoy conmovido.

Le va a hacer daño.

Como debe ser. Lo importante es el resultado.

Katharina escribe.

Escribe: «Katharina».

Katharina escribe: «Katharina».

Hans se estremece al ver su firma.

A partir de ahora, me gustaría que tus cartas me las escribieses a máquina. Ya no soporto tu letra.

Katharina asiente en silencio, sin levantar la vista.

Hace ya mucho que Katharina no lo desea tanto como ahora. Cuando se despierta sigue llorando, pero a las diez, tal y como a él le gusta, le abre la puerta: disfrazada de colegiala. Falda azul, como su falda de tablas de los Jóvenes Pioneros, medias blancas hasta la rodilla, blusa blanca, solo falta el pañuelo atado al cuello, azul o rojo.

¿Y si Hans se quita de verdad la vida? Hace poco dijo algo así como que en realidad ya no sabe para qué. Cada día que lo recibe podría ser el último. Y la culpa sería de ella. Además, todo él le encanta: el pelo, la cara, las orejas, los hombros, las manos, el pálido tórax, el ombligo, el miembro, las piernas, las rodillas y los dedos de los pies. Bajo la oscura colcha besa cada centímetro de él, cada centímetro de él perdería si él muriera.

Otro día deberá decir si escuchó música con *aquel* en Frankfurt.

Sí.

¿Y qué?

Los recitales de Bach.

Hans asiente.

El Concierto para piano en re menor de Mozart.

Hans se queda un largo rato en silencio, fuma, mira por la ventana.

¿Qué más?

«El clave bien temperado.»

Katharina oye un ruido extraño. ¿Está llorando?

¿Sabes?, dice Hans tras una larga pausa, ¿que quería acompañar cada uno de los temas de las fugas con una de nuestras frases? Ese iba a ser mi regalo de cumpleaños.

Katharina se queda en silencio, en tres semanas cumplirá veintiún años.

Realmente regalaste nuestra música a ese otro. Bien barata se la vendiste.

Katharina agacha la cabeza, como a la espera de una espada que la ejecute.

Mi música.

Silencio.

No sé, dice él, si algún día querré volver a escuchar esas piezas. Contigo no, desde luego.

Silencio.

Eso a ti no te afecta, claro. Tú puedes seguir escuchándolas, cuando quieras deleitarte con los recuerdos de tu amante.

Katharina sacude la cabeza, sin levantar la vista.

Y que, además, precisamente ahora, esté abierto sobre el escritorio de su despacho el discurso secreto de Jruschov con motivo del XX Congreso del Partido Comunista es la broma que se permite el destino. «Se ha constatado que, de los 139 miembros y candidatos del Comité Central que resultaron elegidos en el XVII Congreso del Partido Comunista, 98 personas, es decir, el setenta por ciento, fueron detenidas y fusiladas, principalmente en los años 1937-1938.» Hans cierra el folleto en el que está impreso el discurso. A sus veintipocos años, la muerte de Stalin lo había conmocionado profundamente. Pero más lo conmocionó aún, tres años después, la verdad sobre Stalin. ¿Acaso no se preguntó apenas recientemente si Katharina aguantaría a su lado hasta que el libro que está escribiendo para ella estuviera terminado? Puede escribir novelas, pero también puede dejarlo. La radio lo alimenta, de un modo u otro. Autónomo fijo. Por primera vez toma conciencia del doble sentido de la palabra. Si Katharina no es más que una puta, pues tampoco pasa nada. Al menos Katharina quiere colaborar para salvar su amor. O en todo caso lo que aún queda de él. Ve frente a su ojo interior cómo esta cosa que hasta entonces llamaron amor se balancea sobre sus cabezas como una ración de hierro en una cesta de provisiones. Para sobrevivir, pueden ir turnándose para lamer el arenque en salmuera que hay ahí dentro. Pero ¿será suficiente? Grischa Meyer le trajo hace poco el cartel de *El hundesalarios*, en el que se ven las dos figuras de Goya, enterradas hasta las rodillas en el campo de batalla y atacándose con el garrote. Ahora mismo él es ambas figuras, está en ambos bandos, es quien ama y quien odia. Quien quiere creer y quien ha perdido la fe, quien desea y quien se asquea ante su amante. A la izquierda del cartel figura: «¿Puedes enterrar lo que ya fue?». Y a la derecha: «No».

Antes que nada, ahora he de pensar en mí, le dice a Katharina la siguiente vez. Para salir de esta. Ella dice, solo para que lo sepas, no quiero una urna, sino un ataúd. Si te mataras, dice él, sería por puro capricho. A Katharina le duele la garganta de tanto llorar. Él dice: La culpa es mía. Pero, al mismo tiempo, ella sabe que lo ha traicionado, y se lo explica con toda tranquilidad. ¿No lo entiende? Él dice: Necesitas a alguien más joven. Hans no se traga la perplejidad de Katharina. ¿Qué más va a alegar en su defensa? ¿Que pensaba en él y, sin embargo, había pasado la noche con *aquel*? ¿Que al fin y al cabo había sido un sacrificio no haber besado al otro? Todo cuanto a Katharina se le ocurre en defensa propia resulta mísero. Recuerda aquello que le explicó Klaus, el escenógrafo, en Frankfurt: La verdad tiene que estar muy bien construida para que uno se la crea. Le lee sus entradas en la agenda, y él le pregunta por ellas. ¿Se sentó? ¿O se sentaron? O sea que el 21 de septiembre durmió en casa de aquel por segunda vez, y por voluntad propia. Me había olvidado la llave en Berlín. «Mi chiamano Mimì.» ¿Donde él o con él? Donde él. Cuando al fin le haya contado todo, él conocerá a aquella que fue, pero entretanto ella ya llevará un tiempo siendo otra. ¿Podrá querer también a esa? A última hora de la tarde, Katharina silba frente a la casa de Hans desde la acera, para verlo de nuevo. Pero él no baja, tras la luz de la ventana conyugal no se ve más que su silueta de perfil encogiéndose de hombros. ¿Ella se detesta y él debería amarla? Una vez Katharina le besa las aletas de la nariz, una vez le besa las manos. Solo ahora comprende lo que es de verdad el amor. Por su cumpleaños él es el único invitado, la azota con la fusta y le dice que habrá de recordar para siempre cómo le dio por su veintiún cumpleaños.

Con cartas no se va a arreglar la cosa. Quizá tenga que ver también con la reticencia de Hans a que quede prueba alguna de esa horrible época. Sea como sea, ya no quiere escribirle. Y, además, mucho le queda a él por trabajar hasta dejarlo todo claro. Grabará casetes para ella. Y ella deberá escucharlos tranquilamente. Y responder, punto por punto. A principios de marzo se pone manos a la obra, se sienta en su despacho y habla para sí, como quien graba una emisión. Por las noches, ya de vuelta en casa, hay veces en que solo logra conciliar el sueño tras haberle escrito una carta de despedida. Por la mañana la rompe. Y al día siguiente por la noche, otra vez: «déjame en paz». Y por la mañana rompe esas líneas. Y así todo el rato.

Ahora vuelve a ser como era antes, muy al principio. Hans sale a comprar con ella, con la lista de la compra que ha preparado Ingrid. Va con él por el pabellón comercial, igual que el año pasado por esa época, como si de verdad estuvieran hechos el uno para el otro. Pero la hoja está escrita con la letra de Ingrid:

Mantequilla
Pan blanco
Queso para fundir
Trinkfix
Salchichas Eberswalder
Col china
Endibias
Manzanas
etc.

Que acabaría derramando lágrimas sobre una lista en la que pusiese «queso para fundir» es algo que Katharina jamás se habría imaginado.

Hans ya ni siquiera quiere seguir llevando una agenda. Katharina se cargó su recuerdo, y no hay futuro a la vista. Cuando entra en el café, se sienta directamente a la mesa sin saludarla, como si ya no hubiese tiempo, ni partir ni regresar, ni echar la vista atrás ni tampoco la alegría de la anticipación, como si ambos estuviesen encerrados en un laberinto sin luz, en el que a veces se encuentran y a veces no.

II/3

A mediados de marzo el primer casete está listo. Katharina se lo lleva a casa y lo mete en su radiocasete. Despeja la

199

mesa, prepara bloc de notas y lápiz para tomar apuntes, endereza la silla, se pone los cascos y enciende al fin el aparato. Es como si uno se sentara, piensa Katharina, en un trineo y comenzara a bajar una montaña sabiendo que esta termina en un precipicio. Con la misma voz con la que Hans habla en la radio de Schubert, Janáček o Mahler, habla ahora una hora sobre ella y su delito.

El diablo debería ir a buscarte por haber tirado a la basura nuestro milagro.

Ya no hay más «nos». El «nosotros» se ha quedado en la estacada. El «uno con el otro» se ha quedado en la estacada. El uno contra el otro estamos ahora los dos. Tú y yo. Lo que te escribí era para la otra en la que sí creía. Esa que ya no existe y que quizá nunca existió. Me resultas tenebrosa. Irreconocible por comparación a aquella que me escribía cartas. ¿Reconocible por comparación a aquella que le escribía el texto al otro? Algo a medio camino. Hace apenas ocho semanas andabas revolcándote con ese por el suelo. Cuando pienso en ello, ya no sé de qué va en realidad esto.

Hans le habla directamente a su cerebro. El lápiz de Katharina araña el papel, escribe rápido, pues rebobinar y escucharlo todo por segunda vez se le haría difícil.

No has superado la prueba de fuego. Lo malo siempre puede volver a pasar. Para quedarme contigo, tengo que volverme indiferente hacia ti. Tengo que convertir algo grande en algo mediocre. Pero ¿merece la pena el esfuerzo? ¿Seguir arrastrándome a medio gas tras haber conocido una vez la felicidad?

Katharina aprieta el botón de *stop* y, después de una breve pausa, vuelve a encender el aparato.

Ahora, cuando te abrazo, te abrazo como si fueras a morirte en diez días. ¿Quizá deberíamos separarnos medio año, quizá incluso para siempre?

Katharina aprieta el botón de *stop*, se quita por un momento los cascos, oye a través de la fina pared cómo discuten los vecinos, ya borrachos al mediodía, se los pone otra vez y vuelve a encender el aparato.

En todo caso, te alegraste de poder hincarle el diente a algo más joven. ¿Lo hicisteis también de pie? Y solo una vez, eso cuéntaselo a otro. Como carroña barata te comportaste. Y tú conservas el recuerdo de una aventura. A mí, en cambio, no me quedan más que la decepción y el asco. Un año y medio de vida me quitaste. Ciego estoy si vuelvo la vista atrás. Sin historia, sin esperanza, totalmente ciego.

Como de vez en cuando tiene que llorar, necesita más de una hora para escuchar todo lo que Hans le reprocha. Después, agarra la vieja máquina de escribir que le trajo él hace poco y se pone a mecanografiar sus respuestas con los dedos índices. Si Hans tiene razón en eso que le reprocha, ¿cómo va a volver a amarla? Y si no tiene razón, ¿por qué lo engañó ella?

II/4

Viaja con su padre desde Leipzig hasta la X Exposición de Arte en Dresde. El padre, alto como es, conduce su pequeño Trabant y le dice a la que va sentada a su lado que la monogamia tan solo es un acuerdo, nada más. Que en el fondo solo se inventó para asegurar el linaje dentro del patriarcado. Katharina trata de explicarle que Hans es el único hombre que para ella entra en consideración. Pero el de Frankfurt también tuvo que estar bastante bien, a juzgar por lo que dices. El padre no entiende nada. No se trata de elegir. Hans es ella y ella es Hans. Su vida pende de la de Hans, si él se va a pique, ella también se va a pique. Y si él la deja, igual. Pero, chiquitina, menudo disparate. El padre sencillamente no quiere entender lo que ella quiere decir. Que Hans sea diez años mayor que él le resulta, y le seguirá resultando, inquietante, dice el padre. Pero, en última instancia, eres tú quien decide. En el trayecto de vuelta escribe en su cuaderno de notas: «Wolfgang Mattheuer, escultura *El paso del siglo*». El saludo nazi a la derecha, a la izquierda el puño cerrado, marcha militar y genuflexión al mismo tiempo, ¿o le están cediendo las piernas a ese ser deforme? La parte de la mitad es amorfa, la cabeza gacha. La enorme y enjuta escultura se extiende hacia delante y, al mismo tiempo, se cae hacia atrás. Eso mismo le pasa también a ella ahora.

Hans le dice: Esta semana todavía tenemos que aguantar así.

Pero pasa una semana, y luego otra, y luego otra.

Nada perdura esas semanas, ni los momentos de felicidad, ni los de infelicidad.

Cuando se ven, todo se vuelca continuamente, todo se enreda, la risa y la desesperación, el deseo, el desprecio, el amor, la compasión, el odio, la pena. A veces Hans dice que Katharina le da lástima, y le acaricia la cabeza como si fuera una niña. A veces está desesperado y dice: No te voy a dejar. A veces se ríe de ella cuando está seria. A veces llega contento, y ella da por sentado que está fingiendo. A partir de ahora, Katharina ya no podrá decir «te quiero», pues oírle pronunciar esa frase únicamente le produce resentimiento, dice Hans.

Cuando Katharina llega a casa, a su primer apartamento propio, nadie la está esperando. Ya no pone discos. Un brazo como el de la aguja del tocadiscos se levanta al final, hace clic, y en ese silencio posterior ella tendría que reconocer que, aparte de ella, no hay ninguna otra cosa viva en su habitación. Al menos la radio no depende de ella, la enciende una vez y ya nunca la apaga. Esos días y semanas hasta en sueños oye noticias y música. A través de sus sueños, noticias y música, hasta que se hace otra vez de día. Noticias y música. Y luego otra vez de noche. Y así todo el rato.

Hans le cuenta un sueño que tuvo su ex hace poco: dos mujeres echan las cartas, tres cincos de picas, dicen: Hans morirá pronto. ¿Tiene nombre la ex? Pues claro, dice él, Sylvia se llama, ¿por qué? Soy su yo de antes y quizá ella sea mi yo del futuro, piensa Katharina, pero en lugar de eso dice: O sea, la que viene de los bosques. Muy apropiado, dice él, y se ríe de la profecía, pero a Katharina ese sueño le produce cierto miedo. Ve cómo está Hans desde hace algunas semanas: le tiemblan las manos, está nervioso, enciende un cigarrillo tras otro. ¿Y si engendraran un hijo? Entonces Katharina ya no podría perderlo.

Cuando Katharina llega a casa, a su primer apartamento propio, nadie la está esperando. Una vez, nada más llegar a la puerta del edificio, se da inmediatamente la vuelta y, en lugar de entrar, se marcha al bar de la esquina, donde la dueña intercambia un par de palabras inofensivas con ella, y Katharina come tantas salchichas con ensalada de patata que acaba sintiéndose mal.

Uno de esos días, Hans le dice que últimamente ha vuelto a sentir interés hacia la belleza de otras mujeres. Otra vez, después de visitarla, se giran en las escaleras y vuelven al apartamento para acostarse por segunda vez. ¿Se trata de una despedida? ¿Cortará el lazo Ingrid esa noche? A veces, Katharina debe leerle fragmentos de su agenda, y él pregunta por qué escribió «cafetería» pero omitió que luego había estado en casa de *aquel*. A veces comen un escalope al estilo Hawái en el sótano del ayuntamiento, y una vez Hans le explica en una exposición de Lehmbruck que lo importante son los intersticios que se producen en lo que está ahí.

Pero cuando Katharina llega a casa, nadie la está esperando.

Una vez se gira, con la llave aún en la mano, baja, se sube al tranvía y visita, presa de un arrebato, a su viejo amigo Torsten, al que hace siglos que no ve.

En lugar de ir a su apartamento vacío y mudo.

Una vez se encuentra sujeta a la puerta una nota de Ruth, que seguramente se ha enterado por Torsten de que Katharina ha vuelto a Berlín.

Con su amiga Sibylle va al Franz-Club y baila hasta el amanecer.

Limpia. Pinta el baño de blanco. Vuelve a mirar la serie fotográfica que le regaló Hans. Mira el ama y la criada y, mientras tanto, se toca la entrepierna. Cuando termina y quiere levantarse, se le doblan las rodillas y se cae. El paso del siglo, piensa, y comprueba si se ha partido en dos. ¿De verdad no tiene ya poder sobre su propio cuerpo?

En su primer apartamento propio está sola, más sola que nunca.

Todavía no sabe si su medio año de prácticas en Frankfurt bastará para que la acepten como estudiante de Escenografía. Se postula para el único puesto vacante en la Ópera: como telefonista.

Una tarde prepara una bolsa sorpresa para Hans, cuya principal atracción es la llave de su escritorio.

Hans comprende lo que quiere decir con el regalo, se guarda la llave, pues es un símbolo, pero le devuelve inmediatamente el resto de la bolsa. En ese momento no soporta, sencillamente, sus regalos. Quizá después de Pascua.

Katharina está en casa de su madre, apoyada contra la ventana sollozando, y entonces su madre le habla de un novio que, poco después de que ella se separara del padre de Katharina, la trató mal. Muy mal. Cincuenta y dos kilos pesaba yo por entonces. ¿Y dónde estaba yo? Conmigo, dice la madre. Pero si yo nunca me enteré. Y menos mal. Si no hubieras estado, dice la madre, lo habría matado y me habría ido tan contenta a la cárcel. Pero en mi caso es al revés, dice Katharina. Soy yo quien le causó *a él* esa desesperación. No es comparable, dice la madre. Además, Hans es mayor que tú, tiene más experiencia. No está bien por su parte que no te perdone. ¿Acaso no entiende la madre que el mayor regalo que le puede hacer Hans no es el perdón, sino un examen exhaustivo de los escombros? Solo así podrá empezar algo nuevo que, Katharina espera, dure ya para siempre.

II/5

Punto por punto respondió a su primer casete. Todo lo bien que pudo. Mientras le escribía, se veía a sí misma como vista desde fuera: sentada en el margen del campo de batalla, arrojándole nuevas armas sin saber contra quién iba a apuntar él: contra ellos dos, contra sí mismo o contra ella.

Ayer al mediodía Hans le trajo imágenes eróticas nuevas, y se acostaron. A las siete se marchó, y entonces ella terminó de blanquear el baño y, de pura nostalgia por los tiempos felices ya pasados, lloró y le castañetearon los dientes.

Hoy por la mañana volvió junto a Katharina, tomaron té, y antes de marcharse le entregó el segundo casete.

Mesa, silla, radiocasete, cascos, papel y lápiz.

Y entonces enciende su voz.
Cara A. Cara B. Sesenta minutos.

Eres lista, dice la voz, pero no tienes alma.
El engaño se volvió en este último medio año carne de tu carne y sangre de tu sangre.
¿Cómo confiar otra vez en ti?
La voz dice: Nunca más podré hacerme ilusiones.
So pena de hundirme.
Me queda *una* vida, y es la última.

Katharina aprieta el botón de pausa, oye cómo el radiocasete avanza por un momento, fuera hace un tiempo primaveral, abril, viento, lluvia, y entretanto una luz clara, inconstante. Los árboles que hay frente a la ventana se sacuden, los mira durante un rato, luego vuelve a encender.

Qué fácil te lo pones al decir que esto no habría pasado si yo no hubiera vuelto a casa con Ingrid.
Qué fácil te lo pones al decir que sin aquel shock que recibiste en septiembre en el andén estarías en otras condiciones.
La razón de aquel shock, no lo olvides, tenía que ver contigo.
Qué fácil te lo pones al decir que debería haberte visitado más a menudo. ¿Debería haber soportado encima las burlas de tus compañeros?
Qué fácil para ti. Y qué difícil para mí.

La voz dice, directamente a su cerebro:
Sabía que pasaría algo así.
Sabía que sería este, o el otro, o el otro.
Uno de los tres de los que me hablabas a veces.
Solo tenía que quedarme quietecito esperando.
Lo sabía, pero no quería saberlo.

Lo sabía. Y, sin embargo, me habría dejado crucificar por tu fidelidad.

Me has partido en dos.

Uno que duda, y uno que cree. Mitad, mitad.

Pero ¿basta con un amor a medias para comenzar de nuevo?

Cuando Ingrid me pregunta ahora qué va a pasar, ¿qué te parece que le puedo decir?

«La diestra ve que en la siniestra / medio turco se defenestra.» ¿Habrían encajado esos versos de Uhland de los que solían reírse en alguno de los temas de las fugas de *El clave bien temperado*? Katharina aprieta el botón de pausa y se echa a reír. Un pajarillo del bosque se le mete en la garganta y asoma, algo a medio camino entre cuco y mochuelo, Hans le arrebató de la boca las palabras con que era persona, le arrebató de la boca el texto y luego dejó que el pajarillo escapara volando al bosque. Tres horas más tarde, su habitación es un bosque. Ha tirado cojines por todas partes, ha hecho copos de nieve con el papel de escribir, y el brazo le está sangrando, eso tuvo que habérselo hecho la persona que era antes.

II/6

El hecho de que la contraten como telefonista en la Ópera no deja de ser, dadas las circunstancias, una suerte. Está junto a la entrada del escenario, separada de la portería por un cristal, con mesa propia y conexión telefónica. En los ensayos ya no se le ha perdido nada, pero pese a todo sigue contribuyendo modestamente al día a día de un teatro, durante sus turnos mira, como desde una orilla lejana a la que con la marea alta todavía llegan al menos algunas olas inofensivas, cómo desfila ante sí la comitiva: coristas y solistas, miembros de la orquesta, secretarias, solistas y bailarines del cuerpo de baile, tramoyistas, iluminadores, trabajadores de la cafetería, violinistas y pianistas, encargadas de vestuario, montadores de orquesta, el director artístico: todos han de pasar en algún momento por la portería, cuando empiezan su turno, cuando salen a hacer recados, cuando se van a casa. Ella, en cambio, está al fondo y observa cómo muchos saludan al portero, cómo otros le hacen un gesto con la cabeza, mientras que otros pasan sin más, ve cómo algunos van con prisa y otros se toman su tiempo, cómo uno u otro recibe alguna llave, pasa algún recado, pregunta algo, espera a alguien. Ve a todas esas personas en quienes puede leer el transcurso de una jornada teatral, a veces emocionadas, luego otra vez cansadas, a veces enfadadas, a veces contentas, las ve pasar derrotadas o indiferentes, y cuando tiene turno de tarde durante una función, a través de ese altavoz colgado encima de su escritorio que chasquea, se cuela también hasta ella la música proveniente del gran escenario, *El lago de los cisnes*, por ejemplo, igual que aquella tarde de enero en la sala de decorados de Frankfurt. Más o menos una hora después de que las olas azoten al desventurado príncipe, pasa por delante de la portería el bailarín que hizo de príncipe, desmaquillado y con ropa de calle, pasa también la bailarina que hizo de cisne blanco y también de cisne negro, pasan grupitos de bailarinas y bailarines, la orquesta ya se marchó hace mucho, y más tarde llegan aún este y el otro y esta y la otra hasta que, en torno a las once menos diez de la noche, todo cuanto se viene montando desde el mediodía para representarse durante esa velada se vuelve al fin a desmontar y organizar, hasta que la luz del escenario se apaga y el casino, donde algunos todavía se sentaron juntos después de la función, cierra.

Ingrid llora y exige mantener una conversación sincera con él, Ludwig le escribió una carta al padre implorándole que no abandone a su familia. En el último año y medio al menos, o eso le parece a Hans, Katharina ha hecho uso de todo el amor del que él era capaz. Pero ¿ahora? Está junto a ella fumando, tumbado en la cama de barrotes verticales, silenciosamente absorto en sus pensamientos. Y ella está tumbada a su lado, estudiando su cara, de la que penden su bienestar y, ante todo, su lamento. Hans es la única persona en el mundo que la conoce de verdad. Conoce su deshonestidad pasada y su desesperación actual. Hasta el fondo la conoce, solo él, y solo con él puede mostrarse tan seria como en realidad le apetece. Con Sibylle cocina pasta, con Anne va a ver *María Estuardo*, con su madre y con Ralph hace una excursión en bici, incluso vuelve a dibujar desnudos, pero solo cuando está con Hans es del todo ella misma. Como en una isla está con él. Así debería permanecer para siempre: siendo ella misma, con piel y pelo y todos los pensamientos que tiene bajo la tapa de los sesos. Solo entonces no tendrá ya que ocultarse nada, ni siquiera a sí misma, no tendrá ya que estar desavenida consigo misma. Hans apaga el cigarrillo y se levanta a por otro. Ayer, Katharina lo saludó con una llamada perdida desde el teléfono de su madre a medianoche. Igual que solía hacer también Sylvia años atrás. Ingrid se despertó con el ruido. Es mejor que lo dejes, le dijo antes a Katharina. Hans da unos golpecitos a la cajetilla para sacar un cigarrillo. Antes deseaba a veces mantener una conversación sincera con Ingrid, pero ¿ahora? Katharina ve la huella que ha dejado el cuerpo de Hans en la colcha y la agarra rápidamente cuando él le da la espalda, para sentir si la huella todavía está caliente. Todavía está caliente. Anteayer le entregó su respuesta al segundo casete, pero él todavía no la ha leído. ¿Y si tan solo le sirviera nuevas mentiras, acostumbrada como está a engañarlo?, le dijo él. Katharina oye el clic del mechero, luego Hans vuelve a la cama y se acuesta otra vez a su lado. Esta mañana, al afeitarse, Hans se descubrió un bultito en el cuello. En un telefilme malo esa sería la solución. ¿Sabes?, le dice a Katharina y sacude la ceniza, aunque ahora tengamos nuestros momentos de felicidad, no tengo la impresión de que esto sea un nuevo comienzo. Tan solo se me antoja como una despedida muy larga.

Cuando Katharina se encuentra en el buzón la carta donde le dicen que la han admitido para comenzar sus estudios en otoño, Hans es el primero al que se la enseña. Entonces partirás rumbo hacia nuevos puertos, como el otoño pasado. Y el trabajo que estoy haciendo aquí por nosotros apenas te interesará. Katharina dice: Claro que no. Dice: Sin ti jamás me habría creído capaz de acceder a estos estudios. Dice: Para entonces quizá ya llevemos un tiempo siendo felices.
Qué va a decir ella si no.

Una tarde de domingo a finales de abril, la conversación entre Hans e Ingrid tiene finalmente lugar. Katharina debía entender que los días previos Hans no podría verla ni tampoco llamarla. Pasa el viernes, pasa el sábado. El domingo, Katharina tiene turno de tarde, una breve función, y hasta las diez de la noche está sentada a su mesita de la Ópera. Puede que durante esas horas ambos cónyuges tomen una decisión vital que la afecte también a ella, sin que ella tenga voz ni voto. Cuando sale a la calle, ya de noche, Hans no está, o sea que la conversación sigue en curso. Conoce el local donde está teniendo lugar. Poco después se planta allí delante y ve a través de la puerta acristalada que Hans y su mujer están dentro, sentados a una mesa hablando, la mujer le da la espalda, pero Katharina se da cuenta de que Hans registra de soslayo su presencia. Hora y media permanece Katharina, helada, frente a la puerta del local, esperando a que él le mande una señal, pero él no le manda ninguna señal. Ahí dentro se están adoptando resoluciones sobre su futuro, el de Katharina, pero como no puede llegar a saber cuáles, se queda ella sola atascada en el pasado. Cuando Hans paga, Katharina regresa a la oscuridad, ve cómo los cónyuges salen a la calle, no discuten, hablan tranquilamente entre ellos, pero Katharina está demasiado lejos para oír de lo que hablan. Ingrid se agarra del brazo de Hans y van caminando así hasta casa. Katharina va detrás de ellos. ¿No la miró hace año y medio Hans mientras caminaba, igual que ella lo mira caminar ahora? Por entonces, Hans observaba qué aspecto tenía Katharina cuando se alegraba de verlo. Ahora, Katharina ve cómo Ingrid y Hans entran en el edificio. Espera hasta que se enciende la luz arriba, en ese apartamento que también a ella le resulta ya tan familiar. Ve la silueta de Ingrid junto a la ventana, espera otro cuarto de hora más y finalmente se rinde, se marcha a hurtadillas, y de tanto llorar no presta atención por dónde va, tropieza y se cae. Muy apropiado, piensa Katharina, hecha basura junto a la demás basura.

¿En los azucareros del restaurante Wolga tendrán terrones o sobrecitos? Apostemos. ¿El qué? El que gane podrá pegar al otro. Sobrecitos, apuesta ella, y levanta la tapa. ¿Cómo se pega a alguien a quien se ama?

II/7

A solo una hora de Berlín.
Al principio todo sucedía frente a la puerta de mi casa.
Solo con tus deseos interpusiste continentes entre nosotros.
Podrías tomar a Ingrid como ejemplo. Justo después de conocernos estuvimos dos años viviendo en distintas ciudades. A cuatrocientos kilómetros de distancia. Y, sin embargo, sobrevivimos a ello.

Hans se graba por tercera vez en casete. Cara A. Cara B. Sesenta minutos. Siempre es el mismo casete. Cada vez que ya ha escuchado la grabación, él se la vuelve a llevar, borra lo que ha dicho antes y graba sus nuevas preguntas y comentarios. Como si ya solo escribiera para ella con tiza. Como si tomara la esponja, borrara, reescribiera, volviera a borrar. De no haber hojas con sus apuntes, Katharina creería a veces que lo ha soñado todo. De no estar Hans en posesión de su cerebro, no quedaría nada de aquello. El cerebro de Katharina, el papel de Hans.

¿Cómo voy a volver a confiar en ti?
Si todo lo que teníamos hasta entonces no era nada para ti.
¿Dónde recuperar la seguridad?
Quería engañarme a mí mismo, y eso ya no me puede volver a pasar.

A veces, cuando quedaba con un amigo o con una amiga mientras él se ocupaba de otra grabación, Katharina se avergonzaba. Quizá su corazón sí sea frío si es capaz de distraerse mientras él anda cavilando.

Ya no me gusta besarte en el cuello, se lo entregaste a otro.
Tampoco la manera en que tus hombros se redondean bajo mi mano me hace feliz ya, se los entregaste a otro.
El asco va en aumento.
El shock va enraizando.
Es cierto que la boda de septiembre fue un juego, pero también un símbolo que iba en serio.
Para mí al menos.
Tú claramente lo viviste de otra manera: como una cómoda base sobre la que construir un engaño.
¿Alguna vez valoramos algo de la misma manera?
Para mí eras sagrada, pero al mismo tiempo eres rematadamente terrenal.

Solo haces lo que te viene en gana.

Tal y como ahora se demuestra, jamás entendiste cuán en serio iba esto para mí.

Nuestro futuro, tal y como estaba planeado, se ha desmoronado.

Ya no hay perspectiva.

De un hijo común ni hablar.

¿O crees que por alguien como tú, que a la primera de cambio me deja sin más en la estacada, voy a tirar por tierra aquello que hasta ahora ha funcionado?

Con eso solo me aseguraría una cosa: una vejez en soledad.

Cara A. Cara B. Sesenta minutos. Cuando se hace el silencio, Katharina escribe sobre una hoja en blanco: No quiero que me descuarticen, quiero un ataúd. Y con el nombre completo debajo, y la fecha. Fuera quien fuera antes el adversario, el final es una cosa solitaria, había dicho Hans mucho tiempo atrás. Pero su adversario es, en este caso, ella misma. Una vez Katharina habló de esquizofrenia, cuando todavía trataba de justificarse, pero Hans únicamente le sonrió con desdén y le dijo que no tratara de mistificarse. Que era totalmente corriente. Del montón. Como cualquiera. Quizá entonces, desaparecer de la faz de la Tierra no sería más que facilitarse las cosas. No solo por él, sino también por su propio bien, ha de recorrer su culpa, sin excusas, sin artimañas, sin tácticas. Y si él la ayuda en su tarea no puede por más que alegrarse.

II/8

Ahora, cuando pasean por la ciudad, evitan la Alexanderplatz. Prefieren caminar por Hackescher Markt que atravesar la Karl-Liebknecht-Strasse. O ir por el otro lado, por el monasterio en ruinas. Ahora, no describen el trayecto en que se conocieron más que en la medida en que lo evitan, posando cuidadosamente sus pasos como un plano en negativo del lugar donde todo comenzó: el tramo entre la parada de autobús y el Café Tutti, donde por entonces cada gesto, cada mirada, cada acercamiento, cada titubeo y, ante todo, el regreso de Hans a Katharina parecían anticipar el gran amor. Sería demasiado doloroso, decía Hans, pasar por allí y recordar la emocionante utopía que comenzaba entonces, ahora desfigurada, arruinada. El rodeo de ahora, en cambio, recuerda a cada paso la desfiguración. Lo mismo ocurre cuando bajo sus respuestas a los casetes Katharina no teclea más que «Katharina», en lugar de «Tuya, Katharina», porque a Hans le parece que, con su engaño, ha convertido ese «Tuya» en un absurdo. O cuando en las cartas que le manda no se atreve más que a escribir «Te quiero mucho», como una niña, en lugar de «Te quiero», porque Hans le ha prohibido declarar su amor utilizando la fórmula clásica. Pero en la omisión, el silencio y la evitación, aquello que se omite, se silencia y se evita se conserva para siempre en su forma etérea, contenido en una tríada, tal y como lo describe Hegel. En los días felices de su convivencia, Hans le leía a veces ese pasaje: «contenido» entendido en primer lugar como «terminado», en segundo lugar como algo así como «conservado en transformación» y en tercer lugar como «elevado a otro estadio superior». Katharina teclea «Katharina», y piensa en la prohibición de escribir «Tuya». Escribe «Te quiero mucho» y piensa que nunca fue menos niña que ahora. Katharina sigue a Hans, que al llegar al Museo Antiguo tuerce a la izquierda, y piensa: Café Tutti. Lo sigue por el puentecito, luego otra vez a la izquierda, alejándose rápidamente por la parte trasera del Palasthotel, cuyas ventanas especulares reflejan la luz como si aquello fuera Nueva York. En Hackescher Markt, bajo el oscuro puente del tren urbano, piensa: Cruce de semáforo. Camina con Hans por la parte de los arcos del tren urbano donde da la sombra, y pien-

214

sa en el autobús 57, en aquella lluvia torrencial. Como una castaña a su cáscara, así de unida está a Hans, le escribió el pasado octubre. De modo que nada puede abrirse paso entremedias. Cáscara y núcleo, el uno como molde del otro, el uno como original del otro. Y, sin embargo, sucedió. En las últimas semanas, la conocida como «carta de la castaña» tuvo que servir a veces como ejemplo de su frialdad y del refinamiento con que quería hacerlo sentir seguro.

Pero luego, pese al rodeo, llegan al cine Babylon. Y ven una película de Konrad Wolf sobre Stötzer, el escultor. Y luego van a la cafetería que hay detrás, el Café Ecke Schönhauser, en la que, todavía en invierno, Katharina había querido partirse el cráneo, ahora están ya en junio, el tilo de la isleta está en flor, la puerta del local está abierta y el metro circula por el viaducto que hay encima. Espléndida, dice Katharina, la escena en la que el brigadier se niega a posar para el escultor, hasta que entiende que este solo quiere hacer su trabajo. Y entonces el brigadier acaba por decir sí, y posa para el artista y luego la obra, pese a todo, fracasa. Y eso que no es, dice Hans, por las autoridades, ni por el modelo, sino por la insatisfacción del escultor con respecto a su obra. Un buen tío, ese Stötzer, dice Hans. Dos copas de pinot gris tienen ante sí en la barra, y la tarde de verano a sus espaldas. El fracaso. La belleza de admitir el fracaso. A saber, el fracaso con respecto a los estándares de uno. Toman rápidamente un trago, antes de que el pensamiento se precipite hacia la vida privada. Una vez, dice Hans, Stötzer le clavó un hacha en la espalda a un yeso de un joven sentado con el que no estaba satisfecho. Estaba borracho Stötzer. Pero, con el golpe, la cabeza del joven se quedó erguida. De repente, estaba bien. Stötzer lo dejó así y lo vació en bronce. Y luego le dio la risa cuando el periódico decía que el joven buscaba con la mirada el Sputnik. Me lo contó una vez en la taberna, dice Hans. También a Hans y a Katharina les da la risa. Por Stötzer, el hacha y el Sputnik. El logro y el fracaso siempre separados, pues, por nada más que una fina línea. El uno como forma etérea del otro, piensa Katharina, pero no lo dice. La conciencia de la posible caída, en esencia, la única verdad.

Pasan esa tarde de verano como si todavía fueran felices, o lo volvieran a ser, se toman unas vacaciones de su tristeza y van juntando una palabra tras otra hasta terminar una conversación entera. Hablan de cómo la película se las apaña con tan poco argumento, de lo levemente esbozado que está todo y, sin embargo, despliega *a posteriori* su efecto, de la inteligencia con que Wolf muestra que el arte, en este caso la escultura, es en sí mismo un trabajo arduo. Que es físico, pero al mismo tiempo está compuesto de reflexión. Y de memoria. Pero ¿todavía le interesa a alguien lo que pasó entonces en el barranco de Babi Yar? Siempre la misma cuestión, a lo largo de toda la película. Una palabra tras otra. ¿Acaso solo puede elevarse la conciencia de la clase trabajadora convirtiéndose primero en conciencia pequeñoburguesa? ¿O sea, básicamente, rebajándose? ¿En qué se fundamenta la conexión entre la nueva clase dirigente y sus artistas si el público dominante quiere descansar al terminar su turno? Relajarse, apagar la cabeza y la memoria. ¿En la belleza? ¿A pesar de todo? Bueno y bonito. Otros dos pinots grises, y una *Würzfleisch*, y tú, para mí también, o sea dos raciones de *Würzfleisch*. ¿La belleza como caballo de Troya? ¿Solo como disfraz? Eso sería demasiado poco. Y encima falso. Pero el contenido no se ha terminado, el arte es un proceso, no un producto. La belleza y la verdad entretejidas. Lo que uno ve de primeras y lo que habita debajo, *una sola cosa*. Y, por ejemplo, la belleza intrínseca al terror. Y la contradicción que acompaña a la belleza. Y la búsqueda que dota de profundidad a la belleza. El gozo de cavar bajo la superficie. El gozo de cuestionar. O sea que la conexión entre artista y pú-

216

blico proletario se fundamenta más bien en la experiencia conjunta del trabajo. ¿Al terminar el turno? Una palabra tras otra. Un final feliz no tiene, en todo caso, nada que ver con el arte, dice Hans. Y solo es justificable como esperanza, dice, y piensa en las dos chicas que al final de la película se dejan fotografiar ante el desnudo hombre de bronce de Stötzer, colocado en un campo de fútbol, dos cabezas riendo a la derecha y a la izquierda de su miembro viril, pulido de tanto tocarlo. Pero hasta esa no deja de ser también una instantánea entre otras. En otras circunstancias, Hans pasearía de vuelta hasta Alex con Katharina después de la película, y estudiaría minuciosamente con ella otra vez los relieves de Stötzer que hay expuestos en el Foro. Pero hoy no quería dar ese rodeo por segunda vez. El final feliz solo justificable como esperanza. Asiente para sí, y luego se queda otra vez serio y mudo.

Como islas son esas conversaciones, una palabra al lado de la otra, tierra firme, mientras todo lo demás se desmorona. Cuatro pinots grises, dos raciones de *Würzfleisch*, antaño, uno de los dos, Katharina o Hans, seguro que se habría llevado la cuenta de recuerdo, pero ¿ahora? Es junio, para mediados de julio tienen reservado el viaje a Moscú, para celebrar su segundo aniversario, pero ninguno de los dos habla de ello. «Viaje de boda», así lo había llamado Hans al planearlo, pero desde que Katharina tuvo que admitir que el día de la reserva solo había llegado tarde por haberse pasado la noche entera de fiesta en Frankfurt, la perspectiva del viaje se ve mancillada. Al menos, antes de marcharse de un local hacen una cosa que solían hacer antaño: él le alcanza la cazadora, ella extiende primero los brazos hacia delante, lo abraza por un momento, se la vuelve a quitar y solo entonces se la pone correctamente. Pero puede que también estas costumbres, que antaño les procuraban alegría, y con las que se demostraban su intimidad, no sean más que un caballo de Troya con el vientre hueco.

217

Hasta la fecha, el presente solo ha tenido sentido para él cuando lo ha visto como un pasado del futuro del cual podía disponer. Ahora, el presente está vacío. Ahora, es probable que el paso del tiempo también lo empuje de algún modo hacia delante, pero sin que él intervenga. Hacia delante, si es que uno quiere llamarlo así. A él, como a todas las personas. Todos los animales. Todas las plantas. Todo lo perecedero. Hasta la fecha, ha ido produciendo memoria a cada paso, ahora, esa producción se ha visto paralizada. Todo quieto. En un duermevela reciente se vio a sí mismo plantado en torno a un círculo que rodeaba la fosa que es ahora su interior, dando la espalda a todo y a todos, cinco espaldas, pues cercaba toda la fosa. Cinco veces él, mirando fijamente la negrura que es ahora su interior.

Ingrid casi nunca sale de casa, le dice a Katharina en una carta mecanografiada. Para que vea lo que ha causado con su imprudencia.

II/9

A finales de junio, Hans le escribe a Katharina que no se ve capaz de ir con ella a Moscú. «¿acaso debemos celebrar en moscú que se cumple medio año de tu noche en frankfurt? ¿celebrarlo precisamente en el viaje que algún día llamábamos nuestro "viaje de boda"? un símbolo debería ser este viaje: de haber sobrevivido felizmente al año en frankfurt. debería ser el comienzo de una nueva fase más elevada en nuestra relación. pero no superamos el año. y somos infelices.»

Katharina está en casa, sentada a la mesa, leyendo la carta. La mutación de una cantidad en una nueva cualidad, recuerda aquello que aprendió en el colegio. Un año de fidelidad habría dado pie a que Hans se comprometiera con ella. Hacia delante y hacia arriba. De cada cual según sus capacidades, a cada cual según sus necesidades, así sería algún día, en algún futuro lejano, bajo el comunismo. No mientras ella viviera, y probablemente tampoco en el tiempo que vivieran sus hijos, si es que llegaban a tenerlos, quizá los nietos lo lograran, había dicho el profesor de Ciencias Cívicas. Pero ella había demostrado ser indigna. De aquello que ella había hecho no podía dimanar ningún estadio más elevado.

«Quizá», le escribió hace poco a Hans, «yo era demasiado débil para vivir en una ciudad desconocida sin nada que me fuera familiar.» Pero Hans no mencionaba aquello.

¿Por qué, para empezar, dice uno «hacia arriba» cuando no es más que otra forma de convivencia humana? ¿Dónde quedan arriba y abajo en la historia de la humanidad?

«no creo», escribe Hans, «que quiera castigarte. pues, si lo hiciera, quizá se te ocurriera vengarte, y eso iría en la dirección equivocada. yo mismo estoy castigado, igual que tú. el beneficiario de todo esto está en frankfurt.»

Ven, dice Katharina, vamos a escribir una lista con lo que tendrías que llevar de equipaje: «Ropa».

Abro paréntesis, dice ella.

No puedo, dice Hans.

¿Los pantalones negros?, pregunta Katharina.

Bueno, dice Hans.

Y los vaqueros gris oscuro.

Dos pares de pantalones bastan.

Bien, dice Katharina, camisas: ¿cuántas?

Cuatro, dice Hans y Katharina escribe.

Katharina va preguntando y leyendo mientras continúa escribiendo: 5 pares de calcetines. 6 calzoncillos. 1 americana fina. Cazadora de cuero. Sandalias negras. Mocasines azules.

Cierro paréntesis, dice Katharina.

Vuelve a preguntar y escribe: «Neceser».

Abro paréntesis: jabón, cepillo de dientes, manoplas, máquina y loción de afeitado, tijeras.

Y lima, añade él.

Cierro paréntesis.

La lima la necesita para no hacerle daño a Katharina al meterle el dedo en el culo.

Katharina escribe: «Otros».

Abro paréntesis, dice ella: cigarrillos, 2 pares de gafas, diccionario de ruso, documentación del viaje y dinero, abrebotellas, útiles de escritura.

Y, sin decírselo a él en voz alta, añade como último punto de «Otros»: yo.

Y luego: cierro paréntesis.

Luego le da la lista.

El 11 de julio, el día de su segundo aniversario y que, al igual que los días 11 de cada mes, ya no celebran desde que Katharina cometió su desliz, van a cambiar dinero para su viaje a Moscú. Katharina recibe por los trescientos ochenta y cuatro marcos que desliza bajo la ventanilla ciento veinte rublos en efectivo, y por otros doscientos cincuenta y seis marcos, a los que igualmente se aplica una tasa de cambio de tres marcos con veinte céntimos, ochenta rublos en cheques.

El 16 de julio, víspera del viaje, Hans le deja una nota en la puerta:

«no puedo ir contigo mañana. me pregunto si puedo respirar aún».

El 17 de julio, a las diez de la mañana, Hans llega puntual al reloj mundial para subirse con ella al autobús que llevará al grupo de viajeros hasta el aeropuerto de Schönefeld.

Tienen una semana y ese es su primer viaje juntos. Durante una semana, Hans le mostrará a Katharina su Moscú, su esperanza petrificada. ¿Acaso no es fastuoso el Hotel Belgrado, en el que se hospedan? Ya durante la primera hora estrenan la cama. ¿Acaso no ha de amarlo por el hecho de que, pese a todo, se la haya llevado con él? Después tienen hambre. Hans lleva a Katharina al restaurante, en cuyo centro hay una ostentosa mesa con un mantel rosa e incontables copas, en cada servicio tres distintas: una para el agua, otra para el vino blanco y otra para el vino tinto. Hay una orquesta tocando, algunas parejas bailan. ¿Has visto alguna vez semejante esplendor? No, dice Katharina, ve las arañas de cristal, ve las columnas de mármol y sacude incrédula la cabeza. Se deja llevar por Hans hasta la mesa, que le ajusta la silla antes de sentarse, deja que le recomiende la ensalada *Stolichny* y piensa que quizá solo lo esté soñando. Cuatro comidas hay, y para cada una un plato nuevo, una cubertería propia. Tómate tu tiempo, dice Hans, y piensa que Katharina verá por primera vez iluminada la estrella roja de la torre Spásskaia cuando a su alrededor ya se haya hecho de noche. Cuatro platos y, para acompañar, agua y vino, y naturalmente vodka: aquí, y para celebrar el día, también para Katharina. Solo entonces ponen pie por primera vez en el pavimento de esta ciudad por la que ya caminaron Pushkin, Maiakovski, Ródchenko, Lenin, Shostakóvich y Eisenstein. Y otros. Por la que hace cincuenta años también caminaron los abuelos de Katharina, aunque de aquello Katharina apenas sabe nada. La gasolina aquí huele distinto, las luces de los semáforos son grandes como platos, los letreros, enormes. Recorren la vieja Arbat, luego prospekt Kalínina en dirección al este, hasta que, cuando ya se ha hecho de noche, las calles se abren y al fin está ahí la plaza Roja, tal y como a menudo la imaginaron y desearon. Hans y Katharina en Moscú. La estrella de cinco puntas alumbra en la torre Spásskaia, la catedral de San Basilio está iluminada, una nueva guardia se despliega ante el Mausoleo, suenan las campanas. Pasan media hora allí, sentados, cogidos de la mano. Krásnaia ploschad. Spásskaia bashnia. Mavzoléi Lénina. Ocho años de ruso estudió Katharina en el colegio, ocho años memorizando los monumentos de Moscú, y ahora por primera vez está ahí en persona. Lenin yace a solo escasos metros de ellos, en las profundidades de su última casa de granito rojo y negro que pesa toneladas, en su ataúd de cristal. Por las noches está solo y puede descansar de las miradas. A la vuelta, la cama del hotel vuelve a tener sábanas limpias y, por tanto, ha de estrenarse por segunda vez.

También a la mañana siguiente vuelven otra vez a la habitación después del desayuno. Luego otra vez el camino de ayer, pero ahora bajo la luz del mediodía: Arbat, prospekt Kalínina, plaza Roja. Qué rápido se familiariza uno con un camino así. Los grandes almacenes GUM: un castillo de cuento con galerías infinitas de techo acristalado y, en mitad de ellas, una fuente. En diez años estaremos otra vez aquí, ¿prometido? El agua murmura. Sí, dice ella, prometido. Quizá incluso con un niño de la mano, piensa. Se abrazan y se quedan un rato así, sumidos el uno en el otro. Luego siguen paseando, Katharina se compra un pañuelo con flecos y papel con motivos moscovitas para escribir cartas. Fuera, cruzan la plaza hasta la tumba del soldado desconocido y las lápidas conmemorativas de las ciudades heroicas. Hay parejas de novios depositando flores en el día de su boda. En la lápida conmemorativa de Leningrado hay un pedazo de pan entre las flores. Allí los alemanes mataron de hambre a muchísima gente, dice Hans. Ahora, de día, hay una larga cola frente al mausoleo donde está el cadáver embalsamado de Lenin. ¿Tiene que ver Katharina al muerto sí o sí? No. Él tampoco. Si giraran a la derecha, no tardarían en llegar al Hotel Metropol o a Lubianka. Pero no giran a la derecha. Suben por la úlitsa Górkogo, pasando por el número 10, en el que estaba el Hotel Lux. Ahora se llama Tsentrálnaia.

Por la noche, Hans escucha cómo respira Katharina, tumbada a su lado y ya dormida. El hombre al que Katharina preguntó hoy por el camino con sus decentes conocimientos de ruso adquiridos en el instituto le recordó a Hans a aquel amigo de Brecht, Serguéi Tretiakov, tal y como él lo conocía por fotos. Incluidas las gafas y la cabeza alta y pelada. Precisamente Tretiakov tradujo *La medida* de Brecht al ruso. Desde que leyó esa pieza teatral, Hans sabe que eso que llaman buen corazón es algo capaz tanto de poner en marcha la acción necesaria como de entorpecerla. O sea, un instrumento dudoso. «Es horrible matar. / Pero no solo a otros, también a nosotros mismos matamos cuando es preciso, / pues solo con violencia se puede cambiar este mundo que mata, como / sabe todo el que está vivo.» Al final de la obra, disparan al joven camarada que ha errado y lo echan a la fosa de cal. Pero, antes, su propia gente le pregunta si está de acuerdo con su propia muerte, frente a la cual no hay alternativa, dadas las circunstancias de la lucha ilegal. «Pausa», dice la acotación de Brecht, antes de que el joven camarada dé una respuesta a esa pregunta. «Pausa.» Luego, el joven camarada da la respuesta, y la respuesta es: «Sí». Su propia gente lo lleva en brazos para que la muerte le sea más llevadera. «Apoya tu cabeza en nuestro brazo / Cierra los ojos.» Fusilado en un abrazo por su propia gente, y luego, conforme a lo convenido, arrojado a la fosa de cal. Por el bien de la causa común. Hans había querido apuntar el nombre de Tretiakov medio año atrás, mientras estaba en el apartamento de Katharina aquel maldito día de febrero. Había buscado una hoja de papel para ese nombre. Una hoja en blanco, nada más. Pero ¿por qué se le había pasado de repente por la cabeza ese nombre en mitad del invierno? «¡Los muertos nos recuerdan!», dice el monumento a los socialistas en Friedrichsfelde, al que, cada año, Hans acude manifestándose en procesión con sus compañeros de la radio el segundo fin de semana de enero. Aguanieve, como siempre, ese día, después había comido sopa de patata con Sylvia para entrar en calor. Albergaba la esperanza de que quizá se convirtiese en amiga tras haber sido amante. «¡Los muertos nos recuerdan!» Ningún año antes le había atravesado hasta tal punto la conciencia esa inscripción. Bajo la aguanieve se había sentido de pronto viejo. «¡Los muertos nos recuerdan!» ¿También los muertos que caen víctimas de su propia gente? «Pausa», había escrito Brecht en 1929. Y después de la «pausa», la respuesta del joven camarada: «Sí». Apenas diez años después de que Brecht escribiera ese «sí», al amigo Tretiakov, escritor y pensador, lo arrestarían en Moscú, lo encerrarían en la Lubianka y, un par de meses después, lo condenarían a muerte por supuesto espionaje y lo fusilarían. ¿Seguía siendo siempre el propio país un país enemigo, incluso tras la victoria de la Revolución? ¿Por siempre eternamente? ¿No llegaba uno nunca a casa? Serguéi Tretiakov, última residencia: apartamento 25, úlitsa Málaia Brónnaia 21/13, Moscú. «Supongamos que es inocente. / ¿Cómo quiere morir?» Esos son los últimos versos del poema que escribió Brecht en 1939 en recuerdo de su amigo. Tretiakov no había cometido ningún error. El año en que murió Brecht, en 1956, y bajo el mando de Jruschov, lo rehabilitaron de manera póstuma.

¿Son o no son megalómanos los rusos? Hans se protege de la cegadora luz del sol con la mano y eleva la vista hasta el monumento de Mujina, y enseña los dientes por la alegría de reencontrarse con los héroes: el obrero con el martillo, la campesina con la hoz, esa manera en que alzan los brazos en alto y caminan juntos hacia delante, casi parecen deslizarse, como

224

una pareja de patinadores artísticos. Katharina también levanta la vista y dice: Increíble. Ha visto estas dos figuras en los créditos de apertura de cada producción de los estudios Mosfilm, ha visto incontables veces cómo su simétrico afán, rodeado por la cámara, hace confluir ambos cuerpos en una única punta. Solo los americanos son igual de megalómanos, dice Hans, rusos y americanos son, en esencia, como dos gotas de agua. Y también en su amor por lo *kitsch*. Deambulan por el amplio terreno, «Exposición de los logros de la economía nacional», *vystavka* y demás, por el mercado, *rynok*, compran caramelos con un envoltorio de papel que lleva un oso impreso, Mischa se llaman todos los osos rusos, compran helado, *morózhenoie*. Katharina va recordando todas las palabras. Todo cuanto aprendió en clase estuvo latente en ella hasta hoy y, ahora, de pronto, se despierta de golpe. Todo cuanto esperó en los últimos cinco meses estuvo latente en ella hasta hoy y, ahora, de pronto, se despierta de golpe. Uno ha de imaginar siquiera, dice Hans, que en solo dos décadas los rusos lograron que un país anticuado pasara a ser una nación industrial: «El comunismo es igual a la suma del poder soviético y la electrificación de todo el país». Katharina mira de reojo a Hans. Todo cuanto le enseña es de él y es él. Hace apenas dos semanas no habría creído posible volver a caminar con él por un verano así, puede cogerlo del brazo en todo momento, y acercarlo más aún siempre que le apetece. Ahora bien, lo que eso de verdad significa, dice Hans, y sacude la cabeza mientras camina, como si ni él mismo se lo pudiera creer apenas. Solo diez años más tarde, había luz eléctrica hasta en la granja más remota de Siberia: Es que uno ha de imaginarlo siquiera, dice. Construyeron fábricas enteras y sus correspondientes ciudades de cero. Y al mismo tiempo alfabetizaron a la gente. Y enseñaron a leer y a escribir a cincuenta millones de personas. Es que uno ha de imaginarlo siquiera. Katharina se imagina todo eso, la bombilla sobre la mesa del campesino, y cómo debajo la campesina y el campesino escriben *karandash* o *mir*. La luz, y la luz en las cabezas. Así, piensa ella, y lo agarra del brazo, así, y lo acerca aún más a ella, así debería ser.

«Solo cuando la tierra tembló y las tumbas se abrieron, me confesé también ante aquellos que emergían acusatoriamente desde las profundidades.» Hace cuatro semanas apareció en la revista *Sinn und Form* el texto de Becher titulado «Autocensura». De manera póstuma y con treinta y dos años de retraso. Una cosa asombrosa ese texto de 1956, cuando el ministro de Cultura Becher ya parecía haberse cargado al poeta radical Becher mucho tiempo atrás. Becher ya había echado la vista atrás a los veinte años de silencio que habían transcurrido desde su emigración a Moscú hasta su regreso a Alemania. En su lectura, Hans había echado la vista atrás a los otros treinta años de silencio que las autoridades culturales del país habían decretado adicionalmente para el texto. ¿A quién benefició el silencio? ¿Y a quién beneficia si ahora, con tanto retraso, la puerta pese a todo se sigue abriendo? ¿Qué pasa si el viento le arranca a uno la puerta de las manos? Los muertos tienen todo el tiempo del mundo, pero ¿cuánto tiempo tienen los vivos para lidiar con la verdad sin verse engullidos por ella? En la oscuridad, una verdad así parece crecer hasta sobredimensionarse. ¿Sencillamente se parecía a Tretiakov el hombre al que Katharina había preguntado ayer por el camino, o era él? En la penumbra nocturna de esa habitación de hotel metropolitana, a Hans de pronto le parece posible que la frontera entre los vivos y los muertos sea porosa. Y que por ella sople el viento.

Cuatro veces han ido ya en metro, y cada estación es diferente, apenas menos ostentosa es esta red de metro que la hilera de salones en el palacio Sanssouci de Federico el Grande de Prusia. A cien brazas bajo tierra se encuentran estos túneles, varios minutos tarda uno en llegar por las escaleras mecánicas desde la luz del día hasta un andén, con más o menos fuerza lo empujarán al subir y al bajar, pero dentro, en los vagones, en mitad del gentío apretujado, siempre habrá algunos que, sentados o de pie, y con toda la calma del mundo, lleven un libro en la mano. Gente sencilla, obreros, empleados, leyendo. Y buenos libros, no una porquería cualquiera, dice Hans. En ningún otro país, dice, puede una vendedora o un albañil cualquiera recitar poemas de memoria. Pushkin, Maiakovski, dice. Puede que también Mandelstam, piensa Hans, pero no lo dice. Recorrido por la oscuridad y luego luz radiante, recorrido por la oscuridad y luego luz radiante y columnas de mármol, recorrido por la oscuridad y luego luz radiante, columnas de mármol, murales, recorrido por la oscuridad y luego luz radiante, columnas de mármol, murales, estatuas de bronce, recorrido por la oscuridad y luego luz radiante, columnas de mármol, murales, estatuas de bronce, mosaicos. El metro, dice, lo construyeron las personas, ellas mismas y *para sí mismas*, construyeron una nueva conciencia propia y, en paralelo, por decirlo así, el metro. Una manera totalmente distinta de pensar, dice Hans, no un trabajo remunerado para la élite, sino un cuidado del creador para sí mismo: lo hermoso, lo valioso, debería beneficiar a todos, pertenecer a todos los que lo crearon. Los moscovitas sacrificaron su tiempo libre para construir este metro. Y disfrutaron construyendo para sí mismos, y eso se ve. Sí, es cierto que se ve, dice Katharina. Oscuridad y luz, oscuridad y luz, oscuridad y luz. En algunas estaciones se bajan para observarlas tranquilamente. Una estación por la que pasan pero no se bajan es Lubianka.

Hacer realidad el socialismo en *un* país, he ahí el quid de la cuestión, piensa Hans mientras pasa otra noche en vela, incapaz de conciliar el sueño. Derribar todo el orden anterior mientras el resto del mundo es hostil contigo. Lo nuevo nacerá manchado de sangre. Pero ¿quién limpia la sangre? Si en el marco de un plan de cinco días doscientos mil berlineses fueran liquidados por cincuenta mil, esos cincuenta mil proletarios ejecutores se transformarían en un colectivo por el shock de la propia matanza. Un juego mental de Brecht en la época de los decretos de emergencia, cuando se suponía que morir de hambre era un deber ciudadano. Poco antes de Hitler. Abolir un mundo despiadado con medios despiadados. Pero ¿cuándo empieza el después? ¿Cuándo puede uno parar con la matanza? Después de hacer el amor, y todavía con medio cuerpo bajo el suyo, Katharina se quedó plácidamente dormida. Ser arrestado o arrestar, y creer en la causa, ser golpeado o golpear, y creer en la causa, ser traicionado o traicionar, y creer en la causa. ¿Qué causa sería tan grande como para unir a víctimas y verdugos en un solo latido? ¿Capaz incluso de convertir verdugos en víctimas y víctimas en verdugos hasta que uno ya no pueda decir cuál de los dos es en realidad? Arrestar *y* ser arrestado, golpear *y* ser golpeado, traicionar *y* ser traicionado, hasta que la esperanza, el altruismo, la pena, la vergüenza, la culpa y el miedo estén inextricablemente enmarañados en cada cuerpo. Unas circunstancias así ya son motivo suficiente para que la abnegación se transforme en una fuerza. Solo el fuerte puede arrogarse la culpa por la sociedad que acaba de nacer y que muestra sus carencias. Solo aquel que se olvida a sí mismo. Aquel que coloca la felicidad ajena por encima de la suya propia. Y cuyas esperanzas van más allá del tiempo que le queda de vida. Pero ¿qué pasa cuando el acopio de carne y sangre no basta para el largo camino hacia tiempos felices? ¿Cuando lo hermoso solo se puede pagar con lo feo, y la libre existencia solo con miedo? Es probable, piensa Hans, mientras se gira hacia un lado y oye a Katharina murmurar algo incomprensible en mitad de su sueño, es probable que de todo esto provenga esa experiencia vital mucho mayor que se ve aquí en toda mujer, todo hombre e incluso todo niño. El más allá en las miradas. No es de extrañar, piensa Hans, que desde Stalin, en todos los desfiles, el politburó moscovita se sitúe en el Mausoleo, la casa fúnebre de Lenin. Legitimación a través del padre de la Revolución, apropiación del pensador que ya no puede causar daño alguno, he ahí una cosa. La otra, la demostración de un poder profundamente anclado a la tierra, tan profundamente como uno excava una tumba cuando el suelo es lo bastante blando.

«Garbo» es una palabra bonita, dice Hans. Es la última vez que se sienta con Katharina en Arbat al caer la tarde, mirando a esa gente de aspecto y movimientos totalmente distintos a los de los alemanes. Por la manzana van charlando y paseando jóvenes rusas cogidas del brazo de dos en dos. Qué chicas más distendidas, tan en comunión con el tiempo y con la vida. Hans comienza a silbar sin querer una melodía, «en una mañana fresca, en el río sopla el viento», y deja de silbar en cuanto recuerda que también al letrista de esa canción lo fusilaron, en 1938. El mismo año que a Bujarin. «¿Qué opinó de este mensaje? No le presté atención. ¿No le prestó atención? No. Cuando se habla de un acto hostil, ¿han de entenderse también actos hostiles muy graves, incluidos actos terroristas? Sí.» Un compañero le prestó una vez a Hans las actas de las farsas judiciales de 1937-1938. Dos grandes volúmenes. «Confieso.» Qué juego más oscuro aquel. Katharina apoya la cabeza en su hombro y tararea la melodía hasta el final. «¡Vamos! ¡Todos! Al ardor de esta mañana. / A un nuevo día nuestra gran tierra avanza.» Si al menos pudiera estar siempre así, sentado con ella. Si al menos no tuviera que saber lo que sabe desde enero. «¿Qué dice al respecto, acusado Bujarin? Digo que nada de eso es cierto. ¿Había planes de asesinar a Vladímir Ilich Lenin? No. Karelin lo declara a usted culpable. Niego ese hecho.» El pelo de Katharina revolotea frente a su boca, suave y rubio. Todos los días que pasaron en Moscú hicieron el amor como hacía tiempo que no lo hacían. Pero al día siguiente vuelan de vuelta a Berlín. «¿Estaba la atmósfera al rojo vivo? Bastante. ¿Y no se descartaron en esa atmósfera la detención y el asesinato de Lenin? Lo de la detención lo admito, del asesinato no tengo conocimiento alguno. Pero la atmósfera era... La atmósfera era una atmósfera.» Qué valiente, ese Bujarin. Sin doblegarse: «La atmósfera era una atmósfera». Y, sin embargo, al final confesó, como todos. Más allá de la culpa y la inocencia en todos cuantos confesaron, la convicción de que una vez que uno ha encontrado la mirada correcta sobre el mundo, no hay alternativa. Ni siquiera cuando ha de pagar con su propia vida. ¿En qué estás pensando?, le pregunta Katharina. En Bujarin, dice Hans. Por la tarde la lleva a comer al Hotel Ukraina, se ríen de los rusos de la mesa de al lado, que están comiendo y que luego, en mitad de la comida, se levantan y salen, se toman un descanso de tres cuartos de hora para pasear, dejan cuchillo y tenedor apoyados sobre el plato, los camareros lo saben y no recogen, luego vuelven y siguen comiendo como si tuvieran todo el tiempo del mundo. Por la noche, cuando Hans y Katharina salen a la calle, Hans saca de cada bolsillo del pantalón una copa pequeña de vino. Robó esas copas para ella, para que nunca olvide que estuvo ahí con él. Si hubiera para ellos otra vez una memoria, entonces comenzaría con estos días, con su viaje juntos a Moscú.

II/11

El Báltico, ese pequeño mar interior, hace lo que hacen también los mares grandes, solo que todo a menor escala. Olas más pequeñas, corrientes más flojas, mareas apenas perceptibles. Solo el sol se ve igual de rojo al atardecer que en otras playas del mundo con vistas al oeste. El camarero les reservó la mesa de la terraza, porque son clientes habituales. Qué barbaridad, dice Ingrid, que las propias revistas soviéticas ya no puedan publicarse aquí. Bueno, dice Hans, «aprender de la Unión Soviética es aprender a vencer»: tampoco es que los alemanes se hayan muerto aún de ganas por lograrlo. Por la noche, cuando Ingrid ya está dormida, Hans escribe a Katharina, que está tumbada en una rústica cama a tan solo tres kilómetros y medio en línea recta: como una casa vacía y saqueada se siente Hans, con el cableado eléctrico arrancado de la pared, las ventanas cerradas con clavos, las cortinas echadas. Por la tarde, mientras Ingrid y Ludwig toman el sol, él se marcha, ya sabéis, yo paso mucho calor, y tampoco sé nadar, se marcha en bicicleta desde el pueblo hasta la arboleda que hay en mitad de los campos, donde está Katharina, tumbada, con su piel blanca, y lo recibe con los brazos abiertos. Después se acuestan el uno al lado del otro, boca arriba, con la cara erguida hacia el azul, las cimas de los árboles sobre ellos, qué patrones más bonitos se forman cuando el viento tira de las hojas. Al caer la tarde, Hans va a cenar con Ingrid y Ludwig, hay arenque y patatas cocidas con piel. Por la noche le escribe a Katharina: anda a tientas por el sótano, va palpando las paredes, todo le resulta mudo. Mudo, sucio, desconocido. Se tropieza a oscuras con algunos trastos todavía esparcidos aquí y allá, los restos de su amor pasado. Debería juntarlos con la pala, pero cómo, si no ve nada, se pregunta si se está quedando ciego. Durante el día, la familia hace una excursión en bicicleta hasta tierra firme, en la vera del camino hay un complejo de bungalós, dos ejemplares de la clase trabajadora comban a golpe de martillo una vara de hierro, para la verja del jardín. Barrigas cerveceras, camisetas interiores acanaladas, pantalones cortos, piernas peludas, el sudor reluciendo bajo las axilas y en el cuello, el Trabant que debe entrar y salir por la verja del jardín, aparcado sobre el césped bien corto. Todo eso advierte Hans de pasada y eso no es lo que quiere, quiere refugiarse en los pensamientos sobre la habilidad de Atenea, a las tres de la tarde frente al altar de Pérgamo, de eso hará dos años en otoño, con Katharina, por entonces aún felices, un martillazo, y otro, y un tercero, el proletariado le aporrea la memoria, ¿Mozart? Y otro martillazo más, y otro. Olor a sudor al pasar, alegría burguesa, las tierras bajas de la vida terrenal, y ya no puede salir de ahí, ya no puede marcharse, ya no puede elevarse en las nubosas alturas en las que hasta entonces estaba su casa, esa mentirosa le quemó a su Mozart, su Hölderlin, su Eisler, ni siquiera Brecht lo ayuda ya contra el sudor del proletariado. Pero cuando Hans llega a la arboleda, Katharina le muestra que lleva puesta la falda de tul azul oscuro con estampado de lunares blancos, sin nada por debajo.

«mañana al mediodía hará un año que te marchaste a frankfurt», le escribe Hans. Comienza el semestre de los horribles aniversarios. Solo hay una cosa con la que su memoria, por lo general deteriorada, todavía funciona fatídicamente a la perfección: en relación con esas fechas. Medio año que quizá superen, pero quizá no. ¿Lo reconocerá pasado ese medio año? ¿Lo querrá reconocer? ¿Y él a sí mismo?

En el transcurso de las siguientes semanas, Hans se cita a sí mismo y a Katharina en esas fechas. El aniversario de lo que ella llamaba «boda infantil» se celebra en Ermelerhaus. Por entonces, han pasado dos semanas desde que Katharina comenzó el curso. Cotorrea alegremente sobre el primer ciclo de estudios, Plástica, Historia del Arte, le cuenta entusiasmada: ¡Teníamos que dibujar el cráneo de una vaca! Y ni siquiera se imagina qué día es hoy. Sencillamente se ha olvidado. Hasta que él se lo dice.

Entre el plato principal y el postre Hans pregunta si ha

vuelto a tener contacto con ese tal Vadim. ¿Acaso no prometió que, a partir de ahora, sería totalmente sincera? Sí, dice ella, una vez hablé con él por teléfono. ¿Y qué dijo? Que uno no puede estar triste eternamente, dijo. Hans expulsa el humo del cigarrillo por la nariz y dice: Nunca te lo vas a quitar de la cabeza. Vaya disparate, dice Katharina, pero Hans se limita a hacer un gesto negativo con la mano y dice: Déjalo, da igual. En el fondo, piensa Katharina, es el propio Hans quien, al no dejar de confrontarla con lo ocurrido, la obliga a pensar en Vadim.

¿Recuerdas?, dice Hans mientras esperan por la cuenta, ¿cómo en esta misma mesa decidimos que tendríamos un hijo? Entonces a Katharina se le caen las lágrimas desde la barbilla hasta el mantel almidonado, tras recorrerle la curvatura de las mejillas, y también a Hans se le caen las lágrimas hasta el mantel almidonado, tras pasar por el surco de la arruga que le rodea la boca, agua silenciosa, salada, cayendo a ambas orillas de esa mesa, tan silenciosa fluye el agua que ni siquiera el camarero se da cuenta.

Una semana más tarde están en el bar Berolina. Precisamente aquí estábamos también hace un año, dice él, cuando a Katharina le ponen delante el vino espumoso. Precisamente aquí, pregunta ella, pero no logra recordar qué pudo haber pasado ahí. En nuestra última tarde feliz, dice Hans, la víspera de que comenzara tu engaño. Ah, dice ella, y cuando Hans levanta su copa de vino espumoso, ella también coge la suya, mal que bien, y brinda por el último día feliz que pasaron antes de que se convirtiera en una disidente. Mañana se cumplirá un año de la primera vez que pasó la noche con Vadim sin necesidad, como dice Hans. Y probablemente ya hiciera de todo. No, dice ella, y otra vez: No. Dice bien alto: No es así, no es cierto. Da igual, dice Hans. Pues si algo odia Hans es eso: acaparar las miradas porque una mujer que lleva de paseo no se sabe controlar y empieza a pegar gritos. Después de la tercera copa de vino espumoso, Katharina se siente mareada, va al baño y vomita. Sea como sea, el aniversario de ese 21 de septiembre él lo va a celebrar mañana en el Hotel Stadt Berlin con ella, en la planta superior, con unas vistas nocturnas de la ciudad. ¿Te acuerdas?, pregunta él, y le tiende el abrigo. Se acuerda. Extiende los brazos y se queda ahí colgada, como un boxeador aferrado a su adversario para no desplomarse al suelo. Claro que se acuerda. Cómo ahí arriba emigró con ella hacia sí mismo. El camarero con ojitos tristes de Stasi. La copa de melocotón Melba. La proporción de sal en el agua que vuelve a brotar de los ojos de Katharina es del 0,9 por ciento. E igual es la proporción de sal en el agua que vuelve a brotar de los ojos de Hans. Como en ambos casos la liberación de lágrimas no está causada por un reflejo sino por un sentimiento, el porcentaje de proteína en el líquido se sitúa en torno al veinticinco por ciento.

La compañera de estudios de Katharina y futura arquitecta, Rosa, que a la mañana siguiente se sienta a su lado mientras dibujan desnudos, y tiene facciones de gato y un bonito lunar junto a la nariz, la envidia porque la lleven tanto de paseo, pero Katharina no dice más que: Bah.

¿De verdad quieres celebrar ahora cada día de infelicidad?, le pregunta a Hans por la noche, mientras las vistas nocturnas de la ciudad se extienden junto a su codo derecho, muy abajo, vista desde ahí arriba se trata de una ciudad en miniatura. Pues sí, ¿qué debería hacer si no?, responde Hans, y ríe: Aquello que no se puede olvidar se ha de celebrar.

Doce veces suena el reloj de la torre del ayuntamiento de Pankow a medianoche, nunca el viento había traído las distantes campanadas hasta el apartamento de Katharina, solo en su buhardilla de Frankfurt oía esas doce campanadas cada noche desde la iglesia colindante cuando, antes de irse a la cama, todavía le escribía una carta a Hans. ¿Por qué le aseguró precisamente entonces que él era el único sobre el que hablaban sus notas de la agenda? Del que merecía la pena hablar. ¿Por qué le hizo aquella confesión no solicitada? ¿De verdad era infame? ¿Quería darle a entender indirectamente que había algo ahí que no era evidente? ¿O tan solo deseaba que fuera verdad? Es cierto que en sus notas de la agenda hablaba únicamente de Hans, pero solo porque no registró en ella todo cuanto la conmovía durante sus meses en Frankfurt. Extraña cualidad del papel, volverse documento. Extraña cualidad del papel, producir engaño. Desprender una realidad de la otra. Establecer una jerarquía de realidades. Y mientras uno lee esto y aquello y lo de más allá, en alguna tierra de nadie sigue viviendo, sin embargo, la otra verdad no escrita. Vive una vida propia por siempre eternamente, aun cuando el *único* cerebro que la conoce se vuelva olvidadizo o se desmorone. También la mentira tiene que estar bien construida para que uno se la crea, piensa Katharina en su noche berlinesa, mientras está sola en su apartamento. La mentira como la figura en que emerge el poder de los impotentes.

A las cinco de la tarde debería esperar a Hans ese martes, antes de que el verano termine definitivamente, otra vez con la falda de lunares con la que le dio una alegría en la arboleda. Hans baja las escaleras silbando una melodía de Mozart, pero cuando Katharina le abre la puerta, lleva puestos unos pantalones y una camiseta. Después del café, se tumban en la cama a descansar, y él le mete la mano por dentro de los pantalones, pero ella pide que esperen hasta que *ella* realmente tenga ganas, y retira la mano. Cuando ella misma esté tan excitada que *tenga que* pasar, dice ella. Hasta entonces solo puede masajearle las piernas, tiene agujetas por la clase de deporte paramilitar de ayer. Tiene miedo, dice ella, de que, si no, en algún momento la excitación a través de las palabras y las imágenes ya no baste. ¿Todavía lo desea? Pues claro, dice ella, lo atrae hacia sí y lo besa. O sea que ahora también me destroza la alegría de la anticipación, piensa Hans.

Algo horrible ha pasado, y unos pocos días más tarde, nada más verlo, lo sabe.

La cara de la que pende su bienestar, y, ante todo, su lamento, se lo dice claramente.

Hans está conmocionado.

Y la conmoción de él la conmociona a ella también, aunque no conozca aún la razón.

Hans no le abrió cuando ella llamó a la puerta, pese a que habían quedado. Pero por el resquicio de luz que había bajo la puerta sabía que tenía que estar ahí, y había bajado el picaporte.

Ahí está él, sentado en su sillón de trabajo, echado hacia delante, con la cabeza enterrada en las manos.

No se acerca a ella, tan solo levanta la mirada, le hace un gesto con la cabeza, cansado, infinitamente cansado, y espera hasta que Katharina está sentada.

Y entonces dice: Esta mañana estuve en Frankfurt.

Pausa.

He conocido a tu amante.

¿A Vadim?

Sí, a ese.

Pausa.

Ahora sé, dice Hans, que no pasó solo una vez. Que empezó, como yo ya me imaginaba, en septiembre. También en octubre y en noviembre pasaste algunas noches con él y te abriste de piernas para él: algo distinto a lo que tú me contaste.

Y entonces empiezan a luchar por la verdad, a recortar la forma de la verdad a partir del bloque que Hans le ha lanzado.

Solo después de tres cuartos de hora muy duros, en los que Katharina asegura varias veces entre lágrimas que lo que Vadim afirma no es cierto, que no entiende cómo ha podido afirmar algo así, en los que le suplica a Hans que la crea, y

236

para ello entrelaza las manos como María Magdalena en el retablo de Isenheim mientras Hans ve que a punto está de volverse loca con su propio recuerdo, solo después de nada menos que cuarenta y cinco minutos llenos de desesperación, cuando Hans está totalmente seguro de que Katharina no puede sino emperrarse en esa historia tal y como ya se la había contado, resuelve Hans el enigma y confiesa que tan solo se ha inventado el viaje a Frankfurt para someterla a prueba.

II/12

No nos voy a abandonar. Cuando lo digo, suena en mis propios oídos como si fuera mi sentencia de muerte.

No nos voy a abandonar, siempre y cuando puedas aguantar conmigo los tiempos que vengan.

En los últimos meses todo pendía a menudo de un hilo. Más a menudo de lo que piensas.

No olvides lo que has invertido en nosotros durante este tiempo.

Sin eso, el hilo se habría desgarrado.

Podría ser el material para unos nuevos cimientos.

Una pena que lo echaras a perder.

En septiembre, la fronda del amplio castaño se tiñó de amarillo, ahora en octubre se cae y, poco a poco, va liberando las vistas del edificio de enfrente. En las noches más templadas Katharina todavía duerme con la ventana abierta, y se va quedando dormida mientras oye crujir cada una de las hojas que van dando tumbos por el suelo. Pero ahora tiene los cascos puestos.

Cara A. Cara B. Sesenta minutos.

Ahora comienzas una nueva fase en tu vida.

Para mí, tu engaño es la máxima y más drástica derrota de mi vida.

No tengo elección: *debo* ocuparme de ello.

Pero a ti seguro que antes o después te aburre. Cabe dudar incluso de que, con tu carga de trabajo actual, vayas a seguir dando respuesta a mis preguntas.

Con los cascos puestos es como si estuviera totalmente sola en el mundo. Con los cascos puestos se encuentra encerrada en un mundo del que no hay manera de echar a correr. Está sentada. No echa a correr, aguanta. Pero ¿para qué, en realidad? Ya hace mucho que ha olvidado la razón, pero permanece sentada.

Lo que viviste fue la amenidad de un romance: aventura, melancolía, angustia. El miedo a ser descubierta tan solo incrementó tu disfrute.

Haces malabares con grandes conceptos.

Confundes sentimentalismo con pasión.

Confundes un sentimiento mísero con mala conciencia.

Te crees capacitada para amar.

Los casetes son el cordón umbilical a través del cual el terror se atiborra de palabras. Ese terror se vuelve más y más grande, por el mero hecho de que nunca termina. Muy bien alimentado está, mientras que la fuerza con la que ella se opone va menguando de un día a otro. Solo el sueño es su amigo. Solo durmiendo no ha de saber que todavía está ahí.

¿No sientes la necesidad de vomitar al pensar en lo ideal que eras ante mis ojos mientras tú ibas colgando tu alma aquí y allá, como si de distintos colgadores se tratara?

No hables de arrepentimiento.

Tan solo te arrepientes ahora de las consecuencias, pero no de tu falta de disciplina moral.

238

Seguro que creías que podías jugar a dos bandas.

Pero eso no funciona cuando una veinteañera se junta con un adulto.

Katharina se quita los cascos por un momento. Ese ruido grave que ha oído se vuelve más intenso. Un avión vuela desde quién sabe dónde en dirección a Tegel. Siempre, en el último tramo de cada viaje del Oeste hacia el Oeste, los aviones sobrevuelan Pankow, atravesando Berlín Oriental. Vuelan bajo, muy bajo ya. Quizá algún día se queden enganchados en los patios traseros del Este. Se pone otra vez los cascos. En la bobina de la izquierda queda ya muy poca cinta.

Ahora tengo que digerir que en todo ese tiempo no fui en absoluto querido.

Pregúntate: ¿Por qué ibas a querer un hijo mío, un hijo precisamente de un hombre al que no amas?

II/13

«Me deleito, oh patria, contemplándote.

Saludando alegre tus plácidas vegas.»

En primavera, Torsten le dijo que había solicitado permiso para abandonar la RDA. Pero Katharina no pensó que aquello iría tan rápido, y probablemente él tampoco. Ahora, a comienzos de noviembre, Torsten ha recibido su circular, y mañana se marchará para siempre, de un mundo a otro, así lo llama él. Suena como si se fuera a morir, piensa Katharina, aunque lo único que quiere Torsten es estudiar Odontología sin tener que hacer antes tres años de servicio militar. Me alegraron tus palabras, le dice Torsten cuando Katharina lo llama por última vez desde casa de su madre. Cuando se quiso despedir de él anteayer, Torsten no estaba en casa, por lo que Katharina se había limitado a dejarle un mensaje en la puerta.

¿Sabes?, dice él, últimamente he estado escuchando mucho a Wagner.

¿A Richard Wagner?

Sí, dice él.

A mí siempre me ha parecido muy estridente, dice Katharina.

Pero ¿has escuchado alguna vez el coro de los peregrinos de *Tannhäuser*?

No.

Es maravilloso, dice Torsten, cómo lo compuso Wagner, que los peregrinos se acerquen, luego estén sobre el escenario y luego prosigan su camino.

¿Y hacia dónde peregrinan?

Vienen de Roma, después de que el Papa los haya absuelto.

Ah, dice Katharina.

El único que no está es Tannhäuser.

¿Por qué no?

Porque no recibió la absolución.

¿Qué hizo, entonces?

Pecar de forma demasiado apasionada, como tú, dice Torsten, y se ríe.

Katharina no dice nada.

No, en serio, es muy especial, música interior, dice Torsten.

Por la tarde, ya de vuelta en casa, Katharina piensa que Torsten ya es otro Torsten distinto al que había conocido hasta entonces. Sin embargo, un par de días después va a la Biblioteca Estatal y toma prestada una grabación de *Tannhäuser*. Al principio, el coro apenas se oye muy bajito, y el canto de los peregrinos es fácil de escuchar, sencillo, casi como una canción popular. Luego llega la parte de tonalidades menores, más sombría. Y solo a partir de ese valle de lágrimas de las tonalidades menores se va edificando la primera melodía a través de la repetición hasta adquirir cuerpo completo, delimitada por una aureola de nieblas rosadas que manan directamente desde el Olimpo sobre los pecadores redimidos. Torsten tendrá ahora para siempre su hogar en las zonas comerciales en las que uno puede observar cómo, de un día para otro, se desploman los precios. «Una ganga» lo llamó su tía en Colonia.

«Poso ahora este bastón
tras peregrinar fiel a Dios.»

Una tarde a mediados de noviembre Hans le dice a Katharina:

Mañana hacemos lo que *tú* quieras. Y Katharina sabe a qué se refiere.

Sabe lo que él quiere, y que ella debería querer.

¿Y si esta vez lo decía en serio?

La noche anterior comienza a reordenar la habitación, empuja el armario, desplaza el piano, vacía las estanterías, las levanta, carga con ellas hasta el otro lado de la habitación, vuelve a ordenar, blasfema, arrastra, maldice, duerme poco y agitada, por la mañana sigue ordenando, no come nada, no bebe nada, tan solo tumba, arrastra y vuelve a enderezar, se pilla la mano, se tuerce el pie, respira polvo. Para cuando llegue Hans al mediodía, Katharina quiere estar exhausta. Poco antes de las doce se lava la cara y las manos, se pone la falda blanca que se compró aquella vez en Budapest, una parte de arriba blanca y zapatos blancos: una carcasa reluciente y, por dentro, escombros.

Sí, ella quiere que le pegue.

Quiere que le pegue sin mayor intención que la de morir así.

Hace mucho tiempo era un juego. Ahora va en serio. Ahora la realidad acabó por alcanzarse a sí misma.

Él la odia y se odia a sí mismo.

Ella lo odia y se odia a sí misma.

Y ambos lo saben: el uno del otro.

Solo cuando Hans se da cuenta de que Katharina lleva ya un rato llorando por los golpes, aparta la correa y para.

¿Así se siente una al parir?

«Expiación y penitencia me reconciliaron
con el Señor, a quien mi corazón se entrega,
y que mi arrepentimiento con bendición rodea,
el Señor por quien mi canción suena.»

Antes de marcharse, Hans le promete terminar esa semana su trabajo con el quinto casete.

Para ello necesita, naturalmente, las respuestas de Katharina al cuarto casete.

Y por la tarde mantiene otra conversación con Ingrid.

La vida tras la muerte es exactamente igual que la anterior.

Katharina está en casa de su madre, apoyada en la ventana, y dice: Ya no sé qué hacer.

El padre dice: Mándalo a un terapeuta. Y le da un número de teléfono.

Hans invita a Katharina a la taberna del Palacio de la República para celebrar el día en que, hace un año, en Frankfurt, le colgó aquella rosa en la puerta. Y yo, de idiota, dice, voy allí y os cuelgo una rosa en la puerta.

Katharina envuelve regalos de Navidad.

El terapeuta le da una cita para Hans en enero. No tengo tiempo para esas historias, dice Hans.

Katharina va al zoo un par de veces con la bella Rosa, para dibujar monos y osos.

La víspera de Navidad, Hans le dice a Katharina que no quiere volver a verla hasta el año nuevo.

De Torsten no volvió a saber nada desde que se marchó.

Y así termina el año 88.

«Aleluya. Aleluya.»

Bueno, dice Hans, y se encoge de hombros.

¿Cómo le va, entonces?

«Están los muros / mudos y fríos, en el viento / restallan las banderas.» Más o menos así, dice Hans.

Hölderlin es el más grande, dice el psicólogo.

Hölderlin es el más grande, dice Hans asintiendo.

El psicólogo mira ahora hacia una lejanía interior, visto desde fuera echa un vistazo a una calcografía de un cerebro coloreada a mano, que está enmarcada y colgada en la pared, y cita luego de memoria:

Pero a nosotros nos viene dado
  No encontrar lugar de descanso
    Van mermando y cayendo
      Los humanos atormentados
        A ciegas, de una hora a otra,
          Como agua que se arroja
            De roca a roca y se precipita
              A través de los años en lo ignoto.

Yo mismo no podría haberlo expresado mejor, dice Hans, y pregunta: ¿Puedo? Y enciende un cigarrillo. Quizá esa hora no sea tan tormentosa como se temía.

Es interesante reflexionar sobre por qué Hölderlin se volvió loco.

Y sobre si, para empezar, se volvió loco, dice Hans.

Sea como sea, resulta notable, dice el psicólogo, que a partir de sus años en la torre ya no haya prácticamente rastro de ego en ninguno de sus textos.

Ah, ¿de verdad?

Así, conforme a lo recetado, Hans pasa una hora en compañía de un hombre culto, conversando con él sobre cómo podía haber perdido Hölderlin su ego. Si había sido el sangriento régimen de los jacobinos el que había hecho pedazos las esperanzas en una sociedad libre que Hölderlin se había forjado al comienzo de la Revolución Francesa. O el egoísta ánimo de lucro y el conservador día a día que sobrevinieron tras esos tiempos sangrientos, cuya estrechez de miras no debió haber sido, sin embargo, menos dolorosa para él. Aquellos de sus amigos que eran agitadores acabaron todos muertos, dice el psicólogo. Ya, dice Hans. Ambos asienten en silencio y piensan en los amigos de Hölderlin. Stäudlin se ahogó en el Rin, dice el psicólogo. Y Emerich se tiró por una ventana, dice Hans, y al sobrevivir a la caída se dejó morir de hambre a propósito. Ya, dice el psicólogo, y ni treinta años tenía. Y Boehlendorff, dice Hans, se disparó tras una larga odisea. ¿Habría sido mejor entonces que el joven Hölderlin y todos ellos no hubiesen vivido nunca aquel convulso resurgir?, se preguntan dos hombres cultos en una consulta médica de Berlín. ¿Habría sido mejor para Hölderlin y para todos ellos no haber albergado nunca esperanza? «Una vez viví, como los dioses, y no hace falta más.» Muy al comienzo de su relación, Hans le escribió esa cita en una hoja a Katharina, y ella la había colgado de la pared, en su habitación de niña. Algunos meses más tarde le había parecido, en cambio, que *una* vez no era suficiente, y había quitado y apartado la hoja. Y la madre, con toda su buena intención, creía que aquello había sido sin querer y, al recoger, había vuelto a colocar la hoja en el lugar de la pared que ocupaba, bien a la vista. *Una vez.* El hecho de que en Alemania no hubiera habido ninguna revolución había acabado con Hölderlin y sus amigos. En Alemania nunca llega a haber revolución, dice Hans. «¡Mundo floreciente! ¡Lengua de los amantes, / sé la lengua de esta tierra, / su alma, el clamor del pueblo!» Y un cuerno, dice Hans. Mi pan de cada día, dice el psicólogo. ¿Está escribiendo algún libro?, pregunta. Hans dice: No. Mira el reloj, asiente, se levanta, le estrecha la mano al psicólogo a modo de despedida y dice: «Para qué poetas en tiempos difíciles».

Katharina está en el Café Arkade esperando a Hans. Qué extraño, piensa, que el tiempo, que en sí mismo es invisible, solo se vuelva indirectamente visible cuando ocurre una desgracia. Como si la desgracia fuese el ropaje del tiempo. Pero, al mismo tiempo, piensa Katharina, esta desgracia no es solo una funda, es también un interior, un ser que, una vez nacido, toma su propio camino y tiene su propio tiempo. Pues no deja de ser extraño, piensa, que desde hace casi un año ella no haya podido repercutir ni lo más mínimo en la decepción de Hans. Como si Katharina hubiese traído esa enorme decepción al mundo, ya crecidita desde el primer día, y desde entonces Hans estuviese encerrado a solas con ese monstruo que lo aporrea, y Katharina estuviese a la puerta y no pudiese entrar ni tampoco evitarlo. Ella, por su parte, también tenía a veces la sensación de haber perdido mucho tiempo atrás el poder sobre su propia desgracia, de que esta la habita y ella no puede frenarla, de que la desgracia sale aullando de su interior siempre que quiere. Al mismo tiempo, sabe que también los ánimos de Hans volverán a caer por los suelos y todo cuanto han mantenido tan trabajosamente en su día a día se echará a perder. ¿Es eso todo cuanto puede salir de ella: las hermanas Decepción y Desgracia? Casi parece como si esas dos hijas deformes, nacidas del engaño de Katharina, se hubiesen aliado contra unos padres que antes se amaban, y ahora se alimentasen del cuerpo, la cabeza y el corazón del padre y de la madre.

El camarero con la cara picada de viruelas le sirve el segundo vino blanco con agua mineral.

Barbara ya hace tiempo que no trabaja aquí, sino en un bar de copas. Katharina espera a Hans. ¿Hará esta hora que transcurre que todo mejore? Qué hermosa fue aquella prime-

245

ra tarde, cuando con un afán infantil Hans se apresuró hasta el tocadiscos para ponerle música. La entrada de la soprano en el Réquiem: «*Te decet hymnus*». Qué hermoso caminar temprano hasta el trabajo desde aquel edificio nuevo, pasando por delante de las lilas, todavía por la fresca. Qué hermoso cuando estaban con una copa de vino en la mano en aquellas apacibles tardes de verano, y miraban hacia abajo desde el balcón. Ahora, todo lo hermoso está totalmente soterrado, y ya no hay puente que conecte lo que pasó con lo que pasará. «Una vez viví, como los dioses.» La manera en que Hans la advirtió de la coma: Coma, «como los dioses», coma. No una comparación con la vida de los dioses imaginada como algo ideal, sino la pregunta acerca de si la vida ya es, ella sola, lo que define al dios. ¿Cuánto tiempo lleva ya muerta, entonces? Siempre quiere tener fuerza para dos y confianza absoluta, siempre trata de reír y decir sí a todo, pero cuanto más tapa la desesperación de ambos, más se aleja de la verdad. Pero ¿no prometió que, a partir de ahora, sería siempre sincera? Pero es imposible ser sincera sin libertad para decir no. Pero ¿cómo decirle que no a él, cuando huye de la decepción en su regazo? Al menos la sigue deseando, ¿acaso no debe alegrarse por eso? Pero cuando Katharina está triste, todo en ella se cierra. Y de la entrega nace una nueva mentira. Esos peros la rodean como una valla insalvable.

El camarero le sirve el tercer vino blanco con agua mineral.

Quizá ocurra un milagro en esa hora. Quizá el médico sí sepa qué hacer. ¿No está todo mal de arriba abajo? ¿Podrá algún día recomponerse? Cada vez que Hans va a hablar con Ingrid, Katharina ha de desearle que, pese a todo lo que él le ha hecho, ella siga con él. Ha de consolarlo porque Hans teme verse en situación de decidir. Lo consuela porque quizá tenga que mudarse con ella, la traidora. Todo del revés. Por Navidad, Hans siguió trabajando en los casetes, fue tétrico documentar su miseria sin que el amor de Katharina estuviese en absoluto a su alcance. A comienzos de enero, Hans quiso abandonar el trabajo, ya no podía más. Le dijo a Katharina que ella debería dejarlo, la llamó «mi amor» y «mi pobre» y le dijo que ya no tenía sentido, que se había perdido a sí mismo. Entonces ella le pidió insistentemente el siguiente casete, como si solo los reproches que él le hace lo siguieran manteniendo con vida.

Una hora y media después, Hans entra en el Café Arkade. ¿Ha ocurrido un milagro? ¿Estará todo bien? Hans cuelga el abrigo, se sienta con Katharina, le hace una seña al camarero con la cara picada de viruelas, pide café y aguardiente de trigo. Enciende un cigarrillo y pregunta: ¿Y qué? ¿Qué tal el dibujo hoy?

¿No has ido al psicólogo?

Sí, dice él. Sí, claro.

¿Y?

Tuvimos una conversación agradable sobre Hölderlin.

II/15

Como un animalillo te me aparecías en sueños entonces, de septiembre a Nochebuena, como carroña, y en torno a ti había un murmullo, como en torno a algo musgoso.

En sueños sabía más de ti que despierto.

Me resultabas inquietante, tenía la sensación de que ocultabas algo.

Pero no quería saber.

Hace un año, a partir de Nochebuena, los sueños pararon, y entonces me escindí por completo en Hans número 1 y Hans número 2.

Katharina está sentada a su mesa, fuera cae la nieve y aclara esa noche de invierno. Todavía tiene los ojos rojos de tanto llorar anteayer, el primer aniversario de su desliz. En el despacho de Hans, Katharina le dijo que en realidad ya no quería seguir viva, y él dijo que él también preferiría morir hoy y no mañana, que únicamente era demasiado cobarde para quitarse la vida. Entonces, al no haber en el despacho un sofá, se tumbaron en el suelo y entrelazaron sus cuerpos para que entre ellos no pudiera seguir abriéndose paso la idea de cómo sería el cadáver de Katharina, ni de cómo sería el cadáver de Hans. No había habido alegría anticipatoria alguna, como tampoco un pensamiento de rechazo, no había habido ninguna acción ni señal de nada. Sencillamente había pasado y no significaba nada más que eso. Eso había pensado Katharina y casi había recuperado la esperanza. Hans había pensado, en cambio, que hacía justo un año Katharina se había tumbado exactamente igual en el suelo con otro hombre.

Tenían una mesa reservada en el Ganymed a las seis y media y, allí, mientras comían, el violinista ambulante tocaba una opereta y cantaba la letra en bajito, «lo más hermoso para una mujer en la tierra no es amar, sino ser amada», y, en ese momento, el mantel se partía en diagonal de lado a lado y, entre un plato y otro, en mitad de copas de vino, una jarra de agua, cuchillos, tenedores y cucharas, se abría un abismo, y Hans y Katharina tenían que mirar estremecidos hacia las profundidades, desde las que soplaba el frío. Apropiado, sí, decía Hans, echaba mano del bolsillo de su americana y, más o menos a la misma hora a la que hacía un año concluía en Frankfurt del Óder la función de *El lago de los cisnes*, le alcanzaba el quinto casete. Cara A. Cara B. Sesenta minutos.

Hans número 1, el que *quería* confiar en ti. Ciego e inocente, caminaba marcha atrás por su propia vida, por sus experiencias, olvidaba lo que podría haber sabido, hasta volver a ser todo un adolescente, con su inherente estupidez infinita.

248

Hans número 2 advertía tus evasivas, Frankfurt ya intervenía entonces en nuestra vida en Berlín, pero debía estar callado, era incapaz de hablar.

Una suave fractura entre Hans número 1 y Hans número 2.

Uno de los dos tenía que quedarse en la estacada.

Ahora ya no sé cómo van a reencontrarse.

A Hans número 1 ya no le puedo encargar que planee nuestro futuro.

Y Hans número 2 ya por entonces no creía en un futuro.

Sobre las negras ramas del amplio castaño reposa ahora la nieve. Por toda la ciudad reposa la nieve. En los últimos días todo se ha vuelto lento y silencioso. La vida entera se puede ver con mayor nitidez, como a través de una lupa. Las madres arrastran por las mañanas a sus hijos en trineo hasta la guardería. Su madre también lo hacía, cuando Katharina era una niña.

Tu principal ocupación durante el medio año en Frankfurt no fue amar, sino engañar. Tu mayor orgullo: ¡El arte que tienes para engañar!

Y cómo despachabas mis preguntas: ¿Este conocido tuyo tiene novia? Ni idea. ¡Ni idea! Contabas con que Hans número 2 desconfiaría. Al mismo tiempo, yo trataba de mantenerlo en jaque y solo te presentaba siempre a Hans número 1.

Te mentiste y me mentiste, y yo te mentí y me mentí.

Ninguno de los dos fue auténtico en esa época. Solo clara a punto de nieve.

En un principio, el director quería tirar nieve negra desde el peine para que cayera por la Garganta del Lobo. «Nada puede salvarte de la profunda caída.» La mera existencia de nieve negra había dejado perpleja a Katharina. ¿Una empresa de propiedad popular productora de nieve? Luego, a la luz de los focos, resultó que la nieve negra no era para nada negra, sino clara y luminosa, pues estaba hecha de plástico. «Plásticos y elásticos de Schkopau», uno de los tres eslóganes que había en el país, en el puente Jannowitz. Siempre pasaba por ahí de camino a la escuela de formación profesional. Excursión al lago Helene como antesala de los hechos, dice ahora Hans. Una cantante había aspirado los copos de nieve artificiales y casi se había ahogado. Después Katharina tuvo que llevar los cinco sacos al almacén, donde probablemente estuvieran aún, sin llegar nunca a derretirse.

No es que este último año haya recordado e invocado lo ocurrido, sino que lo he revivido a diario. Y solo así capté que es real. Lo que no sé aún es cómo voy a superarlo.

Cuando la voz de Hans se apaga, Katharina se queda un ratito más sentada así, con los cascos puestos, como congelada, oye fluir su sangre y mira lo que ha apuntado. Junto a fragmentos del discurso de Hans, a veces apuntó algo al margen: «Si hablo, si callo: todo habrá de usarse únicamente en mi contra». En otro renglón: «Sí, ¿y por qué?». Y en otra parte: «Las circunstancias sencillamente fueron las que fueron».

II/16

Todo es tan solo un telón de papel maché, sin nada por detrás. Nunca nada por detrás y nada y más nada. Y, sin embargo, cuánta fuerza hace falta para mantenerlo en pie. En mitad de un duermevela, Katharina ve cómo el viento recorre una llanura vacía, ve cosas que ya no pertenecen a nadie, trastos, un papel arrugado, restos apátridas se arremolinan y caen al suelo, vuelven a arremolinarse, caen en otra parte, un viaje infinito sin principio ni fin, sin destino. Si ya no es ella misma, y tampoco otra persona, ¿de dónde provendrá la fuerza?

La bella Rosa parece un gato al despertarse, con su cara redonda y las comisuras de los párpados apenas entreabiertas. ¿Seguirá siendo por la mañana igual de suave y delicada, seguirá siendo su lengua igual de rosada que ayer por la tarde? Katharina se inclina hacia ella, respira el aliento de su amiga, coloca luego sus labios sobre los labios de la bella Rosa, los párpados de ambas chicas se cierran, y entonces vuelve a ser igual que ayer por la tarde y que ayer al caer la tarde y que ayer casi toda la noche entera, como si no hubiese ya piel que separase una persona de la otra, como si ya no hubiese nada propio ni ajeno, como si, al estar los cuerpos unidos de tal manera y al mismo tiempo borrados, comenzara una manera totalmente distinta de mirar en la oscuridad interna.

Y eso que ayer solo quisieron despedirse con un breve abrazo.

A Sibylle ya hace tiempo que no le cuenta cómo le va, porque no quiere oír los comentarios despectivos de su amiga. Torsten se marchó y, hasta la fecha, no le ha escrito ni una sola vez desde que se fue. Ruth se fue a estudiar a Dresde. Anne a Rostock. André sigue en el ejército. Pero ayer por la tarde Rosa fue con ella a casa después del atelier y, cuando le preguntó cómo le iba, Katharina empezó de pronto a hablar. La semana pasada, estábamos Hans y yo en el Offenbachstuben. Igual que en nuestra primera tarde hace dos años y medio. Pero yo tenía que fingir que me llamaba Anja, para que el camarero no nos delatara sin querer a su mujer.

He visto, dijo Rosa, que no estás bien.

¿En qué lo has visto?

Lo he visto, sin más, dijo Rosa, y cogió una hoja de papel y un lápiz y con un par de trazos dibujó una Katharina que reía, pero con una soga en la mano.

¿Rosa se llama tu amiguita?

No la llames amiguita.

¿Es guapa?

Sí.

¿Y qué hacéis cuando estáis juntas?

Pues, dice Katharina, y se encoge de hombros.

Hans se imagina cuatro pechos delante en lugar de dos, cuatro nalgas, dos bocas, dos lenguas y, en lugar de una, dos ranuras húmedas desplegadas ante él.

¿No te molesta?

No, me parece exquisito que tengas una compañera de juegos.

Me pregunto, le dice Katharina a Rosa, si revelar íntegramente la verdad no ha de conducir a la destrucción. ¿Acaso no hay, en toda relación, algo que uno guarde para sí mismo?

Nadie, dice Rosa, puede diluirse por completo en otra persona. Pero es bonito, dice, que haya diferencias.

O sea que siempre queda algo restante.

Ese algo restante es precisamente lo interesante.

Pero en ese algo restante está también aquello que podría dinamitar la relación.

O no. Uno sencillamente ha de encontrar, dice Rosa, a alguien con quien encaje desde el principio.

¿Incluido ese algo desconocido que contienen ambas partes?

Sí.

Luego se vuelven a tumbar un rato tranquilamente la una junto a la otra. Rosa gira en torno a su dedo un mechón de pelo de Katharina, y Katharina inspira profundamente y piensa en lo bien que huele Rosa.

A veces creo, dice, que eso que Hans llama verdad ya no existe.

O sencillamente está en un lugar totalmente distinto a aquel donde él la busca, dice Rosa.

Puede ser, dice Katharina.

Me pregunto, dice Katharina, si todavía sé lo que *quiero*. Si todavía puedo querer. O sea *existir*. Porque ¿no se reconoce a una persona a través de su voluntad?

¿Quieres besarme?

Sí.

¿Ves?, dice Rosa, y atrae hacia sí a Katharina.

¿Por qué no te separas?, pregunta.

Lo quiero.

¿Todavía?

Sí.

Hans está en el mirador, trabajando en los apuntes para el próximo casete, mientras Ingrid ya está dormida. Katharina está en la cama de barrotes verticales con Rosa. El infierno es ahora una cuestión estable y descansa sobre cuatro pilares.

II/17

La tierra se abre allá donde hay paisaje y los crocos buscan paso hacia la luz.

Allá donde hay ciudad se van plantando violetas y todas se parecen a Karl Marx.

Hermann Kant quiere renunciar a la presidencia de la asociación de escritores, a todos quienes deliberan internamente les parece mejor mantenerlo *pro forma* y dejar que cinco suplentes hagan el trabajo, en lugar de nombrar a un nuevo presidente del agrado de Honecker. Porque ¿cuánto tiempo le queda a Honecker en el cargo? ¿Y cuál de esos ancianos lo va a suceder? En las pausas de las asambleas se habla del «país sin mando». Por cierto, el ministro de Salud, dice uno, dimitió por deseo propio, nunca había pasado tal cosa. Un compañero de Hans había estado con un funcionario de economía en la sauna, y, según sus cálculos, los alimentos básicos no se podían mantener así por mucho tiempo. La oferta y la demanda debían equilibrarse para evitar que todo se fuera al garete. Los panecillos siguen costando cinco céntimos, pero Ingrid pagó hace poco setecientos marcos por una cazadora en la tienda de artículos de lujo. En la célula del partido de la Sociedad Goethe se discute la evolución por oposición a la revolución. ¿Cambiar el sistema desde dentro o desde fuera? ¿Deberían aprender los jóvenes a tener paciencia o los mayores volver únicamente a recordar su propia impaciencia? El ministro de Educación Superior en funciones comparece y habla de que las decisiones del Partido se han de acatar sin un pero y de que, por consiguiente, se ha de emprender una lucha contra los «disidentes». Por la tarde está borracho en el bar del hotel de Weimar donde se hospeda y agarra de la manga a Hans, pero este huye a su habitación. Aquí y allá, Hans toma nota de frases monstruosas: «Las palabras "perestroika" y "glásnost" ya no habrán de usarse». O: «Socialismo con los colores de la RDA». También chistes que se cuentan en la cafetería de la radio: «Ellos no preguntan, ¡pero nosotros respondemos!». O: «¿Por qué a Honecker ya no le gusta ir en metro? Porque cuando sale el tren siempre gritan eso de: "Retírese"». La exnovia de Hans, Sylvia, habla del «elefante rosa» y se refiere con ello a datos superfluos que se inventa para sus emisiones, con el único objetivo de que haya algo que luego puedan tachar. Pero el verdadero problema son las tijeras que tiene uno en la cabeza, dice Sylvia. Hans sabe que con ello se refiere a la obediencia anticipada y, sin embargo, se imagina por un momento unas largas tijeras clavadas en los recovecos del cerebro de Sylvia. En la asociación de escritores uno lee la carta de despedida de un compañero que justifica su baja en la asociación teatral. Conmovedor, oye decir Hans a una compañera de la fila de atrás. Y aquello de abolir la «autorización obligatoria» de los textos literarios, sencilla y llanamente la

254

censura, ya quedaba muy atrás: había pasado año y medio ya del discurso de Christoph Hein. Y a Havemann tienen que rehabilitarlo de una vez, exige un joven que todavía era niño cuando a Havemann le impusieron el arresto domiciliario. ¿Y por qué determinados temas sociales siguen siendo un tabú para los autores de la RDA? En la Unión Soviética entrevistan en directo por televisión a los escritores durante tres horas, pero aquí todavía queda la mordaza. Se trata de artículos que no pueden salir a la luz, asignaciones tendenciosas del papel para imprimir algunos libros. Uno quiere pasaportes permanentes para todos los miembros de la presidencia, otro dice que no quiere ser tratado como una excepción, que no quiere un pasaporte, que prefiere sufrir con el pueblo. Eso último no plantea ningún problema organizativo, grita uno. Todo el mundo ríe. Uno solicitó un teléfono hace veinticinco años, y año tras año lo mismo: Tenían que evaluarlo. Espero, dice él, que todavía me queden fuerzas durante un tiempo para soportar el fracaso. Se hacían de rogar las asignaciones de cintas mecanográficas, papel, piezas de repuesto para máquinas de escribir y apartamentos. El desamparo de los administradores de la carencia, lo llama Hans, y señala el concepto de burocracia como «dominio de nadie», de Hannah Arendt. Los honorarios no han cambiado nada desde 1950, dice una compañera. Sí, pero el libro, como tal, aquí nos cuesta solo una centésima parte de los costes de producción, dice Hermann Kant. Hablan de esto y lo otro hasta que uno dice: En esencia, todas las cuestiones que se hablaron aquí son cuestiones propias de un debate sobre el sistema, en el fondo todo ello tiene que ver con el futuro del comunismo.

A mediados de abril, Hans recoge a Katharina de una representación que ofrece la Volksbühne de *El barco ebrio* de Rimbaud. La puesta en escena es de Castorf, pero él no quería ir con ella, y solo *a posteriori* le dice por qué. ¿Te acuerdas?, dice: «Mi triste corazón babea a popa». Esa cita de Rimbaud aparecía en una de sus primeras cartas tras descubrir el engaño de Katharina. «Mi triste corazón babea a popa», dice, y la abraza. Y Katharina se apoya en su hombro y dice con toda tranquilidad que ya no cree que él la quiera. De pronto, eso le resulta más amargo que todo cuanto ha dicho Katharina a lo largo de sus discusiones. Al día siguiente, Hans tiene un evento en Dresde, quieren que lea algún manuscrito inédito, y por primera vez saca las páginas que dos años atrás, en primavera, escribió en aquel cubo de nueva construcción, cuando todo iba bien aún, mirando a Katharina mientras dormía. Katharina ya no cree que él la quiera, dijo anoche, apoyada tranquilamente contra él y llorando hasta mojarle la manga de la camisa. Hans lee al público de Dresde aquello que escribió cuando aún era feliz, y línea tras línea piensa: Si Katharina estuviera ahí ahora y se sintiera orgullosa de él, otro gallo cantaría. Ella orgullosa de él, él orgulloso de ella, eso antes los unía. «Mi triste corazón babea a popa.» Cree que él ya no tiene corazón para ella, eso dijo Katharina. Y lo dijo con una serenidad con la que él nunca la había oído hablar, no como si esperara su réplica, sino como si ya estuviese más allá de su relación. Después de la lectura, Hans tiene que quedarse dos días más en Dresde por unas grabaciones radiofónicas de los ensayos de la Ópera Semper. Tres días en total pasa sin Katharina, tres días en los que ha de imaginarse cómo sería vivir sin ella.

«soy capaz», le escribe todavía en el tren que lo lleva de vuelta a ella en Berlín. «¡soy capaz! voy a hacer borrón y cuenta nueva. ni un casete más, la continuación –que ya está escrita– queda anulada. no quiero hablar más de frankfurt. ¡tenemos que hablar de algo mejor, y hacer algo mejor!» Mientras Katharina está aún en la escuela de arte, Hans va hasta su apartamento y le deja la nota sobre la mesa.

Y solo entonces llega de verdad la primavera. ¿Ha deseado alguna vez Katharina a Hans tanto como ahora? Baila por el apartamento, bebe vino en mitad del día, dibuja, pinta, hace *collages*, y siempre que Hans va a su casa hace el amor con él, y en las representaciones del amor que ahora tienen lugar se mezclan imágenes de espaldas y pechos de mujeres, Katharina está feliz de arriba abajo y de derecha a izquierda. De nuevo pueden también escuchar a Mozart, y a Bach, el propio Hans le regaló un disco con las *Variaciones Goldberg*. Pronto presentará sus mejores trabajos del último año en la escuela de arte, cada alumno tiene asignada una pared, Hans se pasa días enteros cavilando con ella la elección. Todo es como era antes y, al mismo tiempo, distinto. Y en dos semanas hay elecciones a la Cámara Popular. Con lápiz y cartabón, ¡el 7 de mayo a votar!, susurra el pueblo, pues al parecer los votos en contra solo se contabilizarán si cada uno de los nombres de la lista predeterminada están pulcramente tachados. Katharina entra riendo en la cabina y vuelve a salir riendo, desde la mesa de fuera se ha oído cada uno de sus trazos. Todo es como era antes y, al mismo tiempo, distinto. Su madre y Ralph participaron como observadores independientes en el recuento y contabilizaron un trece por ciento de votos en contra en su distrito electoral, el padre en Leipzig un once por ciento, el peluquero de Hans habla de un veinte por ciento y la hermana mayor de Sibylle del diez por ciento. Por la tarde, en la televisión hablan, sin embargo, de un 98,5 por ciento de votos a favor, el falseamiento queda por primera vez a la vista. La época de infelicidad, dice Hans, duró casi el mismo número de días que su época feliz. La madre de Katharina le cuenta que Hungría quiere abrir la frontera con Austria, y la RDA probablemente cierre entonces la frontera con Checoslovaquia, ¿acaso no debe pasar algo de una vez? Por primera vez en dos años, Hans le vuelve a regalar lilas a Katharina, que para ambos son un recuerdo de su convivencia en el cubo de nueva construcción.

Por Pentecostés llegan miembros de la Juventud Libre Alemana desde toda la República, con la camisa azul pero por debajo la camiseta, para poder transformarse en jóvenes privados de un momento a otro, pero primero ondean las banderas en la Marx-Engels-Platz. ¿Alguna vez se ha puesto menos alma al cantar «La Internacional»? La fuerza y la indignación contenidas ahí, suavizadas por la canonización. En la tribuna, los mayores, con lágrimas en los ojos, quieren creer que la juventud proseguirá su labor cuando ellos ya no estén. Y, sin embargo, ellos mismos han organizado todo lo que los conmueve. Ellos mismos han organizado ese espontáneo ondear de banderas, esos espontáneos gritos al unísono, esos espontáneos cánticos y las camisas azules. Se reflejan en una generación que está vacía. ¿Ya nadie de los ahí presentes tiene una opinión propia? ¿Y cómo va a renovarse de raíz la sociedad con esa gente? Ahora pueden volver a celebrar también los días 11 de cada mes, y para celebrar el regreso Hans se alojó ayer en el Interhotel Potsdam con Katharina. ¿Cuánto tiempo hacía que no pasaban una noche juntos? ¿Cien años?

II/18

«Por la tarde, estábamos tumbados bajo los altos pinos, alzando la vista, plenamente conscientes de nuestra propia insuficiencia: ni tan alto en el cielo ni tan profundo en la tierra como esos árboles. Solo en un modesto punto medio.» Eso dice el cuadernito en el que Katharina va registrando desde principios de junio aquello que podría llamarse felicidad. Felicidad, o a veces solo la mísera ración de alegría que necesitarían para lograr algún futuro. A finales de año quiere regalarle sus apuntes a Hans. Pues se ha puesto otra vez a trabajar en el manuscrito de su novela, pero apuntar cosas en la agenda le sigue resultando difícil.

258

Katharina se aloja por segunda vez en la granja, a tres kilómetros y medio de Ahrenshoop. Todo es «falso, falaz y humillante», escribe en otro cuaderno que no le va a enseñar a Hans. Escribe sobre la vergüenza que siente por estar haciéndole eso a la mujer de Hans, y que el año que viene ni siquiera quiere unas vacaciones así. «¿Qué pasará el año que viene?», escribe. En el cuaderno para Hans escribe, en cambio, nuevas palabras en su idioma de las erratas: «aguimo», «intieco» y «Shinterop». Con el dinero occidental que le mandó su abuela desde Colonia se compró unos pendientes dorados en el Intershop poco antes de irse al Báltico. Pero de cómo hacer que el presente vuelva a ser habitable de manera duradera, de cómo hacer siquiera que el presente vuelva a ser presente, de todo eso no le escribe, de todo eso tampoco sabe nada.

«–¿Te llamas Kunz?

»–No.

»–¿Te llamas Heinz?

»–No.

»–¿Te llamas Rumpelstiltskin?

»–Te lo ha dicho el demonio, te lo ha dicho el demonio –gritó el hombrecillo, y tal era su furia que clavó el pie en la tierra, tan adentro que se hundió hasta el vientre, y tal era su enfado que tiró del pie izquierdo con ambas manos y se partió en dos.»

Hans está tumbado en la hierba con Katharina, bajo robles y pinos, recitándole de memoria el brutal final del cuento de Rumpelstiltskin. Se ríen y compadecen al mismo tiempo al pobre hombrecillo, al que por su mágica ayuda se le había prometido el primogénito de la joven reina y que ahora, sin embargo, no recibe el hijo, porque la reina resolvió el enigma de su nombre. Nada era más preciado para Rumpelstiltskin que tener algo vivo para sí mismo. Algo vivo, piensa Hans, y alza la vista hacia el azul, mientras a su lado está tumbada la mujer con la que habría querido tener un hijo. Algo vivo, piensa Katharina y alza la vista hacia el azul, mientras a su lado está tumbado el hombre con el que habría querido tener un hijo. Hace nada reían, pero ahora están ahí tumbados, sin saber ya qué decir.

«Nuestro encuentro de hoy fue distendido, si bien, por desgracia, demasiado corto. "Ataque de tanques" llamaste al desfile de los tractores por nuestra arboleda, "frente", a aquello que con curiosidad se introducía hasta los primeros y finos árboles de nuestro escondite. Cubre tu desnudez, Zeus, dije yo. Y tú: ¡Érase una vez unos campesinos diligentes!» ¿Estará tomando notas Katharina de su cotidianidad con Hans precisamente porque otra vez resulta que tiene un doble fondo? ¿Es decir, que en esencia no es ninguna cotidianidad, puesto que carece de naturalidad? En los museos, piensa, solo se expone aquello que ya no encuentra asilo en la realidad. Echar abajo, dijo ayer su casera, lo que habría que hacer es echar abajo con la excavadora esa casa vieja de entramados que hay enfrente. Y a Katharina casi se le cayeron las lágrimas. Por una casa vacía, putrefacta, que ni le va ni le viene. Esos últimos pensamientos solo los escribe en su propio cuaderno.

De veras dijo «ataque de tanques» y habló de «frente»: eso se le pasaba por la cabeza mientras volvía en bici a Ahrenshoop. Qué duros de roer son esos términos si uno los aprende lo bastante temprano, piensa Hans, sentado a la mesa de la casa donde pasan las vacaciones, que después de la cena vuelve a ser su escritorio. Anteayer no aparecieron tanques por la frontera austrohúngara, menos mal, dijo Ingrid varias veces durante el telediario, menos mal. «Hans, el comandante de tanques», grabó una vez un niño en el muro de una casa en Posen. Cuando la infancia todavía estaba a salvo. ¡Salve! Allí, en la esquina, donde su mejor amigo se enfrentaba a él como contrincante en aquel juego. «Tocan el puente los cascos, / y las banderolas los campos; / a sangrientas batallas / en todas partes nos mandan.» Hacerse el muerto en juegos de guerra. Muerte heroica. Señor de un ejército de conquista y, como tal, hundirse. El enorme deseo de sacrificar por una causa justa. Hacia el final de la guerra, cuando el hundimiento se veía de cerca, todo tenía de pronto un aspecto diferente. La noche de mayo del 44 en la que en mitad de la noche lo despiertan las bombas. Cómo la madre lo agarra de la mano y tira de él escaleras abajo, sin que él apenas dé abasto. ¿Era el sótano de cualquier casa un refugio antibombas cuando hacía falta? Sentado en pijama sobre una caja de fruta vio otra vez, bajo la opaca luz del inframundo, su balancín, empujado contra el borde, en la oscuridad, ese juguete para el que ya se había vuelto demasiado mayor. «Tocan el puente los cascos, / y las banderolas los campos.» Del deseo ya solo quedaba el miedo. ¿Y ahora? Ahora viene «Temas del día», dice Ingrid, y se corre hacia la izquierda del sofá para hacerle sitio. Solo han pasado siete semanas desde que los tanques arrollaron a la gente en la plaza de Tiananmén. Los tanques alemanes se marcharon hace cincuenta años. Los tanques soviéticos cinco años después en dirección contraria y a través de Alemania, a través de las avenidas de árboles frutales de Brandeburgo mientras los cerezos estaban en flor, para liberar a los enemigos de sí mismos. De los tanques en Hungría ya pasaron treinta años, por entonces a Lukács casi lo habían colgado los fascistas, de los tanques en Praga, veinte. ¿Es siempre la misma batalla o cada vez una distinta? ¿Cuánto tarda en terminar una guerra? «Naifs» había llamado entonces Ingrid a los reformistas de Praga, en 1968, poco antes de que los tanques soviéticos avanzaran por la plaza de Wenceslao. ¿Te acuerdas? La presentadora acaba de mencionar otra vez el número de víctimas chinas, que según las estimaciones rondaban las dos o tres mil personas. ¿Logrará evitar China aquello que se está desintegrando en los países socialistas? Gromyko murió en julio, János Kádár también, los rusos están retirando sus tropas de Afganistán, los cubanos las suyas de África, y luego, anteayer, en la frontera austro-húngara, ese «pícnic paneuropeo» –al menos tienen sentido del humor, dijo Hans, pero Ingrid no era capaz de reír–, en el que los húngaros querían poner a prueba si los soviéticos, conforme a lo prometido, de verdad no intervendrían si se abriese la frontera. ¿A partir de qué momento un precio es demasiado alto? Quizá en su declaración sobre la «libertad de elección» pensara Gorbachov en aquello que Lenin escribe en sus cuadernos filosóficos: «No cabe duda alguna de que la espontaneidad de un movimiento es una señal de que este se encuentra profundamente enraizado en las masas y no se puede erradicar». Pero ahí, por desgracia, todavía no se dice nada sobre la calidad de un movimiento espontáneo de esa índole. A fin de cuentas, Hitler también fue elegido. Sea como sea, la declaración de Krenz es vomitiva, dice Ingrid: Las manifestaciones de Pekín fueron «enfrentamientos contrarrevolucionarios cuya firme represión quedó justificada en la medida en que buscaba restaurar el orden». De dos a tres mil muertos. Imagínate lo que eso significaría para nosotros aquí. No deja de ser terrible, dice Hans, que las metas que ponen en marcha una revolución a menudo disten mucho de las que se consiguen. Que precisamente los revolucionarios, con sus supuestas buenas intenciones, a menudo no tuvieran ni idea de lo que están desatando y a quién allanaron el camino. También me parece mal, dice Ingrid, que nuestra propia gente huya de nosotros, pero la violencia no es la solución. Solo entonces recuerda Hans que Ingrid está preocupada por Ludwig. ¿Ha llamado por fin el chico? No. Ludwig lleva una semana y media con su novia en el Balaton, ojalá, piensa Hans, siga en el Balaton. Quizá esté paseando ya por Múnich con un pasaporte de la República Federal en el bolsillo. ¿Alguna vez ha sabido él, Hans, lo que de verdad le pasa por la cabeza a su hijo?

Quiere estudiar Filosofía, pero se negó a firmar la obligación de prestar tres años de servicio militar. Una estupidez, pero comprensible. Hans había tenido suerte, pertenecía a las llamadas «promociones blancas», que justo cuando estaban en edad de prestar el servicio militar un ejército acababa de disolverse y el otro todavía no se había fundado. Imaginar que podría haber estado bajo las órdenes de un pequeñoburgués cualquiera: aterrador. ¿Quizá Ludwig, a fin de cuentas, se parezca a él? Anteayer abrieron la frontera húngara y ochocientas personas la cruzaron, y después de unas horas la volvieron a cerrar.

Katharina está frente al televisor en la granja donde se hospeda, con la dueña de la habitación de veraneo y otras dos campesinas mayores. Dong: Bienvenidos al informativo diario de la Erste Deutsche Fernsehen. Una vez más, muestran las grabaciones de los refugiados de la RDA en la frontera: Con un bolso echado a los hombros, pero ¿adónde van? Ahora viene el invierno, ¿y qué? Tampoco les van a devolver las cosas tan rápido. Después de las noticias vienen los anuncios: Claro, tienen que hacer propaganda con el papel higiénico, que, si no, no consiguen venderlo. Las campesinas socialistas se ríen. ¿Vosotros también veis siempre estos *talkchous*? Interesantísimos, no te acostarás sin saber una cosa más.

De vuelta en su habitación, Katharina abre otra vez su cuadernito y apunta: «Hoy, al despedirnos, pero qué bien me besaste, en la vereda de un bosque, mientras soplaba el viento».

Más tarde mata a tres mujeres en un sótano. La culpa es de esa pequeña cochinilla plateada que la habita. También es culpa de esa cochinilla el hecho de que coma carne cruda. Ponen en marcha investigaciones. Alguien trae su bolso, dentro hay dos toallas y papel de calco, en el que se reconoce algo escrito, algo sobre sangre y asesinato escrito por ella. Queda demostrada así su culpa. El juicio es vago, flotan recuerdos imprecisos de los blancos cadáveres en el sótano. Y nadie sabe que todavía no se ha librado del animal.

¿Te acuerdas?, dice Hans al día siguiente bajo los pinos, tal noche como hoy estaba contigo en Frankfurt. Tu amante estaba allí, y tú, claro, y, por desgracia, yo también. Los tres en la cafetería del teatro, qué horror. ¿Qué debería decir Katharina a eso? ¿Qué debería uno decir, para empezar? ¿Para qué habla una persona con otra? Bien podría uno ceder la palabra al silencio.

II/19

Como un disco enorme se había arrimado a ellos la luna, y el único sitio en que se podía estar al fresco aquella noche de agosto, poco antes del eclipse lunar, era el distrito gubernamental. Habían caminado hasta allí y, a la vista del edificio del Comité Central ya durmiente, habían arrancado grandes manzanas ácidas verdes del árbol y luego, sentados en el césped, se las habían comido. Tres semanas atrás, de noche, en la esquina de su infancia.

Katharina llevaba en el bolso una carta suya de seis páginas, más dos páginas de apéndice, en las que decía que ya no sabía adónde ir con ellas. Que seguía esperando, pero no sabía a qué. Decía: «Deberías conocerme, pero sigues sin querer conocerme». Antes de levantarse del césped, se la había dado a Hans. Pero él no la leyó hasta pasadas tres semanas y unas vacaciones en el Báltico.

Su carta de respuesta dice así: «nuestros días 11 de cada mes, reinagurados apenas en abril, ya no funcionan como celebración de nuestra antigua felicidad, tal es el daño que me hacen. con qué precisión te propusiste, escribe, desde aquel septiembre de hace dos años en frankfurt, arruinar cada uno de esos días 11». Y en la carta también dice que pronto ha de darle otro casete, que, si no, por desgracia, no pondrá fin a su decepción. Katharina ve de pronto el tiempo, cómo crea un arco de abril a septiembre. En abril se forjó una esperanza, y en septiembre vuelve a apagarse. Ve también cómo el tiempo crea un arco entre la tarde en que, sentados sobre el césped bajo la luna llena, le dio la carta a Hans y el día en que, tres semanas después, él finalmente la leyó y respondió. Era septiembre cuando Hans le enseñó aquella vez las fotos de su cincuenta cumpleaños, con el dedo corazón amarillo por efecto de la nicotina, era septiembre cuando se agachó en el suelo del baño de la estación del Frankfurt del Óder, y era otra vez septiembre cuando estaban en la cima del Hotel Stadt Berlin y junto a su codo, muy muy abajo, se extendían las vistas nocturnas de la ciudad. Le vienen a la cabeza la Editorial Estatal, Frankfurt, el primer ciclo de estudios, el cráneo de vaca. Algo comienza, algo termina, o se cumple. Pero entretanto el tiempo se desliza por la vida, se entreteje, se une, solo hay una cualidad que nunca adopta: la indiferencia, siempre está excitado, ocupado entre un principio que uno no advierte porque está entretenido con la vida, y un final situado en el futuro, es decir, en la oscuridad. ¿Acaso no es el propio Hans el que se obliga constantemente a pensar en Vadim? «¡Septiembre! ¡Septiembre!», gritaba Christian Grashof como Danton en el Teatro Alemán, «¡Septiembre!», en la puesta en escena que, en el transcurso del último año, Katharina había visto ocho veces, una función sin la cual jamás habría dicho que sí cuando Hans le sugirió que estudiara Escenografía. La primera vez que la vio representada tenía dieciséis años y fue con Gernot, su primer novio, y la última fue con su padre el pasado junio, repitiendo cada palabra de memoria para sí. «La forma de Estado ha de ser un manto transparente que se ajuste muy ceñido al cuerpo del pueblo, ha de imprimirse cada vena hinchada, cada músculo en tensión, cada tendón contraído.» Grashof había interpretado ambos papeles protagonistas, Danton y Robespierre: aquel cuya cabeza cae en la cesta con las virutas y aquel que lo decapita, cuya propia cabeza cae igualmente, medio año más tarde, a la cesta con las virutas. Pero es interesante, había dicho su padre, que ni uno ni otro sacudiera de raíz el principio de explotación de un ser humano hacia otro: los pobres siguieron siendo pobres, pero con todo ese derramamiento de sangre pasó inadvertido. Nunca lo he visto así, había dicho Katharina, y había pensado en la salvaje improvisación al piano de Camille, que ya nunca más volvería a escuchar. Y el concepto de nación, había dicho su padre, únicamente se inventó entonces para movilizar a la gente a participar en la guerra sin tener que pagarles una soldada. Y la manera en que esos dos esbirros sostienen a Lucille como si fuera una muñeca y la llevan para ser ejecutada, bajo la luz azul, hasta las profundidades del escenario y, puesto que le sacan veinte centímetros, la levantan por pura facilidad, y por eso ya en ese último paseo no hay suelo bajo sus pies. Lo único es que ese Grashof que a ti tanto te gusta para mí chilla demasiado, había dicho su padre, mientras ella no podía parar de pensar en que ya no podría ver nunca más esa función. Por cierto, el escenógrafo, había dicho Katharina, Volker Pfüller, es catedrático en nuestro departamento. Qué interesante, había dicho el padre, entonces tendrás que contarme cómo es.

Y entonces cierra también el Ganymed. Para siempre. Cuando llegan Hans y Katharina, está en penumbra, más adelante hay algunas sillas ya colocadas del revés sobre las mesas. El guardarropa está a oscuras, ellos mismos se cuelgan los abrigos del gancho. Aparte de ellos, solo hay una pareja sentada en el comedor, probablemente haya acabado ahí por error, y en una larga mesa está el último y estrepitoso cargamento de *college boys* franceses, americanos o ingleses vestidos de uniforme. La música proviene de un radiocasete. Ya no hay violinista ambulante, ni *glissando*, la tapa del piano está echada. Para siempre. El camarero ruidoso y torpe. ¿Y el jefe, el señor Weber? Hoy, por desgracia, no está ahí. En el caldo bernés nada, en lugar del huevo de codorniz, una sola rodaja de huevo duro, bueno, algo es algo, dice Katharina, Hans asiente. *Nasi goreng* para los dos por última vez, solo en el Comité Central lo siguen teniendo, bueno, dice Hans, y se calla. Desde la cocina llega griterío, parloteo y el traqueteo de la vajilla, deben de estar ya metiendo cosas en cajas, dice Katharina. Hans asiente. Katharina se ha vuelto a poner, en recuerdo de su primera cita en el Ganymed, el mismo vestido de aquella vez. Por entonces una dorada tarde de verano, y ella con su lazo de terciopelo en el pelo. Esa manera que tiene de decir que sí a todas las condiciones que él le anuncia, de sonreír por todo. Por entonces Mozart, hoy música pop desde el radiocasete. «Santísima Binidad» había llamado él a aquello que comenzaba entonces, ahora ningún camino lleva ya de vuelta allí. Hans recuerda aquello que le escribió hace un año: se siente como una casa vacía y saqueada, con el cableado eléctrico arrancado de la pared, las ventanas cerradas con clavos, las cortinas echadas, trastos todavía esparcidos aquí y allá. Pronto aquí será igual, en un lugar que, hasta donde le alcanza la memoria, siempre estuvo concurrido. El que fuera un fino restaurante convertido en nada más que un maltrecho local, igual de maltrecho que lo que queda de su amor. Menudas esperanzas tenían por entonces.

Katharina dice: Pero nosotros sí permanecemos.

Sus intenciones son buenas, pero por desgracia no entiende nada.

Hans coge el abrigo del gancho del guardarropa, se lo alcanza, ella extiende los brazos hacia delante, como siempre, como antes, lo abraza por un momento, y solo entonces se quita el abrigo y se lo pone correctamente. Mientras Hans se pone el abrigo, Katharina arranca del gancho la ficha del guardarropa, número 80, a modo de recuerdo. Aquella vez salieron al polvo de sol de una tarde cálida y pasearon por primera vez juntos por el puente Weidendammer, el lugar donde ella lo cogió del brazo, todavía hoy recuerda casi el metro exacto. Pero ahora es octubre, hace rato que ha oscurecido, hace viento y frío, el vestido de verano con la espalda al aire que lleva bajo el abrigo es demasiado fino, caminan hasta el tranvía número 46, que justo pasa por el puente, pero ya no lo alcanzan, hacen señas a un taxi, legal o ilegal, en algún momento para un Trabant, primero la lleva a ella a casa y luego a él, por diez marcos.

II/20

De verdad, ¿por qué sigo contigo?

En primavera, cuando quise terminar con los casetes, te escribí en una carta: «despachar esta derrota vital fue básicamente también una huida.

»aquello de lo que huía se revelará una vez suspendida la continuación».

¿Qué se reveló, en este medio año?

Cara A. Cara B. Sesenta minutos. Se acercan los días fríos del año, y Katharina vuelve a estar sentada a su mesa, con los cascos puestos. «De pez», así se refirió hace poco la bella Rosa a sus ojos, durante uno de los duros días con Hans. ¿Los peces también hibernan, o solo el batracio? Debía volverse lo bastante fría para que los descalabros le diesen igual. Alejarse lo suficiente para que todo esto ya no pudiera hacerle daño, pero ¿cómo volvería entonces a aquello que le era familiar?

Quizá le debamos a Frankfurt el haber durado tanto. El lío que tuviste allí tapó las señales de desgaste de nuestra relación. Antes o después nos habría destruido, aunque no hubiese sido descubierto. Pues el problema era la sustancia.

Quiere vivir superficialmente, superficial y rápidamente, hasta que en algún momento la vida real vuelva a comenzar. Dejar atrás rápidamente su vida hasta entonces. Pero ¿cuándo será eso? Entonces. Vaya pérdida de tiempo. «Así pasó el tiempo del que disponía en la tierra.» Le viene a la cabeza el vecino, que, pared con pared, había bebido hasta matarse. La policía, con el documento identificativo del muerto en la mano, la había convencido para identificarlo, qué lívido estaba ya. Y en un dedo del pie, la hoja. ¿Los dedos de los pies están para eso?

Todo aquello para ti no eran más que emociones efervescentes: lo de Frankfurt y por desgracia también lo mío. Y no siempre era por la naturaleza de la cuestión, sino por tu propia naturaleza. Necesitabas la atmósfera de la aventura, de la conspiración, para encenderte. Nuestra primera época juntos, al principio, lograba ese efecto, pero tan pronto hubo cierta consolidación a la vista, aprovechaste tu libertad de movimiento para procurarte ese estímulo de otro modo. Cuando uno es capaz de dejarse llevar por los sentimientos de esa manera, demuestra que no es de fiar en el plano emocional. El hecho de que dejaras la hoja por ahí tirada es evidente que nada tenía que ver con que quisieras sincerarte, como tú afirmas, sino con que, igual que en un telefilme sentimentaloide, ideaste la catástrofe.

¿Qué se reveló en ese medio año? A veces volvió a ser tan feliz con Hans como lo había sido muy al principio. Quizá incluso más feliz, o de otro modo. De un modo radical. Por ejemplo, una vez que Hans y ella sencillamente caminaron de la mano por la plaza de la Academia. O una vez que ella fue la primera persona en todo el mundo a la que él leyó un nuevo capítulo de su novela. O, más recientemente, una vez que imaginaron cómo, durante el Concierto para piano número 3 de Beethoven, Glenn Gould se suena con la mano izquierda mientras sigue afanado solo con la derecha. ¿Huye Hans del hecho de que Katharina con él sea feliz?

Todo cuanto podría llamarse alma lo dejaste colgado a partir de septiembre en Frankfurt.

Pero si tu santo fuera de verdad tan inocente, tan modesto, una persona de verdad tan conmovedoramente buena como afirmas, ¿no debería haber tenido también un poquito de tacto? Es evidente, sin embargo, que la supuesta modestia es una pose y, en su vanidad, provinciana. Que pudieras dejarte engatusar por eso, que pudieras rebajarte de tal manera, que te volvieras tan poca cosa: todo ello te ha depreciado rotundamente ante mis ojos.

Hace poco detuvieron a Sibylle por la sola razón de atar el candado de la bicicleta a una barandilla próxima a una iglesia. Y ella ni siquiera quería ir al encuentro de opositores que tenía lugar en la iglesia, sino a casa de su tía, que vive justo enfrente. La tuvieron una noche entera en comisaría. Sus padres no podían llamarla. Tuvo que desnudarse e inclinarse hacia delante con las piernas abiertas, probablemente, dijo ella, para que los funcionarios de la Stasi pudieran ver que no llevaba una ametralladora escondida en el culo.

Me convertí en una llama secundaria. Pero yo no estoy ahí para una llama secundaria. Querías conservarme, pero sin por ello renunciar a tu Apolo. Y, así, del amor ideal no quedó más que una mentira ideal. El terreno en que algún día serás auténtica todavía no se vislumbra.

Hace dos días, Hans firmó una resolución. Una resolución muy joven, de apenas unos pocos días de edad, pergeñada por músicos de rock y gente del teatro, y la firma lo ha rejuvenecido, dijo Katharina mientras tomaban el té, y ambos sonrieron en señal de acuerdo: ojalá fuera así de fácil viajar atrás en el tiempo. «La verdad debe salir a la luz. Nuestro trabajo se inserta en este país. No dejaremos que el país se quiebre», dice la resolución. Y: «No se trata de reformas que deroguen el socialismo, sino de reformas que permitan su continuación». Mientras tomaban el té, Katharina le contó también el rumor que circulaba desde hacía días en la escuela: el día de la fiesta nacional, el 7 de octubre, que está al caer, cuando Gorbachov esté en la ciudad, van a atacar el paso fronterizo de la Invalidenstrasse. El problema, dijo Hans, es que aquí la sociedad carece por completo de alma. Entonces ella sirvió más té y él, como siempre, le echó azúcar en la taza: primero una cucharilla rasa y luego media. Pero ponme *una sola* cucharada, una montaña de azúcar, sugería ella, y él, sin embargo, se mantenía fiel a ese método con tres años de experiencia acreditada, una cucharilla rasa y luego media, y decía: Ya vendrá la montaña.

El término «amor» para ti siempre estuvo hueco, como un Papá Noel de chocolate envuelto en papel de aluminio. Tu arrepentimiento es apropiado, pero me parece fuera de lugar. ¿Cómo puede uno arrepentirse de una disposición?

Hace poco estaba con Hans en su despacho y, mientras él escribía a máquina, ella hojeaba el Apocalipsis de san Juan ilustrado por Beckmann. «Mirad, viene acompañado de nubes: / todo ojo le verá, / hasta los que le traspasaron, / y por él harán duelo todas las razas de la tierra. / Sí. / Amén. Yo soy el Alfa y la Omega, / dice el Señor Dios, / Aquel que es, que era / y que va a venir, / el Todopoderoso.» A un compañero de estudios de Katharina se le ocurrió la idea de representar el

Apocalipsis el próximo verano, en la plaza de la catedral de Meissen, y le preguntó si podría encargarse del vestuario para la función. «Su cabeza y sus cabellos eran blancos, / como la lana blanca, / como la nieve; / sus ojos como llama de fuego; / sus pies parecían de metal precioso / acrisolado en el horno; / su voz como voz de grandes aguas. / Tenía en su mano derecha siete estrellas, y de su boca salía una espada aguda de dos filos; / y su rostro, como el sol cuando brilla con toda su fuerza.» Vestuario para el Todopoderoso, una tarea casi imposible. Dijo que sí al instante. «Su voz como voz de grandes aguas.»

¿Cuántos rostros tiene una mitad de año como esa? ¿Cuántas voces?

Que me hayas mentido es una cosa. Mucho peor es que te hayas mentido a ti misma. Y debes preguntarte por qué. A alguien capaz de entregarse a semejantes autoengaños solo quiero darle un consejo: que mantenga las manos lejos del arte.

II/21

«¡No tengo la culpa!» ¿Fue esa frase del tenor lo que la echó de la Ópera? ¿O la visión del público, que, como siempre, está bien vestido y perfumado, sentado en las butacas de terciopelo rojo, y en la pausa se levanta y se desperdiga y luego se vuelve a sentar en las butacas de terciopelo rojo, como siempre, eternamente, en todas las funciones que hubo, hay y habrá, perfume y conversaciones a media voz en la pausa, arañas de cristal, una copa de vino espumoso, leer el programa, y luego otra vez entrar, buscar la fila, el asiento, siempre como siempre, sentarse, levantarse, desperdigarse, sentarse, otra y otra vez, siempre y eternamente como hoy, hoy es una función invitada, mañana alguna otra función, sentarse, levantarse, desperdigarse, volver a sentarse, como si el mundo se hubiera cerrado para siempre y el teatro se prorrogara de una eternidad a otra.

Cuando dentro suena la llamada al segundo acto, Katharina ya está en la calle, Unter den Linden, luz de proyectores, justo enfrente una tribuna enorme a medio montar en la que todavía se está trabajando: armazones de metal, muros de cartón, y por encima de todo aquello el emblema del Estado: martillo, compás, corona de laurel. La estructura ha de estar terminada para las festividades del 7 de octubre, solo faltan tres días, los trabajadores corren de un lado a otro con tablones, tablas de aglomerado, herramientas, clavan, taladran, martillean sobre hierro, se llaman unos a otros, la prueba de sonido está teniendo lugar en paralelo, uno, dos, tres, ¿hola?, ¿hola?, luego de pronto música desde los altavoces, canciones de batalla resuenan de noche por la calle: «¡Dime dónde estás, dime dónde estás, y adónde vas!». Pese al fantasmal trajín, el viejo Fritz cabalga inmóvil en su monumento en mitad de la Prachtstrasse, trota hacia el este y, sin embargo, no avanza jamás. Katharina da la espalda a la tribuna, y deja también la Ópera tras de sí. Quiere atravesar la silenciosa calle, pasando por la catedral de Santa Eduvigis, hasta llegar al Arkade. Hay hombres jóvenes alrededor de la iglesia, funcionarios de la Stasi fácilmente reconocibles por sus anoraks y por la actitud de espera. El portón de bronce de la iglesia se abre, sale gente, Katharina oye el sonido de un órgano, ¿un concierto, tal vez? Entra espontáneamente, y en la parte interior de la puerta ve un papel: «Venid a la protesta pacífica de la Iglesia de Getsemaní, las 24 horas del día. Traed flores y velas». Dentro, por encima de muchas cabezas, ve a lo lejos, en el altar, un grupo de hombres y mujeres jóvenes, la música para justo entonces, una mujer da un paso al frente y dice: «Soy la semilla, y me gustaría crecer y vivir». Un hombre joven da un paso al frente y dice:

«Soy semilla y me despierto bajo espinas, la desesperanza amenaza con asfixiarme». Luego otra mujer: «Siembro esperanza en la oscuridad, pues así no vemos lo que esparcimos». Katharina comprende entonces que no se trata de un servicio religioso corriente, sino de un acto del movimiento opositor, pero todo eso le recuerda de alguna manera, sin embargo, a aquella ceremonia de la bandera en la que su compañera de colegio Christina tenía que dar un paso al frente y recitar un poema cuyo estribillo decía: «¡Soy joven, quiero vivir!». También aquí, en la iglesia, se representa un teatrillo, también aquí se congregan personas fingiendo algo para producir sentimientos y, a través de esos sentimientos, convertirse en una comunidad. Con doce años, Katharina rezó el padrenuestro en secreto durante ocho semanas, por las noches, en la cama, qué dulce la esperanza de que hubiese un dios. Pero ese dios no le respondió ni una sola vez, y entonces ella dejó de rezar. Todos nacemos pecadores. ¿Por qué, en realidad? Con el cristianismo llegó al mundo el concepto de culpa, y con el concepto de culpa también esa «abnegación rebañil» total y desmedida, como la llamó Hans una vez, que hace de las personas una comunidad. El lugar de la rabia y la ira lo ocupan, de manera muy práctica, la templanza y un amor universal y, en tiempos difíciles, la arrogancia del martirio. No, hoy Katharina tampoco aguanta ese teatro y, mientras abre la enorme y pesada puerta cuyo tamaño está en consonancia con el de la deidad pero no con el de una persona, piensa: Si no hubiese concepto de culpa, tampoco habría nada que perdonar, y entonces uno se las apañaría sin un dios misericordioso.

Hans está en el Arkade con las gafas de lectura caídas, fumando y escribiendo en su cuaderno, con una copa de vino tinto y una cajetilla de Duett frente a él, en la mesa. ¿Tan poco duró la ópera?, dice, divertido con el relato de Katharina sobre el triángulo de las Bermudas del que acaba de escapar,

274

conformado por ópera, política e iglesia. ¿Y?, ¿has visto a Ludwig en la iglesia? No, dice Katharina. Ludwig se bautizó, le contó Hans hace tres semanas. «Un circo» lo llamó él y dijo: Solo lo hace para enfadarme. Cuando Katharina dijo que al menos no se había largado al Oeste, él no respondió, únicamente añadió: Ahora por fin tiene un padre infalible. Sí, dice Hans, y apaga el cigarrillo, al viejo Fritz en su caballo obviamente todo eso le da igual. Por cierto, pregunta Hans, ¿alguna vez has mirado de cerca para ver a cuál de las figuras en torno al pedestal le cae encima la real caca del caballo? No, dice Katharina, nunca lo ha mirado de cerca. A poetas y filósofos, dice Hans, evidentemente. Y entonces se imaginan cómo sería si en la *Nueva Alemania*, bajo la columna de «Intercambio» o «Varios» apareciera un anuncio que dijera: «Un reino por un caballo». Y que en vista de las circunstancias actuales más bien debería decir: «Un caballo por un reino». No es de extrañar, dice Hans, que precisamente este verano la Springer-Presse haya decidido prescindir de las comillas en cualquier mención a la «RDA». Los diletantes del politburó lo celebran, dice, y, al mismo tiempo, lo único que significa es que para el Oeste la RDA ya ni siquiera se merece una patada en el culo. Mejor háblame de Rosa, dice.

Una semana más tarde, Katharina está con Rosa en el campo, cortando cabezas de coliflor. Es bonito estar todos juntos otra vez, ayudando en la cosecha, igual que el primer año, durante los estudios de primer ciclo. Katharina, Rosa, y también Uta, que estudia para ser diseñadora, y Robert, el escultor. En cierto modo es absurdo, dice Robert, que nosotros estemos aquí cortando pellas mientras en Berlín y en otras partes estén deteniendo a gente. Y zas, otra cabeza en la cinta transportadora. Tras los hechos del 7 y 8 de octubre, el profesor de Economía Política hizo referencia en su clase a las protestas y habló de «Contrarrevolución», y en ese momento

Katharina y otros ocho o nueve compañeros se levantaron en mitad de la clase y abandonaron la sala. Seguro que apuntaron sus nombres. Aun después de media hora seguía teniendo un nudo en la garganta: por la emoción de su propia indignación. ¿Es todo heroísmo vano? ¿Y tan solo se extingue esa vanidad cuando el heroísmo se ha de pagar con la muerte o con un grave castigo? Zas, otra cabeza. ¿Zoia Kosmodemiánskaia vana? ¿O Julius Fučík? «Vivimos por la alegría, por la alegría fuimos a la batalla, y por ella moriremos. Que no se asocie nunca, pues, la pena a nuestro nombre.» No, solo ella es vana. Una cabeza tras otra se desplazan por la cinta transportadora que colocaron en el campo en dirección al camión. Cuando uno es capaz de dejarse llevar por los sentimientos de esa manera, demuestra que no es de fiar en el plano emocional, le dijo hace poco Hans en su casete.

Por la tarde, en el lugar donde se alojan, los estudiantes de arte se sientan con los estudiantes de actuación, que de día trabajan en otra división de las cooperativas de producción agrícola y tienen que sacar pepinos medio podridos, resbalosos, de un depósito de agua, cortarlos y quitarles las semillas para la siguiente siembra. Eran unos tiparracos así, dice uno, y hace un gesto vulgar con el antebrazo bien erecto; pero ahora están podridos y apestan, y el brazo cede hacia abajo. El mero hecho de que de esa cosa todavía pueda crecer algo es asombroso, dice una de pelo oscuro y con la voz ronca y bonita. Por la tarde se sientan juntos y hablan de la huelga de hambre en la iglesia de Getsemaní, de las resoluciones que lee la gente del teatro antes de las funciones, de las asambleas, las arengas, los debates, que tienen lugar ahora por todas partes en las ciudades. Pero nosotros estamos aquí sentados en esta maravilla que es Havelland, dice Robert, el escultor. Schabowski, el responsable de la escuela de arte Weissensee, los amenazó con expulsarlos si no ayudaban como era debido en la cosecha.

Bueno, ¿y?, dice la actriz de pelo oscuro.

Pedíos una baja médica, dice el del antebrazo.

Los actores son los primeros que, una noche, intentan largarse sin más. El presidente de las cooperativas pasa por casualidad delante de ellos en la carretera nacional, los pilla y tienen que volver a los pepinos.

Pero si atravesamos los campos, dice Robert, el escultor, no nos puede pasar nada, ahí seguro que no hay nadie.

Y así, dos noches después, la blanca luna de octubre ve marchar a un grupito a través del paisaje nocturno, Robert en cabeza, seguido de Rosa, Katharina, Uta, un estudiante de diseño gráfico y un pintor.

Antes de comenzar los estudios, Robert estuvo en Kamchatka, ilegalmente, se entiende. Mientras suben por las hileras de plantaciones que en realidad deberían terminar de cosechar, les cuenta los trucos que él y sus amigos tuvieron que emplear entonces para lograr atravesar toda la Unión Soviética hasta esa península, más alejada aún que Japón. Una vez se pusieron sus camisas de la Juventud Libre Alemana y se hicieron pasar por una delegación de la Amistad, otra vez uno tuvo que comprar billetes hablando en perfecto ruso, otra vez recorrieron cuatrocientos kilómetros haciendo autostop. Ese viaje fue una aventura, pero nada comparado con la aventura que tienen ahora ante sí.

El diseñador gráfico estuvo el 8 de octubre en la Schönhauser Allee. Al camarada de la policía del pueblo le cantamos «La Internacional» en las narices antes de que nos detuvieran, cuenta. Tras una noche en prisión lo dejaron en libertad. «Agrupémonos todos en la lucha final. El género humano es "La Internacional".» También en el entierro del abuelo de Katharina, el brigadista, sonó «La Internacional». Y mientras dos años atrás, en mayo, ella y Hans hacían el amor en el cubo de nueva construcción, aquella triste orquesta de viento ensayaba bajo su casa: «Agrupémonos todos». Katharina recuerda también aquel canto desprovisto de alma en el encuentro de la Juventud Libre Alemana por Pentecostés, medio año atrás. Un canto desalmado. De despedida. Ahora, esa fuerza explosiva aún inherente a esa anticuada canción ha vuelto a despertar. ¿Acaso no deberían alegrarse los revolucionarios de antaño?

Y eso que solo nos sabíamos el estribillo, dice el diseñador gráfico, pero bastó más que de sobra.

La reacción del Gobierno ante los disturbios fue violenta, pero al menos hasta ahora no ha habido disparos, piensa Katharina. ¿Quizá precisamente porque los llamados contrarrevolucionarios se acercan a esos viejos idealistas como si fueran su propio reflejo rejuvenecido? El paso del tiempo. Qué extraño, piensa Katharina, que el paso sea también un traspaso.

Los policías eran de verdad viejos nazis, dice el diseñador gráfico.

Como en todas partes del mundo, probablemente, dice Robert.

Pero aquí debería ser distinto, dice el pintor.

Por los campos nocturnos caminan esos seis desertores, por el bosque nocturno. Norte, sur, oeste, este, la luz de la luna les basta para encontrar su camino con ayuda de una pequeña brújula infantil que Rosa llevaba por casualidad en la mochila.

A veces se quedan en silencio, y luego retoman la conversación.

Me gustaría ir a Marruecos, dice Robert. Ver aquella luz.

O al altar de Isenheim, dice el estudiante de diseño, que tras ser detenido había tenido que pasar una noche de pie, con la cara hacia la pared.

Caminan, se agachan bajo las ramas, rozando a un lado la maleza.

Qué raro, dice Robert, siempre quise ir a Marruecos, pero al Oeste no.

Bueno, dice Rosa, es que la luz de Duisburg o Hannover...
Deja la frase sin terminar y resopla despectivamente por
la nariz.

Una vez tuve un novio de Berlín Occidental, dice Uta.
Pero aquello no duró mucho, el cambio obligatorio de divisas
le resultaba demasiado caro.

Me pregunto, dice el pintor, por qué ha de ser tan difícil
un gobierno de repúblicas soviéticas.

¿Es siempre así? ¿Que todo aquel que hace la revolución
tiene su propia razón para hacerlo? ¿Y que solo desde fuera
parece como si todos los insurrectos estuvieran unidos?

Si sencillamente nos la dejaran hacer, dice el pintor, el Oeste sí tendría entonces algo de lo que realmente maravillarse.

Rosa coge de la mano a Katharina. Y Katharina le dibuja
pequeños garabatos con el índice en la palma de la mano. Y luego
Rosa le dibuja garabatos a Katharina en la palma de la mano.
Es excitante, una mano desnuda sobre la otra.

Más adelante, Uta le cuenta a Robert cómo fue aquella
vez que ocupó su apartamento, un apartamento de vieja construcción deshabitado, una tercera planta que daba a un patio
trasero, con el retrete medio tramo de escaleras más abajo,
pero con dos habitaciones. Su prima, que trabaja en la Administración Comunal de la Vivienda, le dio este consejo: pegar
un pelo al resquicio de la puerta, observar durante unos días
si el pelo todavía sigue ahí, o sea si alguien entra o sale, luego
forzar la puerta, preguntarles a los vecinos cuánto pagan de
luz y alquiler, transferir el dinero correspondiente a la cuenta
de la Administración, y después de dos o tres meses exigir un
contrato de alquiler. A ella de verdad le funcionó.

Katharina como mucho podría contar aquella vez que a
los once años, durante las vacaciones de verano, bajó en secreto por la ventana de la dacha de Ralph para encontrarse con
su amiga del pueblo en la pasarela del embarcadero y beber
mosto sin alcohol.

Lo único es que el piso no puede ser demasiado grande, o sea, o dos habitaciones con baño exterior, o una habitación con baño interior.

Durante algunas horas, los jóvenes avanzan a oscuras, a veces por el barro, a veces por la hierba, a veces entre los árboles. Ya hace tiempo que ninguno de ellos piensa más en las cabezas de coliflor de la economía política socialista con las que sus manos tenían un contrato. ¿Será ahora de verdad inminente el comienzo de un nuevo mundo? Pronto habrán llegado a Rathenow, desde allí sale, a las 4.37, el primer tren a Berlín vía Potsdam.

II/22

No sé si le debo este esfuerzo tonto, inmenso, tan serio, a nuestra relación, pero en todo caso me lo debo a mí mismo.

Apenas regresó de Havelland, Hans le pasó por encima de la mesa, en el café donde se reencontraron, el sobre de papel marrón con el nuevo casete. Qué bien encontrarse con Anne camino del tranvía. Qué bien que ya no estudie en Rostock, y que desde septiembre esté aquí de vuelta en Berlín. ¿Cocinamos juntos? Qué bien que en casa de la madre y de Ralph siempre haya un aperitivo a las cinco en punto. La madre y Ralph toman dos o tres copitas de coñac, a Katharina por lo general le sirven licor de cereza. Luego se pasa por casa de Sibylle, por desgracia en vano, qué pena, podría haberse imaginado que no estaría allí. A última hora de la tarde, en el trayecto de vuelta a casa, en la parte de la Schönhauser Allee donde el metro circula por la superficie ve velas encendidas en las ventanas, símbolo de la solidaridad con aquellos que exigen reformas políticas. En las últimas semanas, Hans se reía de esa costumbre subversiva, pensando lo típicamente alemán que era poner en escena una revolución tan a la Biedermeier. Por un momento pasa ante sus ojos también la iglesia de Getsemaní, donde los amigos de Katharina están citados esa tarde para hacer la revolución.

Katharina, sin embargo, se sienta por séptima vez con los cascos puestos, en su casa, y escucha lo que Hans le dictó en el casete.

Cara A. Cara B. Sesenta minutos.

Las desdichas de este verano no deberían habernos pasado.

El barco pega bandazos, hay muchedumbres en movimiento, solo allí donde Katharina está sentada frente a su radiocasete no penetra ruido alguno, no penetra bandazo alguno, ni gritos ni exigencia ni indignación, no se discuten propuestas sociales, allí todo está totalmente tranquilo, allí Katharina está sentada con los cascos puestos.

Las desdichas de este verano no deberían habernos pasado.
Los reveses que venimos sufriendo desde abril han tenido sobre todo que ver con tu estado interno.
Que nos sintamos del mismo modo demostró ser una ilusión, y esa ilusión quedó especialmente patente hace año y medio, cuando tu engaño salió a la luz.
Pero también ahora demuestra otra vez ser una ilusión, aunque de manera distinta.

Katharina atravesó la excitación de ese día como si atravesara el viento, un par de frases flotan aún en su cabeza como un eco distante de todo cuanto ocupa a los demás en esa época. El estudiante de pintura le leyó esa mañana, en el tren de vuelta a Berlín, un manifiesto que llevaba en el bolsillo interior de su cazadora de cuero: «Estamos decididamente en contra de que la represión del politburó se sustituya con explotación capitalista. ¿Por qué no iban a funcionar también entre nosotros la cogestión en la empresa y la autogestión de los trabajadores tal y como se está ensayando en la URSS?». Autogestión de los trabajadores, piensa Katharina, pero ya ha vuelto a olvidar la palabra.

Tal y como me das a entender ahora, las vacaciones de verano de este año te resultaron pesadas. O sea que de ahí venía esa discordia latente encubierta a base de esfuerzo. Ahora he de desear volver a nuestro último año, el año de la catástrofe, en que estábamos tumbados en nuestra arboleda y tú aceptabas cada uno de mis deseos.

Cogestión, piensa Katharina, y la palabra ya se ha ido otra vez flotando. ¿Será posible conservar lo bueno y arrancar lo malo de un tajo?, le preguntó hoy Anne. ¿Qué debería responderle ella a eso? «El socialismo ha de adoptar ahora una forma propia y democrática, pero no puede perderse.» Eso dice el papel que firmaron la madre de Katharina y Ralph y que le mostraron durante el aperitivo. «En la búsqueda de formas de convivencia humana viables, la humanidad necesita alternativas a la sociedad de consumo occidental. El bienestar no puede aumentar a expensas de los países pobres.» Su madre estaba muy emocionada, como si la joven fuera ella y no Katharina.

Más felices en el año de la catástrofe que ahora, ¿qué significa eso para nuestro futuro?

Formas de convivencia humana viables, piensa Katharina, piensa: Lo bueno, piensa: Lo malo, y ya no piensa nada más. Muy al principio, en su primer medio año con Hans, cuando todavía vivía con su madre, el silencio de las tardes en las que ella y Hans no podían verse se le antojaba como algo que los unía, pues estaba colmado de pensamientos sobre el otro, ahí estaba ella en su cama de latón, escuchando atentamente el silencio en dirección a él, y ahí estaba él, o eso esperaba Katharina, sentado en su mirador, escuchando atentamente en dirección a ella, y cuanto más profundo era el silencio entre ellos, más bonito le parecía a Katharina, pues más cosas por decir contenía.

Ahora Hans le habla, pero en realidad está cenando con su familia. Y cuando Katharina aprieta el botón de *stop* del radiocasete, el silencio no es más que la ausencia de cualquier tipo de ruido. ¿Oirán aún los muertos bajo tierra, por ejemplo, cómo pasa un tranvía junto al cementerio? ¿O a un perro ladrar?

Katharina coge su llave y algo de calderilla, baja hasta la cabina de teléfono, introduce veinte céntimos, marca el número de su madre y pregunta: ¿Me dejé ahí la cazadora? Pregunta: ¿Cuál era el número del dentista? Dice: El domingo voy a estar por ahí cerca, ¿te parece si voy a comer?

Y la madre dice: Niña, me estás preocupando.

II/23

Hans acompaña aún a Katharina hasta casa de Rosa, la despide con un beso y un abrazo y le dice: Pásalo muy bien.

Tres pisos ha de subir Katharina hasta llegar al de su amiga.

Rosa le abre la puerta, la saluda con un beso y un abrazo y dice: Qué alegría que estés aquí.

Luego vuelve a la cocina, todavía le faltan por cortar rápidamente las hierbas, Katharina se apoya contra el marco de la puerta, ¿te ayudo?, no, no. Rosa corta y habla y mira entre una cosa y otra a Katharina, se detiene, Katharina ve el cuchillo en la mano de Rosa, y Rosa mira a Katharina. Katharina da un par de pasos hacia su amiga, se queda plantada cerca de ella, mira fijamente a Rosa y Rosa a ella, ninguna de las dos habla, con la mirada clavada la una en la otra Katharina le saca el cuchillo de la mano y lo aparta, hunde la cabeza en la curvatura que hay entre hombro y cuello, y exhala un leve soplo de aire caliente antes de morder a su amiga, pero la amiga la agarra por el pelo, le aparta la cabeza y dice: ¿Sabes que a veces te odio porque sigas con Hans? Sí, dice Katharina, lo sé. Y entonces se vuelven a desplomar. Ya en el pasillo, primero caen al suelo y luego van dando tumbos hasta el dormitorio, el árbitro cuenta hasta cincuenta mil, pero ninguna de las dos quiere levantarse ya nunca de esa lucha en la que no hay victoria ni derrota. Durante una noche entera respirar y tender la piel a la respiración de la otra, ¿o es la propia piel? Durante una noche entera recorrer con la lengua los dientes de la otra como si fuera una dulce valla, con las manos, los labios y la lengua sondear rincones oscuros y húmedos, durante una noche entera escuchar los sonidos que emergen de la boca de la otra, ¿o acaso es la propia boca? Conocer a la otra como a una misma. Abrir un ser de carne y hueso a base de carne y hueso, como con una llave. Ser una.

A dos manzanas de distancia, el cruce del paso fronterizo de la Bornholmer Strasse dura también una noche entera.

Y por la mañana, mientras desayunan, escuchan la radio.

Y en la parada del tranvía se encuentran a Sebastian, el exnovio de Katharina, leyendo, tiene una revista abierta en las manos, pero cuando Katharina lo saluda él no responde, apenas alza la vista por un momento, sacude *Der Spiegel*, como si fuera un instrumento de prueba del increíble suceso, y balbuce: ¡Me la acabo de comprar en un quiosco de Berlín Occidental! No dice nada más, y se limita a hundir otra vez la vista en esa revista occidental, sin subir tampoco al tranvía.

Y cuando llegan a su clase de Historia del Arte, ahí está el viejo catedrático que sabe más sobre la puerta de Istar de Babilonia que cualquier otra persona del mundo y que no podría ni hacerle daño a una mosca, golpeándose el pecho y acusándose a sí mismo de no haber alzado la voz lo bastante alto contra la injusticia. Pero ese caminar en la cuerda floja, dice él, no se lo impuso principalmente la dirección del Partido sino sus propios padres. Mi madre, le grita a los estudiantes, que en su mayoría solo están esperando a que termine la clase para poder ver al fin con sus propios ojos el Oeste, mi madre, grita él, ¡renegó de mí cuando me indigné porque expatriaran a Biermann! Me maldijo, y yo tomé nota de su maldición, pero no intenté reconciliarme. Ese era mi castigo por caminar sobre la cuerda floja.

Me alegra, dice, pero en ese momento parece más agotado que alegre, me alegra poder derribar ahora la lengua de los esclavos.

Y me entristece ver que mi pueblo se cae al precipicio sin poder sujetarlo yo por una cuerda.

Ahí saben que es verdad.

II/24

Como si toda fuerza se hubiera agotado definitivamente, Hans y Katharina se pasan enero, febrero del 90 sentados tranquilamente y sin decir nada en el apartamento de Katharina. Hans en el viejo sillón de cuero, con las gafas caídas, hojeando algún que otro libro, con un jersey de lana oscuro como si ahí dentro no hiciera mucho más calor que fuera, fumando, sacudiendo la ceniza, tosiendo para sí. Katharina, en su mesa de trabajo, debería estar dibujando bocetos de escenografías, pero no dibuja ninguno, y en su lugar piensa en el sueño que tuvo anoche. Una casa de varias plantas, cortada por la mitad, con la parte trasera derrumbada, ella está en el primer piso, junto a la ventana, en una habitación cortada por la mitad, con la espalda hacia una pared que ya no existe, abajo, frente a la casa, está Hans. Hans rodea la casa y sacude el muro que se ha conservado para examinar su estado. Al sacudirlo se va desmoronando cada vez más, y alrededor de Katharina la casa se va volviendo más y más ruinosa, más pequeña, a Hans le caen ladrillos en la cabeza y, sangrando, alza la vista hacia Katharina, que, pese a todo, no se mueve, ni tampoco es capaz de decir nada. Una palabra y el suelo se hundiría bajo ella. ¿Acaso él no lo sabe? Una fría corriente de aire atraviesa esa casa partida por la mitad, el enyesado le va cayendo por el pelo, y más tarde también pedazos más grandes. Como eso siga así, pronto acabará hecha polvo por aquello que habitó. Finalmente se echa a reír a carcajadas. En el sueño. En la realidad no ríe, y Hans tampoco. En la realidad sencillamente están sentados ahí, tranquilamente, cada uno a lo suyo, en enero del 90, en febrero del 90, sentados ahí por toda la eternidad.

Ahora, ensalada *niçoise* para siempre. Tres semanas desde la caída del Muro tardó Katharina en ir por primera vez a Berlín Occidental. Hans la invitó a su local favorito en la Savignyplatz. Del otro lado, bajo los arcos del tren urbano, hay una librería de arte, venden Balthus, el señor de los gatos, un grueso álbum con reproducciones suyas a color y en papel de impresión artística de buena calidad, naturalmente inasequible. Ochenta marcos alemanes por un libro, que al cambio son seiscientos cincuenta marcos del Este, más de lo que cobra un cajista en un mes. Si quiere ver a Balthus, siempre puede volver aquí a hojear el libro, ¿o no? Después de que abrieran el Muro, ni a ella ni a Hans ni a sus padres les pasó por la cabeza recoger el llamado «dinero de bienvenida» que el Oeste pagaba a esos hermanos y hermanas suyos que acudían en masa y con ansias de consumo: cien marcos alemanes. Nos quieren echar el cebo, dijo su padre, y así lo ve ella también.

El dinero de bienvenida evidenció gráficamente, como si de papel tornasol se tratara, las carencias de la economía política socialista a ojos de cada ciudadano de la República Federal. Desnudó a los ciudadanos de la RDA, para que cualquiera pudiera visitar los deseos y anhelos que albergaban. Y quienes guardaban cola frente a los bancos federales pocos días después de haber caído el Muro ni por un segundo habrían pensado que al mismo tiempo que mercadeaban consigo mismos estaban mercadeando con su propio país. Qué cosa más barata, dijo Hans, y sin el más mínimo ápice de alegría se rió de aquello como quien se ríe de un truco de magia malo.

Solo Sibylle discutió con Katharina, calificó su postura de arrogancia, claro, a ti tampoco te hace falta, ya estuviste en Colonia, tienes familiares en el Oeste, tienes a tu Hans con su pasaporte. Cuando Katharina se lo rebatió con la palabra «dignidad», Sibylle únicamente se rió. ¿Acaso soy indigna?, dijo Sibylle, ¿por alegrarme con un par de zapatos originales? Sí, dijo Katharina instintivamente. Pero puede que Sibylle también tenga razón, y que sus propias compras en la Schildergasse de Colonia, hacía dos años, no hubieran sido distintas de las compras de todos aquellos para los que apenas ahora se ha abierto la frontera. Por eso, en lugar de responder se limitó a encogerse de hombros.

Tres semanas tardó Katharina en recoger el sello necesario para cruzar la frontera. Ahora es ella quien está en la tienda con una X bien grande, de la que Hans le traía de vez en cuando cómics eróticos, Gwendoline y demás. A este Hans que se mueve por el Oeste como pez en el agua lo conoce por primera vez en ese paseo. Kantstrasse, Café Kranzler, Iglesia Memorial. Le viene a la cabeza su propia excursión desde el andén 3 hasta el vestíbulo de la estación de Tiergarten, cuando nadie podía saber que estaba ahí y temía perderse a sí misma. Hans señala el Hotel Frühling am Zoo, y dice: Ahí me quedé una vez. El letrero en neón verde, y el edificio de una anchura de diez pasos. ¿Por qué te quedaste en un hotel en Berlín Occidental en lugar de ir a casa? Porque era práctico, dice, y me lo pagaban los organizadores de la lectura. Hans conoce bien ese lugar del que ella no es. Tres semanas tardó Katharina en poner los pies en esa parte de la ciudad que, de la noche a la mañana, apareció junto a los barrios con los que está familiarizada. El extranjero en el cuerpo de la ciudad que a uno le es propia, mismo nombre, mismo idioma, los edificios incluso parecidos y, sin embargo, una ciudad extranjera. Un segundo corazón, un doble latido, uno de más.

Hans en el viejo sillón de cuero, fumando. Ahora siempre Dunhill azules, los venden en cualquier esquina del Oeste. En esas tiendas que hacen esquina puede que haya un perro atado, o que en el pavimento de la entrada haya una botella de cerveza rota en pedazos, dentro puede que no haya más que caramelos, chocolate, café, cigarrillos, billetes de lotería y periódicos y, sin embargo, hasta en esas tiendas de lo más normalitas hay un inconfundible olor a Oeste. La mitad de la ciudad en la que si uno tiene el dinero adecuado puede comprar de todo en todas partes es, por oposición a la otra mitad que Katharina conoce a fondo, desde el primer y hasta el último metro cuadrado y peor barrio, el *summum* del ennoblecimiento. La casa de Katharina está del lado equivocado. No a ojos suyos, pero sí a ojos del mundo, que de pronto se concentran en ese país que durante veintiocho años ha estado escondido a socaire de un muro. Al abrirse este, su presente en este mundo se desgarró, como violentamente succionado, en los primeros días le parecía escuchar, literalmente, cómo volaba el tiempo. ¿Voló el presente hasta nunca jamás? ¿Y qué queda?

¿O podía servir la casa de su sueño, partida por la mitad, como escenografía para *Las ratas*? En enero, febrero del 90

Hans está bien hundido en el sillón, fumando, tosiendo de cuando en cuando, y Katharina está sentada a la mesa, sin dibujar. A finales del pasado noviembre, Christa Wolf, escritora y colega de Hans, lanzó junto con otros artistas el manifiesto «Por nuestro país». «Todavía tenemos oportunidad de desarrollar, en términos igualitarios con los demás Estados de Europa, una alternativa socialista a la República Federal. Todavía podemos recordar los ideales antifascistas y humanistas de los que antaño partimos.» ¿Por qué no firmaste? Porque ya no tiene sentido, dijo Hans. ¿Y la mesa redonda? Bonito mueble. ¿Y el nuevo Gobierno que se elegirá en marzo? Solo para disolverse a sí mismo. Ahí está sentado Hans, ahí está sentada ella, en enero, en febrero del 90, y en la estantería está el diario que escribió para él y le entregó en su último encuentro del pasado año. Cuando se lo dio, Hans se conmovió hasta las lágrimas, y lo leyó cuidadosamente de principio a fin: «Por Navidad me sorprendiste con un maravilloso árbol colocado y decorado en la habitación, es plano como una platija y las piñas y bolas de colores cuelgan todas de un lado». Tiempo ahora conservado para siempre. Sin embargo, después de leer el cuaderno se lo devolvió, igual que todos los demás regalos que le había hecho en el último año. Ya hay una balda entera en casa de Katharina llena de las cosas que construyó para él, los bocetos que dibujó para él y los detallitos que compró para él. En el apartamento conyugal, como es evidente, no hay sitio para todo eso, y en el caos de su despacho podrían perderse todas esas cosas bonitas.

A veces Katharina lo recibe con una tarta casera, a veces cocina para él, o incluso lo recibe con medias negras y tacones altos. A veces, pese a todo, ella no quiere, a veces él ni siquiera lo intenta.

Y entonces se sientan.

Ya nunca, piensa Katharina, podremos interactuar de manera justa. Y, al mismo tiempo, quizá no fuera tan difícil la convivencia entre ambos, entonces se despertarían juntos temprano, verían las negras ramas del castaño contra el cielo gris de la mañana, trabajarían en la cocina durante el desayuno, la comida y la cena, comerían juntos, y entre una cosa y otra leerían, dibujarían y escribirían, y al ocaso volverían a mirar el árbol como una silueta frente a la ventana, poco antes de caer la oscuridad.

Pero lo único que hacen es estar sentados, más o menos rato.

Después de esas sentadas, Hans se marcha y ella se queda.

Con una sensación de desolación comenzó el año para Katharina, con una sensación de desolación continuó. Enero, febrero. Hans pasó Nochevieja con su familia, Rosa con la suya en los montes Metálicos, la madre de Katharina con Ralph en Rügen, el padre en Leipzig invitado en casa de un colega, y Sibylle sencillamente olvidó que le había ofrecido a Katharina celebrarlo con ella y con su nuevo amante, Rico. Solo cuando Katharina la llamó desde el apartamento vacío de los padres para preguntarle a qué hora exactamente debía ir hacia allí, recordó Sibylle la cita. Pero puedes venir igual con nosotros. No, da igual. De camino a casa se encontró con Ruth en el tranvía, que iba junto a unos amigos y se la llevó consigo. Como una hija adoptiva comió Katharina en aquella mesa extraña sin saber si debía reír o llorar ante el plato y los cubiertos que aquellos anfitriones colocaron para ella con total cordialidad. A medianoche vieron los fuegos artificiales en la puerta de Brandeburgo desde el tejado. Las numerosas salvas y petardos sonaban como pisadas de caballo, ¿cabalgaría la cacería salvaje a través de esa frontera que se estaba disolviendo? Katharina nunca había empezado un año con semejante incertidumbre. ¿Seguirá con Hans dentro de un año? ¿Seguirá siendo su país el suyo dentro de un año?

Katharina ha colocado sobre el aparador un bote de un azul vivo con limpiador Pulax, en febrero se lo enseña a Hans. Al lado, un paquete de pastillas de encendido para la parrilla, una caja de cerillas y una caja de chinchetas, y alimento infantil «Para todas las semanas y meses» y detergente Spee. En otra balda inferior del aparador hay jabón, pasta de dientes, leche en polvo, té, solución salina Emser para la nariz. Con chinchetas clavó a la pared una bolsa de compra de papel de estraza marrón en la que figura una inscripción con letras blanquecinas: «¡La buena compra a gusto se compra!». Al lado, una bolsita de Backstolz y un posavasos del Café Ecke Schönhauser: «¡La Cámara de Comercio le desea una agradable estancia! División Comercial de Prenzlauer Berg». Exposición de despedida de la RDA, llama Katharina a su instalación. Realmente perverso, le dice a Hans, enterrar algo exhibiéndolo. Solo mientras toman café se da cuenta de que Hans está alicaído. Van a «reestructurar» la emisora, eso dicen, pero Hans no quiere hablar de eso. Él la mira serio, ella lo mira seria. ¿Estamos al final de nuestro amor? ¿Por qué no puede parecer seria? Cuando hace poco le explicó: Si estoy bajo presión necesito que salga de ti ser tierna conmigo, ella sacudió divertida la cabeza frente a él, y también eso lo molestó. Lo único que quería decir ella con eso es que tenía su propia vida y su propia voluntad. ¿Estamos al final de nuestro amor? Katharina ve su cara destrozada este enero, este febrero, pero no puede ayudarlo. A veces Hans se retira el pelo de la frente una y otra vez en la dirección equivocada, sin darse cuenta. En la frutería se pasa media hora buscando col rizada congelada, pero si aquí no tienen, ya lo ves. Pero él necesita sí o sí col rizada congelada en ese momento. Da tres vueltas más por esa tiendecita cuya totalidad se ve a simple vista. ¿Estamos al final de nuestro amor?

En los últimos tres meses, las manifestaciones del lunes en Leipzig no estuvieron ni de lejos tan concurridas como en tiempos previos a la caída del Muro, y donde al principio las pancartas pintadas a mano aún decían: «¡Somos el pueblo!», desde diciembre figura cada vez más el lema: «¡Somos *un* pueblo!». Tiene lugar un movimiento grande y lento. A veces, cuando Katharina está sola en su apartamento, se apoya contra el marco de la puerta o junto a la ventana, y llora, porque sus pensamientos ya no saben adónde ir. Donde antes había una perspectiva, ahora todo se enreda en una maraña inabarcable de posibilidades. Aquello que era familiar está a punto de desaparecer. Lo bueno igual que lo malo. Y también lo deficiente, que a Katharina le gusta, quizá porque es lo que más se acerca a la verdad. En lugar de eso, la perfección pronto hará su entrada, y disolverá o se apropiará de aquello que no pueda soportarla: desde la ropa cosida a mano hasta los edificios ruinosos de Prenzlauer Berg, desde el pavimento agujereado de las calles hasta las palabras para cosas que ya nadie necesitará. Las superficies lisas, inmaculadas, empujarán hasta el olvido los pensamientos de todo lo perecedero. El pan sabrá distinto, por las calles pasará gente extranjera por negocios extranjeros, conducirá coches extranjeros, con dinero extranjero en el bolso. Los barrios en los que hasta ahora Katharina se sentía en casa ya nunca serán tan tranquilos ni estarán tan vacíos como los ha conocido toda su vida. Ya ahora en los barrios del Este empieza a oler distinto, berlineses occidentales hasta arriba de perfume visitan las calles nombradas en honor al presidente proletario de la RDA Wilhelm Pieck, el dirigente comunista búlgaro Dimitrov, el presidente comunista del Consejo de Ministros Otto Grotewohl: nombres que no les dicen nada. Utilizan el adjetivo «gris» para describir la parte de la ciudad en la que no hay vallas publicitarias. En cambio, cuando Katharina se mueve por el Oeste, se siente como una copia mala de las personas que viven allí su día a día, se siente como una estafadora, en constante peligro de ser desenmascarada. Con sus ojos, que en la otra mitad de la ciudad son ojos extraños, ve cómo en las tiendas de la parte occidental toda necesidad concebible recibió hace tiempo un producto por respuesta, la libertad de consumo le parece como una pared de goma que aparta a las personas de los anhelos que trascienden sus necesidades personales. ¿Será ella también pronto nada más que clientela?

Katharina está sentada a la mesa, Hans en el sillón, enero, febrero del 90, Hans hojea *Madre Coraje* de Brecht, escucha esto, dice, Madre Coraje está agachada junto a su hija muerta, la muda Kattrin, y le canta una nana. Hans fija la vista al techo y le canta de memoria a Katharina la nana, sin tener que mirar ni una sola vez el libro.

«No duerme, tiene usted que verla, ahí está.»

Ese aspecto suyo de niño, cantando así, con ese hilillo de voz. Esos pelos suyos, en todas direcciones. Esa manera que tiene ella de quererlo aún, más que nunca, quizá.

No me falta mucho, dice Hans, para llegar a la edad que tenía Brecht cuando murió.

II/25

Ahora todo se desmorona. Algunas cosas colapsan, otras se desintegran, otras resurgen. Hans recuerda haber echado una ojeada a través del microscopio de Ingrid: moléculas calentadas en un método probatorio, algunas se mueven a toda velocidad, algunas flotan, algunas se tambalean. La cuestión, dice Ingrid, es solo qué forma adoptará todo eso cuando se vuelva a transformar en materia sólida.

Esa es la cuestión, pero solo hasta el 18 de marzo.

El 18 de marzo tienen lugar las elecciones anticipadas a la Cámara Popular.

El primer Parlamento elegido libremente decidirá disolverse: tal y como lo predijo Hans. Pues cuando, y entonces, y si no, y si, una cosa sigue a la otra, una cosa precede a la otra, y eso no es, y eso ya no, y finalmente, y por fin, por último, mucho antes, todavía no, demasiado tarde, hay que, debería, demasiado, de otro modo imposible, insensato. Hasta abril, ambos Estados todavía hablan a veces de «cooperación», después ya solo de «adhesión». De pronto el tiempo es un corsé de hierro.

Aquello que hasta hace poco se movía a toda velocidad, flotaba, daba tumbos, es ahora una masa disponible para consideraciones cuyo sentido y origen se desconocen en la parte oriental del país. El resurgimiento que hasta hace poco todavía estaba en contradicción con el orden vigente del Este ahora pronto estará en contradicción con el orden del Oeste que está por venir.

Las personas que en invierno y a comienzos de primavera vivieron el éxtasis del empoderamiento, ahora, en lugar de forjar conceptos aún inexistentes, tendrían que estudiarse el boletín legislativo de la República Federal.

En lugar de debatir quién dirigirá a partir de ahora este u otro departamento, o esta u otra brigada, tendrían que enterarse de qué es una sociedad limitada o el régimen de fundaciones de la República Federal.

En lugar de alegrarse al fin por votaciones de la democracia de base sobre esto o lo otro, tendrían que comprender cómo funciona un Estado en el que cada estado federado tiene sus propias finanzas.

Y todo eso en el plazo de seis meses.

Pero esas personas no saben que tendrían que hacer eso.

En la escuela aprendieron lo que significa la propiedad privada de los medios de producción, lo que significa que una sociedad funcione conforme a los principios de la economía de mercado, pero jamás se lo aplicaron a sí mismos. Si sus instituciones y, por ende, sus lugares de trabajo han de sobrevivir al otoño, las personas correspondientes tendrán que tener un pasado distinto al que tienen, tendrán que ser distintas a como son, tendrán que volverse aquello que no son.

Todo lo que tendrían que hacer no lo saben, no lo quieren, se escapa a su poder.

En mayo, circula por la radio un rumor de que a partir de agosto ya no se pagarán más salarios a los autónomos fijos. Hans se sienta y escribe una carta a Katharina: ¿Alguna vez te ha gustado realmente acostarte conmigo?

En junio se encuentra en las escaleras del edificio de la radio con su exnovia Sylvia, que ha fundado una nueva emisora junto con su colega Bernd. Llevan emitiendo desde principios de mes. ¡Ya no estamos obligados a rendirle cuentas a nadie! Podemos hacer sencillamente lo que nos da la gana, imagínate: ¡cuatro horas hablando sobre la caza de osos en el norte de España! Hans se lo imagina, asiente y se despide.

A finales de junio, por el día de Leibniz, Ingrid forma parte de los mil manifestantes de la Academia de las Ciencias de Berlín Oriental. Si el Estado que hasta ahora lo mantuvo deja de existir, no queda para nada claro quién financiará el enorme centro de investigación, con sus sesenta institutos y veinticuatro mil trabajadores. Por la tarde, Ingrid está sentada en la cocina llorando. Solo han pasado siete meses desde que fue por primera vez en su vida a una manifestación, para protestar en Alex, junto a otro millón más de manifestantes, por el decrépito Gobierno de la RDA. Hans no había ido. No te entiendo, le había dicho ella por la tarde, ahora sí podríamos al fin cambiar algo. Pues nada, cambiadlo, había sido la respuesta de Hans. La protesta de hoy, en cambio, hasta a Ingrid le resulta ridícula, pues está abocada a la nada. ¿A esto sabe la libertad? ¿A que ya no haya un adversario que tenga nombre? Le está agradecida a Hans por no decir nada. Hans recoge los platos de la cena en silencio y le acaricia la cabeza. Dos días faltan aún entonces para la unión monetaria.

En tiempos del nazismo, incontables escritores, desde Bertolt Brecht hasta Thomas Mann, abandonaron su patria. Ahora es al revés: la patria lo abandona a él, sin que él se mueva de su sitio. Recuerda su balancín, que quizá esté aún en la oscuridad de un sótano ahora polaco. Recuerda su camisa de las Juventudes Hitlerianas, cómo vuela, arrojada por el padre, por encima del muro del patio trasero colindante. Recuerda su llegada al paisaje de escombros de Mannheim. «La férrea Mannheim resiste.» Recuerda los cadáveres del campo de concentración de Bergen-Belsen, empujados por una excavadora. Recuerda al padre, que reniega de él al despedirse. Recuerda la esquina de Stalin en el Audimax de la Universidad Humboldt, silenciosamente candente, y recuerda cómo se agachó frente a la radio cuando la SFB retransmitía el discurso de Jruschov. Madre, ¿por qué nos tiran tierra a los ojos? Recuerda cómo, tras la muerte de Brecht, se había hecho al principio con una de las codiciadas máscaras funerarias de yeso del maestro, pero luego, igual que todos los demás cazadores de reliquias, tuvo que devolvérsela a Weigel. En el patio, Weigel tiró a una pila las copias ilegales de la cara de su marido que se habían recopilado y ella misma las partió a golpe de hacha. Todo eso recuerda cuando, a finales de junio, se pasea por última vez con dinero de la RDA en la cartera por unas estanterías casi vacías, aquí queda un jersey, allá un solo jarrón, más allá un feo par de zapatos de producción estatal. Ni que hubiera habido una guerra, oye decir a una señora. Hay carteles publicitarios pegados a los escaparates, colocados del revés adentro, que dicen:

En la tienda de discos que hace esquina con la Leipziger Strasse adquiere, por el irrisorio precio de un marco del Este, un disco de Ernst Busch con canciones de Fürnberg. Se lo lleva a Katharina y lo escuchan juntos.

Cuando a última hora de la tarde vuelve a casa, encuentra en la mesa de la cocina un periódico en el que Ingrid le resaltó un artículo. Lee:

Libros por valor de 240.000 marcos a la basura
La librería popular Karl Marx liquidó este miércoles sus existencias. Fue preciso vaciar el almacén para albergar el nuevo surtido, dijo el encargado. Ni a títulos de renombre se pudo dar ya salida. Así, toneladas de libros quedaron a merced del servicio de recogida de basuras.

Y luego llega ese fin de semana en que la ciudad y el país contienen la respiración. Todas las tiendas, como si quisieran dormir, taparon sus escaparates.

II/26

«Venecia es como una piel que uno viste», escribe Katharina a Hans, «con cada paso que uno da, con cada mirada, la ciudad se transforma, como si respirara.» En el anverso de la postal se ve un fragmento de una pintura de Tiziano. En él aparece la Virgen con su hijo, así como varios santos, junto con un comandante y su familia. Todos los mortales se afanan por presentarse con dignidad y humildad ante la madre de Dios, solo un muchacho adolescente mira serio y vigila al pintor que ha dispuesto eso. Mira desde el cuadro hacia el mundo de Tiziano y anuncia así su propia presencia a la ficción.

«Ver Venecia y morir.» Ayer, al subirse al tren, la línea blanca no fue más que una línea blanca, ningún aviso por megafonía advirtió del paso fronterizo, y fuera, en la pasarela que había frente a la pared de cristal que daba al Oeste, no había siluetas patrullando. Esta vez, Hans pudo despedirse de Katharina directamente en el vagón. Qué extraño, piensa Katharina, que precisamente antes de este viaje la hayan visitado todos sus amigos o se los haya encontrado de casualidad por la calle. También a aquellos a los que hacía tiempo que no veía. Y su madre casi lloró al despedirse la víspera por la tarde. Pese a todo, Katharina estará ya de vuelta en una semana. Todavía recuerda bien cómo en el trayecto a Colonia miró por la ventana en la estación de Tiergarten, de incógnito, desde la ventanilla de su compartimento hacia la zona prohibida, y lo inquietante que le resultó aquello. Ayer descubrió que la estación de Tiergarten se ve en realidad deslucida, y el Teatro del Oeste, la Kantstrasse, la Iglesia Memorial, todo cuanto hay alrededor ahora ya lo conoce, por lo que se recostó en el asiento, cerró los ojos y durmió un poco. Media hora después, al despertarse, a través de la ventanilla del tren vio la parte trasera de una barraca, y apoyada entre otros trastos había también una pancarta que ya había servido su propósito: «¡Toda la fuerza al servicio del bienestar y la felicidad del pueblo!». Letras blancas sobre fondo rojo. El tren se alejó a toda velocidad y pronto cruzó el Elba, sin que uno tuviera aún la sensación de estar cruzando una frontera. Las dos formas de Estado en el mapa que se ve a veces en las noticias occidentales tienen ya, desde hace tiempo, el mismo color, y desde que quedó claro que los antiguos enemigos de guerra estarían a favor de la suma de ambos Estados alemanes, la línea entre verde y verde ya no es continua, sino discontinua, y pronto dejará de verse también esa línea discontinua. Desde hace dos meses, ese dinero de aluminio que siempre pesó menos que ningún otro dinero de la historia de la humanidad ya carece, de hecho, de peso alguno. Aquello que uno había ahorrado en el Este se redujo a la mitad con la conversión al marco alemán. Pero al menos alcanzó para este único viaje que Katharina siempre había deseado. No un viaje al Oeste, sino al sur, piensa para sí. Leonardo se llama el muchacho de la pintura de Tiziano. Hace poco Hans y ella volvieron a buscar nombres para el hijo que podrían tener. Georg. Kaspar. O Lucie.

Qué bonito es esto, como en un sueño, quiso escribirle en realidad a Hans en la postal. Pero luego se contuvo y en lugar de eso escribió: «No olvido cómo te sientes». Qué bien que por escrito no se vean las vacilaciones. Y que solo una carta enviada sea una carta. Quizá pudiera incluso estudiar aquí. Pero entonces tendría que separarse de Hans. Eso, obviamente, tampoco se lo escribe.

Se sienta al sol en los escalones que bajan hasta un pequeño embarcadero, a la orilla de un estrecho canal, huele a pescado frito, y a pan, oye retazos de palabras en italiano desde una ventana abierta de par en par, y el rítmico murmullo de las pequeñas olas que chocan contra los escalones inferiores. Pasado mañana Hans tiene una cita con su editor, porque la llamada «agencia fiduciaria» quiere transformar la editorial en una sociedad limitada. Su proyecto literario queda, por el momento, postergado, le comunicó ya de antemano. La amistosa revolución se ha vuelto de pronto horriblemente concreta, le dijo entonces Hans a Katharina.

Con incertidumbre existencial se pagan, pues, el cruce de la línea blanca y el vino barato que desde la unión monetaria se puede comprar en todas partes. Katharina apoya la postal en las rodillas y escribe: «Algún día estaremos juntos aquí».

Con un bloc de dibujo lleno regresa a Berlín. Por fin en casa, dice su madre, que la recoge en la estación y le prepara la cena en la Reinhardtstrasse. ¿En casa? Ha visto que ahora se vende Coca-Cola también en la mitad oriental de la estación de Friedrichstrasse, así como en la tienda de comestibles de Pankow a la que siempre va a comprar, igualito que en Múnich o Nueva York. Coca-Cola ha logrado lo que la filosofía marxista no logró, ha unificado bajo su símbolo al proletariado de todos los países. ¿En casa?

Le viene a la cabeza *El enano narigota*, aquel disco con cuentos infantiles que de niña no paraba de escuchar. Un niño le lleva la compra a casa a una anciana y, preso de un cansancio repentino, se tumba a dormir un rato. Pero, al despertar y volver a casa, han pasado en realidad siete años, siete años en realidad ha estado trabajando para la bruja, que lo transformó en un enano cheposo y con una nariz enorme, su madre ya no lo reconoce, nada es como antes. Nada es como antes. «Ver Venecia y morir.» ¿Sabían todos los demás antes que Katharina lo que ella no comprende hasta ahora: que, cuando se marchó, la despedida era realmente para siempre? Volvió a Berlín, pero Berlín es ahora otra ciudad.

Con Rosa descubre por primera vez lo fácil que es robar. Para celebrar su reencuentro, esta no solo trajo la botella de vino que compró, sino que de una bolsa grande saca también todo lo demás: queso francés, champiñones en gelatina, ensalada de cangrejo y un par de frutas pequeñas y espinosas cuyo nombre ya ha vuelto a olvidar. A los occidentales, de todos modos, lo único que les importa es el dinero, dice. Katharina asiente y recuerda sus compras en Colonia. Ahora también se puede observar aquí, en este país, cómo se desploman los precios, ahora aquí un vestido también puede costar veinticinco marcos por la mañana, diez al mediodía y por la tarde quizá solo dos y medio. Visto así, no pagar por ese vestido no es más que esa arbitrariedad llevada hasta las últimas consecuencias. Imagínate, dice Rosa, hasta Uta fue a recoger ropa interior nueva hace poco. «Fue a recoger» dice, como si la edad dorada de la propiedad pública general despuntara de verdad ahora. Se van a recoger gafas de sol, champú, libros y pintalabios, ginebra, blocs de dibujo, embutido, casetes y chocolate. A ellos les da totalmente igual lo que venden. Medias y gel de ducha. ¿Acaso no se había acordado que una Alemania unificada se procuraría conjuntamente una nueva constitución? En lugar de ello, se amplió sencillamente el ámbito de aplicación de la ley orgánica a la parte oriental de Alemania. ¿Era legítimo eso? Ositos de gominola, bolsos y pañuelos. Un ejército entero de jóvenes partisanas orientales hasta ahora intachables se dispersa para golpear fulminantemente al Oeste en su punto más débil, es decir, en la cuestión de la propiedad y el pago. Mientras los errados electores de marzo, responsables de la velocidad récord a la que se unieron dos países totalmente distintos, siguen en el puesto de salchichas celebrando la unidad alemana, una Anne sonriente pasa por delante del detective de la tienda de bricolaje y saca un cortacésped, si refresca, entonces uno lleva cazadora de cuero con cintura y puños elásticos, que día tras día se abomba con el té y el café, la cerveza, la harina, las berenjenas, las blusas, y hasta un gorro de piel, que por lo general cuestan trescientos marcos. El vacío legal entre un Estado y otro se llama anarquía. Lo más importante es que los elásticos aguanten y los trastos no se escurran hacia abajo. Toda la tortura de los desdichados compradores se adivina en los gestos con que levantan las anheladas prendas de ropa y las miran desconcertados: la libertad de elección es todo un infierno en sí misma. Entonces mejor hacerlo todo a la vez, piensan esas jóvenes. Al recibir un paquete del Oeste, Jacobs Krönung era algo especial, ahora la cotidianidad lo ha desprovisto de su encanto, y Katharina y sus amigas sorben el café en las cafeterías del Oeste y se marchan sin pagar la cuenta a modo de venganza. La mitad de su dinero y del de sus padres se fue al garete con el radical cambio histórico, ¿y por eso han de pagar encima ahora por una mísera porción de pastel de crema lo mismo que pagaban antes por *La paz perpetua* de Kant? ¿De verdad creen los occidentales que el valor se mide en dinero?, piensan esas jovencitas y sacuden la cabeza, de la que cuelga la larga cabellera como una cola que dota de expresión a su desconcierto. Ahora somos jóvenes, ahora queremos estar guapas, ¿de qué nos servirá un sujetador con encaje cuando seamos viejas y estemos arrugadas? ¿Llegaremos acaso a esa edad? Lo importante es que la cara no muestre ni rastro de mala conciencia. Captar la mirada de los vendedores mientras las manos están ocupadas con otra cosa. Lo único que jamás se puede hacer, pues también entre las ladronas hay leyes y reglas, es robar en tiendas pequeñas, donde los productos como tales sí tienen un valor para el propietario. Pero sí en supermercados, droguerías, centros comerciales o tiendas que pertenecen a grandes cadenas.

Sin embargo, la alegría por esta u otra cosa, advierte Katharina, dura poco, cada vez menos, cuanto más domina la técnica, más rápido ha de refrescarse ese breve placer con un nuevo hurto, pues cada robo que prospera encierra la decepción por el hecho de que ahora todo dé completa, rematada y enteramente igual, hasta lo más profundo. Cada robo que prospera genera esa decepción, y cada robo trata de mitigar de nuevo esa decepción. Se meten en las mangas plumas estilográficas y caros pinceles japoneses, por las perneras del pantalón se desliza hasta la caña de la bota un perfume caro, cuando se trata de jerséis, uno se puede poner varios, uno encima del otro, y salir así de la tienda. ¿Y luego? Al vacío le falta otra cosa, y para siempre. Cada vez es más evidente que, al robar, el único placer verdadero se encuentra en el propio acto de engañar, en la ilusión de poder que le otorga a uno el engaño. ¿Cuánto tiempo logrará pasear por la tienda Katharina con ese botín que va calentándose lentamente al abrigo de su cuerpo sin ser descubierta? ¿Cuánto tiempo aguantará ser culpable y, sin embargo, pasar más tiempo del necesario en el lugar de los hechos? Deambula tranquilamente hasta la caja, en lugar de echar a correr, de huir. Como si tuviese poder sobre los demás, que no imaginan su engaño, como si tuviera poder sobre su propio miedo.

II/27

En el verano del 90, después de la unión monetaria, lo primero en impactar contra las calles fue el mobiliario privado: sofás, sillones, sillas, mesas, muebles de pared y cómodas.

Luego, a partir del otoño, con la capitulación de una burocracia ante la otra, aterrizaron en puntos de recogida de basura improvisados los muebles de oficina socialistas: escritorios, sillas giratorias, archivadores con ruedas, lámparas, mobiliario para salas de reuniones.

En las aceras de la ciudad, todo ese interior arrojado afuera se enreda y se enmaraña con los coches desguazados y destripados de producción estatal.

En puntos apartados de la ciudad van creciendo pilas de escombros con restos del Muro de Berlín.

La estrella roja se puede comprar ahora en los mercadillos, poco antes de retirarse del país que conquistaron sus abuelos, los nietos soviéticos capitulan ahora ante el dinero de los alemanes.

Han perdido valor también las condecoraciones, las monedas y los galones del ejército popular nacional, pues la transformación en el antiguo enemigo es inminente.

En la escuela de arte de Katharina, quedan suspendidas a partir del semestre de otoño las clases de Técnica Teatral, Diseño Tipográfico e Historia del Vestuario. Se despidió a aquellos profesores que, según se consideraba, tenían una vinculación política.

En otoño derriban y dañan las figuras de yeso a tamaño natural que en verano colocaron Robert y sus amigos escultores en las estaciones de metro fantasma de Berlín Oriental y, finalmente, cuando empiezan las renovaciones, las apilan junto con otros escombros.

Solo en los andenes de la estación de tren urbano Gesundbrunnen en Berlín Occidental, que apuntan hacia el Este, sigue creciendo la hierba hasta las rodillas, siguen creciendo abedules, que sacuden su fronda amarilla con el viento de octubre y se quedan desnudos en invierno.

Donde hacía un año todavía estaba el Muro ahora una franja vacía separa ambas mitades de la ciudad.

El paisaje entre lo viejo, de lo cual uno se quiere deshacer, y lo nuevo, que todavía se ha de instalar, es un paisaje de escombros. Solo al caer la nieve parecen vivos los escombros bajo la blanca piel durante un par de días.

Lo nuestro te da vergüenza, ¿no?, pregunta Rosa a Katharina en Nochevieja.

Claro que no.

¿De qué tienes miedo en realidad?

No tengo miedo.

Sí, sí lo tienes.

Ya antes de medianoche Katharina vuelve a estar sola.

Ni una vez le habló a su padre de Rosa. Y cuando su madre le hizo una vez una alusión, ella lo negó todo. Feliz 1991.

En enero, Rosa tiene algo con Anne.

¿Lo nuestro terminó?

Sí.

De los árboles cuelgan jirones, hilos y bolsas de Hertie.

Si voy a dejar a mi familia, le dice Hans a Katharina, tienes que prometerme que vas a quedarte conmigo para siempre.

Pero esto no es ningún negocio. Si quieres estar conmigo, tiene que salir de ti.

¿Y si no sé lo que pasará?

Yo no puedo asumir por ti la voluntad.

No soy capaz de lanzarme al vacío.

¿Al vacío?

A veces todavía se acuestan, pero Katharina no se queda embarazada en enero, ni en febrero, ni tampoco en marzo.

Una vez queda con Robert en el Franz-Club y baila con él toda la noche. Al amanecer sirven el desayuno en la discoteca, por la ventana abierta se escapan el vaho de la cerveza y la humareda de los cigarrillos, fuera canta un mirlo. Al despedirse se agarran de la mano en la Schönhauser Allee y Robert le mete la lengua en la boca.

A Katharina le instalan línea de teléfono propia.

El primer día de calor de la primavera visita a su padre en Leipzig, que ha echado las cortinas y está sentado en la penumbra fumando puritos. No parece, dice él, que vayan a reinsertar a los sociólogos.

Eduard se podría llamar también el hijo.

En mayo del 91 Katharina viaja a Viena. Klimt, Egon Schiele, el Museo Etnográfico. Una ciudad con su día a día, piensa Katharina, y se sorprende de que a ella, en Berlín, ya nunca le volverá a pasar que todo sea como siempre. En el parque de Schönbrunn conoce a un saxofonista rubio, se saca una foto con él y él le pasa el brazo por encima para la foto.

Cuando Katharina llama a Hans a su despacho, él responde inmediatamente, pues está sentado al lado sin saber en qué trabajar. Las emisiones adicionales ya no se pagan, y su libro, dice, se marchitó antes de nacer.

Antes de nacer, dijo. Y marchitó.

No, todo bien, dice él, estoy escuchando el Concierto para piano número 5.

¿Con Zimerman?

No, con Gulda.

Te echo de menos, quiere decir Katharina, pero él la interrumpe: Tienes que ir, sí o sí, al Café Sperl.

A su regreso se entera de que una amiga de Uta se tiró por la ventana.

Y el hermano de Ruth tuvo un accidente con su bólido occidental, pero por suerte sobrevivió.

Alguien le roba la ropa interior a Katharina de la buhardilla, solo la ropa interior. Los pantalones y las camisetas siguen tendidos en la cuerda, qué cosa más inquietante. Sibylle, ¿podrías quedarte a dormir conmigo un par de noches?

Pasan los meses y Katharina sigue sin quedarse embarazada.

En lugar de cruzar la parte occidental con el tren urbano, que es el camino más corto para llegar a casa de sus padres, Katharina se va tambaleando en el viejo tranvía, que únicamente circula por esa parte oriental que le es conocida. Ya han pasado dos veranos desde aquella vez que había visto desde el tranvía a toda aquella gente tomando el sol desnuda en el césped del Weinbergspark. ¿Es realmente un recuerdo o solo lo ha soñado?

Durante las vacaciones de verano, Hans se va esta vez con Ingrid a París.

Pasa diez días fuera y no llama ni una sola vez.

Ralph cuenta que, de pronto, los viejos propietarios se habían plantado en su jardín y se habían puesto a medir el terreno.

A comienzos del semestre de otoño, los escenógrafos se mudan a un edificio recién renovado. Ahora, Rosa solo ve a Katharina a veces, de lejos.

Steffen tiene un hijo con su novia. Pero después quiere ir a Irlanda.

Puede, dice Hans, que pierda el despacho.

Yo te despejo el escritorio, dice Katharina.

No, déjalo.

La madre de Katharina pronto tendrá la charla con la comisión que decidirá sobre su futuro. Primero el Oeste nos bloquea el progreso tecnológico durante cuarenta años con su lista de la CoCom, dice, y ahora nos reprochan que no estemos a la última.

Ralph se entera de que, tras mudarse de Bonn a Berlín, el Ministerio de Transporte quiere instalarse en el edificio de Geología. Después de más de cien años tenemos que marcharnos de pronto con todas las colecciones solo porque a un ministro del Oeste le gusta la casa, dice, sacudiendo la cabeza.

El padre de Katharina está sentado en su habitación de Leipzig, en penumbra, y dice que la muerte ya no lo aterra.

Mientras Hans está fuera, van a ver el despacho los futuros inquilinos, que por diversión debieron de arrancar de la puerta el cartel con los clásicos barbudos: «Todos hablan del tiempo. Nosotros no». Si esos tres viejos hubieran hablado del tiempo, dice Hans, el mundo ahora tal vez fuera distinto.

Katharina prepara diseños para *Medea, Muerte de un viajante, Madama Butterfly*.

Un artista neoyorquino imparte un curso como invitado sobre el *Doctor Faustus* de Gertrude Stein: «Y querías mi alma para qué demonios la querías cómo sabes que tengo alma quién lo dice o sea nadie lo dice salvo tú el demonio y todo el mundo sabe que el demonio es todo mentiras así que cómo sabes cómo sé que tengo un alma que podría vender».

Un estudiante de Pintura lleva a Katharina a una exposición de Dalí.

Robert pregunta si quiere salir con él otra vez a bailar.

No, dice ella mirando el suelo, y una vez más: No.

¿Está bien que se doblegue de esa manera?

¿Acaso Katharina no debe saber quién es ella en realidad?

En agosto, Katharina viaja a la Toscana. El chico con el que comparte coche se llama Alessandro y, cuando a mitad de camino hacen noche, Alessandro reserva solo una habitación en lugar de dos. En el jardín de su familia crecen olivos y rosas.

A su regreso, Hans la está esperando en el vestíbulo de la estación.
Qué, ¿ya sabes cómo se dice «follar» en italiano?
Y ella dice: Sí.
Esta es la primera separación.
Dura de agosto a octubre.

II/28

Nadie debería volver a tocarla. Absolutamente nadie. Nadie más. Tras separarse de Hans en agosto, Alessandro creyó que le tocaba a él. Creyó que uno podía reservar cita para acostarse con ella. ¿Esta ridícula mecánica ha de ser el núcleo de todo? Echó al novio de verano del apartamento de otoño. ¿Y Hans? Con él quiere estar, le dice al reencontrarse por primera vez en octubre, solo con él, pero no así. No puede, ya no aguanta, no soporta, ni con él ni con ningún otro, siente asco, así en general, repugnancia y cólera hasta con el más leve roce. Por primera vez, Katharina piensa que quizá estuviera buscando un padre, alguien que la quisiera radicalmente, sin mezclar el amor con esa avidez. Mi pobre niña, dice Hans, me quedaré a tu lado hasta que vuelvas a estar mejor. ¿Volver a estar mejor? Hay algo que está mal de raíz, pero ¿qué? El pulgar de Katharina asoma a través de un agujero en el guante, parece una cosa de esas. Katharina está en el tranvía y llora por ese pulgar, por su propio pulgar. ¿Acabará pronto en un centro psiquiátrico? Cierra los ojos, y el cuerpo. Vuelve a ser virgen.

A comienzos de diciembre del 91 despiden a Hans, como a todos los trece mil compañeros restantes de una emisora radiotelevisiva de un Estado que ya no existe. Y como los pasillos del instituto de empleo de Berlín son demasiado estrechos para las tres mil personas que solo en las instituciones de la capital pierden su trabajo, el instituto de empleo ofrece un espectáculo de tres días como compañía invitada en la sala de grabaciones grande del edificio de la radio de Berlín Occidental. Colocan mesas, con cada letra del abecedario en un cuadrado. Hans atraviesa ya el gentío el primer día y va hasta la mesa en la que figura la inicial de su apellido, W. En un procedimiento aparte, antes incluso de que termine el año, se decide volver a emplearlos. Solo tras una destrucción a conciencia puede llegar una resurrección, recuerda Hans la frase que dijo Katharina muy al comienzo de su relación, por entonces en sentido figurado. A punto de cumplir los sesenta años, la resurrección pierde por desgracia el sentido figurado, piensa él, y lo que queda es la idea de una gruta en la que en primer lugar yace un cadáver. Han pasado casi exactamente dos años desde que, en esa misma sala, la orquesta sinfónica de la radio acompañó por última vez en directo una mesa redonda. «¿Qué se dirá sobre nuestros días?» fue el tema entonces, poco después de la caída del Muro. Su colega y escritor Hermlin se había sentado en el estrado, la orquesta había tocado música de Krenek y Eisler. Dos años han pasado desde entonces, y la licencia de mirar atrás ha cambiado entretanto de dueño. Pero a largo plazo la pregunta persiste. ¿Qué se dirá sobre sus días? ¿Quién dirá algo? ¿Y quién oirá lo que se diga? Ahora, los músicos de la orquesta radiofónica están ordenados alfabéticamente para ser despedidos, también guardan cola los técnicos de sonido, las bailarinas del ballet televisivo, los redactores de las distintas emisoras radiofónicas, los dentistas del policlínico de la empresa, las profesoras de guardería de la guardería de la empresa, los chóferes y mecánicos de los coches de la emisora, los cocineros de la cafetería, los moderadores, los archivistas, los cámaras, técnicos de grabación, arreglistas y dramaturgos, y naturalmente también otros como él, autores, periodistas, compositores, directores, autónomos fijos. Ahora sí que son autónomos todos.

Una tarde de ese mes de diciembre, Katharina está en el sótano del ayuntamiento con Hans cuando, bajo la bóveda de su cráneo, ese órgano llamado hipófisis –radicado en el núcleo más profundo de su cerebro, en la cavidad denominada «silla turca»– comienza a segregar la hormona foliculoestimulante, primero lentamente y después cada vez más rápido, y luego esa hipófisis se enrabieta y, montada a esa silla turca, vierte también en la sangre la hormona luteinizante, LH, por sus siglas en inglés, dejando finalmente fuera de combate esa abstinencia contra natura que Katharina practica desde hace meses. Igual te vuelven a contratar, dice Katharina, pero Hans se limita a asentir y encender otro Dunhill. Ambas hormonas glandotrópicas bajan esa tarde por el torrente sanguíneo hasta el ovario de Katharina y desatan en él una mayor producción de estrógenos, entre ellos estradiol, que se forma a partir del colesterol y gracias a la aromatasa, pasando por los siguientes estados intermedios: pregnenolona, progesterona, 17α-hidroxiprogesterona, androstendiona, testosterona y 19-hidroxitestosterona. Por cierto, ¿sabes cómo acabó al final el proyecto del *Faustus*? No, dice Hans. Solo un tubo de neón sobre el escenario vacío, nada más. Ah, dice Hans, la fría luz del entendimiento. Mientras Katharina toma la segunda copa de vino con Hans, el estradiol resultante se propaga ya por las membranas celulares, y entonces Katharina sabe que en realidad solo puede ser Robert. Entonces, el estradiol se une a los receptores hormonales, penetra en cada núcleo celular y pone en marcha la transcripción del ARNm de determinados genes. Mientras Hans se levanta y le alcanza el abrigo, y ella extiende primero los brazos hacia delante, lo abraza por un momento, y luego se quita el abrigo y se lo pone correctamente, una ARN-polimerasa se une a esa región de la secuencia de ADN de un gen denominada promotor. De noche, en la calle, Katharina le da a Hans un beso de despedida, se vuelve a girar hacia él después de dar unos pasos, como de costumbre, y le dice adiós con la mano. Comienza la transcripción. La doble hélice se desenrolla y libera así una secuencia de diez a veinte bases que se unirán en pares. Le dice adiós con la mano, de noche, en la calle, se gira y hace ademán de marcharse hasta la parada de tranvía, pero tan pronto pierde de vista a Hans, dobla en otra dirección, de la unión de los dos primeros ribonucleótidos, la formación de una propia hebra de ARN toma su curso. Robert vive bastante cerca. Se trata del primer paso para la síntesis de determinadas proteínas. Bajo la camisa de seda que lleva puesta Robert, su piel es cálida y suave. El efecto biológico del estradiol depende decisivamente de la síntesis de esas proteínas.

En un tiempo muerto, Katharina tiene una tarde entera de deseo. No le ha ocurrido antes estas semanas, ni tampoco le ocurrirá después.

Retransmitir y al mismo tiempo organizar la propia disolución, vaya una auténtica locura. Hans está con Sylvia en el Café Kisch. Imagínate, dice ella, anteayer citaron a todo el personal técnico en la quinta planta. El pasillo entero lleno de gente, iban llamando a uno detrás de otro para que fueran a una sala: allí hay una mesa con un teléfono y el auricular descolgado. Levanten el auricular y digan su apellido, dicen las instrucciones. De manera que cada uno lo levanta, se lleva el auricular al oído, dice su apellido, y oye una voz desde la lejana Colonia: Será usted readmitido, o: No será usted readmitido. Luego esa persona ha de posar el auricular a un lado y dejar el sitio libre para el siguiente. Luego otra vez: Será usted readmitido, o: No será usted readmitido. Hans asiente, pero no dice nada. A vosotros os toca el miércoles que viene, ¿no?

Sí, dice Hans. Hans se pasa cinco días pensando en esas dos frases: Será usted readmitido. No será usted readmitido. ¿Será casualidad que justo hace un par de días Ingrid recogiera del buzón la subida de alquiler? En lugar de ciento treinta marcos, a partir de enero pasará a costar novecientos marcos alemanes. Será usted readmitido. No será usted readmitido. «Sociedad de *holding*» se llama la institución que pagará a Ingrid hasta el próximo verano. ¿Y después?

El lunes a las cinco de la tarde, Hans acude, conforme lo citaron, a la dirección, en cuya recepción están ya todos los demás. Tanto los que ya estuvieron dentro, con el redactor jefe, como los que esperan a que los llamen. Si uno sale con un sobre en el que van metidos sus papeles, entonces los demás lo consuelan con un abrazo y le ofrecen aguardiente. Si uno sale sin sobre, también lo abrazan, lo felicitan y le ofrecen aguardiente. Se vuelven a contar todos los chistes que se contaban antes, pero ahora están desfasados: Ellos no preguntan, ¡pero nosotros respondemos! Y cómo se cachondearon recortando los «eh» del discurso de Hermann Kant. Y cómo Else Demuth, a la sazón tesorera de la célula comunista de Thälmann, cómo la anciana Else administraba las cintas adhesivas del Oeste −¡y esas eran las únicas que aguantaban!− con no menos rigor que el dinero de los comunistas sesenta años atrás. Y cómo los montadores siempre llamaban «quelatina» a la gelatina de la cafetería. De todo eso se ríen ahora juntos una última vez. Ríen con su risa, ahora también desfasada. Conforme avanzan la tarde y la noche, el número de borrachos en la recepción crece notablemente. Como el apellido de Hans comienza por W, a él no le toca hasta más o menos las cuatro de la madrugada. A las tres y media recibe de su redactor jefe el sobre con sus papeles. Lo consuelan con un abrazo en la recepción, le ofrecen un aguardiente. Y luego otro. Y otro.

Un segundo dura el silencio con el que las ondas sonoras de Alemania Oriental dan por muerto su espíritu la Nochevieja del 91 al 92, a las doce en punto de la noche. Hans está en casa de Katharina, sentado frente a la radio y oyendo ese silencio tan breve con el que se le arranca su vida anterior. Más o menos igual, dice él, que el momento en que Mimi muere en *La bohème* y ninguno de sus amigos se da cuenta siquiera. Es la primera vez que Hans celebra la Nochevieja con Katharina, pues Ingrid tiene que acompañar a su madre enferma. Katharina lleva unos vaqueros y pantuflas. Pero al menos han esparcido confeti sobre la mesa y han servido vino espumoso. Ocurre así como de pasada, dice Hans. Porque la muerte en sí misma tampoco es nada. No es más que un cese de algo.

A finales de enero, Katharina abre un día la puerta extrañamente despacio, con ese peso de plomo que tiene un latido propio, bajo el corazón. Luego se sienta con Hans y mantiene la cabeza suspendida en el aire, muy cerca del borde de la mesa pero sin llegar a apoyarla, durante dos horas. Es de antes, dice, de cuando estábamos separados. Esa es casi la verdad. Hans quiere pasar la noche con ella, ahora quiere pasar la noche con ella, ahora de repente, inmediatamente, hoy, nada más. Katharina no puede compartir cama con él en estas circunstancias, y se tumba a dormir en el suelo, al lado. Tiene a un niño ahí agachado que no para de decirle «ahora», y cada vez que dice esa breve palabra, «ahora», hunde la mano en la tierra. No soporto la palabra «ahora», dice él, y lo vuelve a decir justo después: «ahora», y otra vez: «ahora», y cada vez hunde la mano hasta los nudillos en la tierra negra. ¿Se llama Georg? ¿Se llama Kaspar? ¿Se llamaría Georg, se llamaría Kaspar?, ¿viviría?, pero ni tiene nombre ni lo va a tener nunca. ¿No podría, pese a todo, ser nuestro?, pregunta Hans. No, dice Katharina. Todo mal, radicalmente mal. Un matorral de todo lo malo. Pero todos los días previos ella ha de vivir, cada segundo. Luego se queda ahí abierta bajo la luz de neón, ella, pero en realidad no es ella, su alma ha emigrado para que las manos de los médicos puedan explorar su cuerpo. Un miércoles, conforme a lo planeado, por la mañana, un poco antes de las seis, su cuerpo pierde entre dolores y ríos de sangre al hijo. Es como un parto y, sin embargo, es una muerte.

Más tarde, Robert va a visitarla, y apoya su cabeza en el regazo de Katharina.

La visita su padre, acompañado de la madre.

Hans la visita y dice: En el fondo, era ese hijo nuestro que no querías tener.

No, dice ella, no. Todo estuvo mal, radicalmente mal.

El niño no deja de caérsele del vientre. Cae y cae.

Esta es la segunda separación.

II/29

¿Te gustaría dormir una noche entre las zarpas de la esfinge?, le preguntó el guía turístico árabe a Katharina por la tarde. Ella miró hacia la esfinge y: Sí, me gustaría, dijo, sí, dormir entre las zarpas de la esfinge. Solo el cielo estrellado, dijo el árabe, y tú... y la esfinge. Sí, pues ¿a quién no le gustaría en verdad pasar una noche entera de verdad entre las verdaderas zarpas de la esfinge como si fuera su hijo o su hija?

Está tumbada entre las zarpas de la esfinge, durmiendo y soñando, con la arena aún tibia por el sol, que ahora, durante la noche, recorre el inframundo y mantiene a los muertos con vida y los muertos lo mantienen a él con vida. Y todo lo que fue, es y será se lo muestra su sueño.

Ahí está Hans en el instituto de empleo, y su número en la lista de espera es el 213. Lo están llamando ahora.

Ahora desmontan la placa con el nombre de una calle, Dimitroffstrasse dice, y la sustituyen por otra que dice Danziger Strasse. Danziger Strasse, por la capital del *Reichsgau* de Prusia Occidental que, tras el final de la guerra, acabó en manos de Polonia y desde hace medio siglo se llama Gdansk.

Ahora se ve a sí misma, como si estuviera apoyada contra la pared de una casa y sin saber qué hacer. Ya no sabe qué hacer porque su vida está tras esa pared y se llama Hans.

Katharina está tumbada entre las zarpas de la esfinge, en la orilla occidental del Nilo, en la orilla donde los muertos están en casa, ahí está ella, durmiendo y soñando, y no lejos de ella, enterrado en las profundidades, está Osiris en su limbo perpetuo, desmembrado, a quien Isis, su mujer y hermana, recompuso y devolvió a la vida y, desde entonces, es el soberano de los muertos. La hermana encontró la columna vertebral en Busiris, y la pierna en la isla de File, la cabeza, en cambio, en Abidos.

Ahora ve el tranvía subiendo colina arriba en dirección al norte, pero la cifra que va escrita delante ya no es 46, sino 53.

¿De verdad dijo Hans que le «arrancarían del vientre» al hijo?

Katharina sostiene en la mano un artículo que le dio Hans como segunda despedida: «Una madre entierra vivo a su bebé».

Isis se inclina sobre todas las partes del cadáver y lo devuelve a la vida mediante su pena. A partir de entonces ese Osiris, medio vivo y medio muerto, continúa con su vida y con su muerte en el inframundo.

Ahora ve a Hans y se ve a sí misma, comiendo helado en la plaza de la Academia, que entretanto ha pasado a llamarse Gendarmenmarkt, aunque ya no haya gendarmes. Y el Café Arkade lo están reformando para convertirlo en un restaurante francés.

315

Ahora Hans sostiene su propio corazón en la mano y quiere que Katharina lo pese.

Hans va con su sombra hasta ella, con su alma, con su pena por el padre que antaño renegó de él, va con esos libros que llevan su nombre, y con su cuerpo, que Katharina conoce mejor que el suyo propio.

Ahora oye el chirrido de la sierra mientras talan los castaños que hay frente a la casa de su madre, ve cómo se llevan los troncos y se acerca una excavadora.

Ahora ve a Ralph despejando su jardín. Lo ve metiendo herramientas del cobertizo en cajas, lo oye decir: Sin la Facultad para el Proletariado y el Campesinado jamás habría podido estudiar.

Ahora se ve a sí misma caminando por el cementerio Pankow III, pero ninguno de los que yacen enterrados puede darle información de si estuvo bien o mal volver otra vez con Hans, también tras la segunda separación. Regreso, se ve a sí misma pensando, esa palabra con la que Hans tituló su primera novela.

Ahora ve cómo cierran para siempre el teatro en Frankfurt del Óder y la cantante que hacía de Agathe en *El cazador furtivo* está en la taberna emborrachándose, porque no sabe dónde va a encontrar trabajo ahora en mitad de la treintena. Ahora, mi competencia, le dice al barman, es el mundo entero.

Ahora Katharina ve el patín de Walter Ulbricht deslizándose por una pista entre las casas de sus camaradas, no muy lejos del cementerio.

Ahora se ve a sí misma, tumbada bajo Hans, y con las lágrimas cayéndole de los ojos sin decir ni pío. Ahora se ve poseída por semejante odio que nada le gustaría más que arrancarle la lengua de un mordisco. Ve cómo le muerde a Hans la mano, el brazo, cómo en su propia cabeza todo es negro, ve la mano de Hans negra, como quemada o llena de ceniza, ve el brazo de Hans negro, mientras ella le hinca los dientes, con los ojos cerrados, ve la mirada de Hans negra, se acuesta con él del lado del infierno, quiere sacrificarlo, devorarlo, ve su carne roja abierta y tendida como terciopelo.

Ahora ve cómo Hans, pese a todo, se sigue moviendo encima de ella, se ve a sí misma preguntándole qué cree en realidad y a él diciendo que cree que derrama lágrimas de alegría.

Ahora ve que él no la conoce y ella no lo conoce a él.

Ahora ve cómo su madre, en el marco de una denominada «medida de creación de empleo», hace de guía para grupos de visitantes en el jardín botánico de Pankow.

Ahora ve cómo su padre, en bañador, alto y pálido, está tumbado junto a ella en un pequeño embarcadero, a su alrededor agua y el sol reluciendo sobre las olas, lo ve tumbado junto a ella, con la mirada apuntando al cielo, y él le habla, igual que si hablara consigo mismo. Antes, dice él, todavía se decía: La muerte es en vano. Hoy, la gente se negaría a matarse solo para no arruinar a su familia. El agua chapotea muy suavemente en torno al embarcadero. Entre las zarpas de la esfinge, Katharina oye cómo el padre le habla de esa manera, como si hablara consigo mismo. Nuestras tragedias personales, dice él, no son las que mueven el mundo. Ni siquiera las batallas perdidas están ya en nuestra posesión.

A su espalda cuatro mil quinientos años, Katharina se ve a sí misma, diciéndole a Hans que no quiere llamarlo ni a las cinco de la tarde ni a las doce del mediodía ni a las ocho de la tarde, sino cuando sienta añoranza hacia él.

Lo ve decirle: O sea que no quieres llamarme.

Ahora se ve a sí misma, cómo uno la aborda por la calle, que si quiere ser azafata, y ella dice sí y va a firmar el contrato, y en el apartamento hay dos habitaciones, con una decoración casi idéntica: dos escritorios en verde y dorado con patas de sable, ni una sola hoja de papel encima, ni un libro, ni una mota de polvo, cada uno con una silla delante, las cortinas echadas con borlas, pero solo una cama en una de las dos habitaciones, garras de león en verde y dorado, Neobarroco en su máxima expresión, se ve a sí misma pensando, obviamente no es auténtico, dice el hombre con el pelo cortado a cepillo, pero es de primera. Baño sin puertas, escobilla del váter también con patas de sable doradas, por lo demás todo liso, todo frío, mármol, cristal. Aseguradoras, inmobiliarias, golf, tenis. En última instancia ha de haber un acercamiento universalmente humano, dice el hombre con el pelo cortado a cepillo mientras deja correr el agua caliente en el jacuzzi que hay en el baño sin puertas.

Acércate, le dice a Katharina.

Dice: Solo los artistas y esa gente pillan el sida.

Espuma, mucha espuma.

Después, él le deja dos billetes de cincuenta en la esquina de uno de los escritorios de oro verde. E insiste en que acepte el dinero. Una compra es una cosa limpia, dice. El amor, en cambio, sería un problema, porque está casado.

Una noche entre las zarpas de la esfinge.

Una noche entera Katharina ve todo y todo lo que está desmembrado.

Ve la columna vertebral de Osiris, cómo llega arrastrada hasta la orilla de Busiris, ve su cabeza, cómo la pescan del Nilo en Abidos, ve su pierna, cómo se engancha en las plantas del pantano de la isla de File, y su corazón en el lodo de Mendes.

Ve a aquel con el que se casará, un joven estudiante de Berlín Occidental que se ha enamorado de ella, está en la orilla saludando, pero también se ve a sí misma: se empuja desde allí con un témpano de hielo que se aleja más y más de la orilla, y el témpano de hielo es Hans.

Se ve a sí misma, está con Hans en una tienda comprando estanterías de libros, mide el largo y el ancho, Hans saca los libros que en la tienda son decoración, hurga con el dedo aquí y allá entre las páginas, lee en alto, hace sus observaciones irónicas y bebe café, y ella mide y ríe, se parte de la risa, y de nuevo mide y ríe. Nunca lo ha querido tanto.

Se ve a sí misma, quitándose por primera vez el anillo que Hans le regaló, y sintiéndose liviana, tan aterradoramente liviana que posiblemente se eche a volar y desaparezca, sin más, en el aire.

¿Quieres estar conmigo o con tu estudiante?

¿Qué estudiante?

¿Por qué lloras, entonces?

Tus cejas son como dos carámbanos,

tu boca es como una grieta en una roca,

tu habla es como el crujido de una hoja que cae del árbol en otoño,

tus manos son morenas y amarillentas como dos libros en formato Reclam,

tu cuerpo es como la nieve de marzo en un patio trasero berlinés,

tus hombros son como dos bulbos sobre tierra seca,

tus ojos son como dos pájaros peleándose por migas de pan,

tus lóbulos de la oreja como cortinas en una casa abandonada.

Ve cómo Hans al día siguiente se marcha, oye sonar el teléfono mientras trata de localizarlo, siempre en el vacío.

Ahora ve que ya no lo vuelve a ver.

Esta es la tercera separación, y solo esta es para siempre.

EPÍLOGO

Está sentada entre seis archivadores, entre mil doscientas páginas. Mil cien páginas sobre un «Colaborador informal con contacto enemigo», y cien páginas sobre un «Procedimiento operativo» homónimo.

Al poner por escrito la declaración de compromiso, la caligrafía todavía es joven.

Y a Katharina aún le falta mucho para nacer.

Cuando grapan la foto de carné al formulario de inscripción, cuando el nombre real queda sustituido por el nombre falso, acaban de pasar quince años desde que un puñado de emigrantes retornados y un par de miembros de la resistencia liberados del campo de concentración, junto con veinte millones escasos de personas para las que ellos son el enemigo, fundaron un nuevo Estado.

Galileo es el nombre falso, igual que el título de la obra de Bertolt Brecht. Galileo, que en favor de la verdad a largo plazo hace concesiones a corto plazo. Brecht, más cercano a uno que su padre biológico, falleció inesperadamente durante los ensayos de esta obra. Disfrazarse, recubrirse por completo con un nombre extraño que recuerda a uno aquello que le es propio.

Tres años antes de que dos hombres se encontraran por primera vez en el «Piso franco "Rayo de sol"», el Gobierno amuralló el tiempo para ganar tiempo, amuralló el pueblo para ganarse al pueblo. Aun en contra del consejo de los só-viets. Encerrados en esa isla de creación propia, se recalienta ahora lo que antaño, en condiciones de ilegalidad, era lucha partisana pero ahora es poder del Estado, se recalienta en la pugna por ganar el corazón del propio pueblo. No es casuali-dad que la institución se llame a sí misma *Órgano*.

Desde hace tres años ya no hay manera de acceder a París cuando un hombre, a comienzos de la treintena, firma por primera vez un documento como *Galileo* y con ello se refiere a sí mismo y, sin embargo, a alguien ajeno a sí mismo. Cuan-do separa a aquel que sus amigos conocen de aquel que solo él mismo conoce. Cuando separa a aquel que tiene amigos de aquel que inscribe a sus amigos en una lista que le da a uno que también tiene un nombre falso.

«Su disposición a colaborar con nosotros podría obedecer en parte a su actitud política, pero también a su interés en la labor conspirativa. Asimismo, es posible que el candidato también espere obtener ciertos favores personales a través de esta conexión con nosotros.»

El Estado se desnuda ante sus delatores, los delatores se desnudan ante su Estado. La nueva patria crece en ese secreto compartido.

«Transcripción de casete», lee ella, y comprende que era más cómodo dictar informes más extensos a un casete que ponerlos por escrito.

«Individuo con inclinaciones artísticas. Puede servir para persuadir a determinadas féminas», lee ella.

E: «Infiltración de un trabajador de la Oficina Federal de Berlín Occidental para la Protección de la Constitución».

También: «Debe ampliar metódicamente sus contactos con gente del mundo del arte y la cultura de la RDA con fines de obtener información».

Sentada en una tranquila sala, hojea los expedientes, mientras otros tantos, sentados en esa misma sala, hojean también otros expedientes.

«Offenbachstuben», lee, y piensa en la primerísima tarde, y piensa también en aquella otra vez que estuvo allí, tres años después, y tuvo que fingir que se llamaba Anja.

En una lista de gastos que le habrían de reembolsar con motivo de un viaje a Múnich, reconoce la escritura en minúsculas que aquí, por lo general, evita. ¿Y no había apuntado también de manera similar sus gastos en la época en que vivían en el cubo de nueva construcción?

En otra hoja que Galileo tituló «Estudio» figura: «Supongamos que hay una sospecha de XXXXXXX contra mi persona, estaría bien confrontar a esa persona con una sospecha dirigida *contra ella*».

¿Será que en esta sala, continuamente, día a día, en absoluto silencio, al conocer al otro uno acaba por conocer su propia vida?

Aquí, en absoluto silencio, se les abre la tapa de los sesos a todos los ciudadanos posibles de un Estado que ya no existe y uno puede mirar dentro.

También a uno que se hacía llamar Galileo.

Se exhibe la esperanza de que ante dos pares de ojos aún hubiera al menos una cosa común. De que aún hubiera algo por lo que mereciera la pena ser traicionado en todo lo demás.

Se exhibe la fe en pasar al bando del poder en una conversación confidencial.

Se exhibe el sueño de ser elegido.

Se exhibe el golpe al amigo por el que uno ha sido abandonado, por ejemplo, por encima del Muro.

Se exhibe la alegría por un traje de paño bueno, por un paseo de compras por el KaDeWe, por una visita al MoMA de Nueva York.

Se exhibe la elegancia con la que uno sacrifica a alguien de todos modos inferior.

¿Acaso no se parecen las tácticas, cuando se ejecutan al más alto nivel, a una danza?

Y la ceguera ante el hecho de que uno mismo está siendo igualmente utilizado.

Aquí se archivan las flaquezas, fortalezas y vanidades de una persona.

De esas que uno tiene o no tiene, y aquel otro de otra manera.

En el Oeste, piensa Katharina, probablemente habría sido asesor empresarial. O agente inmobiliario. O redactor publicitario.

En el Este era una persona, y en el Oeste habría sido también una persona. Cualquiera.

Recuerda la cita de Lenin que él le había mecanografiado una vez:

«Para conocer de verdad un objeto, uno ha de captar y estudiar todas sus caras, todas sus conexiones e "intercambios"».

¿No es eso lo que intentaba conseguir también *el Órgano*?

Y si está sentada ahora aquí, ¿acaso no es lo mismo?

¿Y por qué solo las almas de la mitad oriental de Alemania se exponen públicamente hasta sus ocultas profundidades? ¿Por qué no se hizo eso mismo en *toda* Alemania después de la época nazi?

Cuando sale otra vez al exterior, el cielo está entre blanquecino y grisáceo, como pétreo.

Durante más o menos quince años él participó en ese juego.

Luego se fue cansando paulatinamente de la traición.

«Existen reservas acerca de cuestiones concretas sobre la política cultural de nuestro Estado. Durante el "caso Biermann", en particular, emergieron flaquezas.»

Por entonces ella todavía patinaba por el final de la Leipziger Strasse, en el liso asfalto de preguerra.

Deja tras de sí aquel lugar lleno de sesos, el bloque de nueva construcción, y se marcha, sin tener que pensar en qué dirección.

Apenas un breve paseo la separa de la parada de autobús bajo el puente de Alex.

«Las dudas generan últimamente cierta insatisfacción consigo mismo y hacia el medio, así como cierta apatía», apunta el oficial supervisor a comienzos de los años ochenta.

En algún momento cesan por completo los encuentros conspirativos.

En algún momento Hans se sube al autobús 57.

Camina por ese trayecto que entonces recorrieron juntos, todavía está el pavimento en el que se le quedó clavado el tacón, y el túnel por el que caminaron en paralelo, ya casi como pareja, el centro cultural húngaro esta vez todavía está abierto, ahí está el cruce de semáforos, el Café Tutti ya hace tiempo que no está, tampoco el Palasthotel, y el propio palacio tuvo que dar paso al viejo palacio real que desde hace poco se está reconstruyendo. Recuerda la lluvia diluviana, y cómo entró aquel aire fresco en el autobús al llegar a la plaza, que desde hace un tiempo se vuelve a llamar la plaza del Palacio. Medio año antes de que ella se subiera al autobús 57 frente al anticuario de Unter den Linden, el propio «colaborador informal Galileo» se transformó en un «procedimiento operativo», sin que él estuviera al tanto. Pero ahora ella está al tanto. Está al tanto de la «obtención operativa de la llave» de su apartamento, del «registro conspirativo» y de la «base» que levantaron durante ocho semanas en su edificio para pinchar sus llamadas. «Realización de un encuentro con tecnología de grabación conspirativa con miras a documentar el contenido de las conversaciones mantenidas, así como verificar la sinceridad de "Galileo".» En la esquina donde aquellos confusos turistas no sabían si estaban en el Este o en el Oeste, donde antes estaba el Hotel Unter den Linden hay ahora un edificio de nueva construcción. Cruza por debajo del puente del tren urbano en Friedrichstrasse y piensa en «GÜST», la abreviatura con que se referían al puesto fronterizo y que había visto varias veces en los expedientes. Ahí se le cayó el pendiente al pavimento antes de partir hacia Colonia. Y aquí él le permitió que lo agarrara del brazo. Camina por el puente Weidendammer, ve a la izquierda la Berliner Ensemble, en la que hace unos años Peymann vació minuciosamente todo aquello que todavía recordaba a Brecht. Al lado, un local que vuelve a llamarse Ganymed, pero que ahora tiene un aspecto totalmente distinto. Va hasta la parada de tranvía que hay enfrente, ahí está también el lugar donde le hicieron una seña al taxi ilegal aquella vez que ella se congelaba en su vestido de la época feliz. Sigue caminando hasta el cementerio de Dorotheenstadt, donde a escasa distancia del escritorio de Brecht, a escasa distancia de Eisler a su piano, está también Hans ahora con su escritorio bajo tierra, frente a él un par de hojas sueltas, un cenicero al lado, una cajetilla de Duett. Escribiendo tierra, respirando tierra, fumando tierra.

Un haz de luz amarilla se abre paso laboriosamente a través de la oscuridad.

El 13-5-1988 las autoridades resuelven definitivamente archivar el expediente del procedimiento relativo al colaborador informal *Galileo*. Como razón señalan: «Colaboración sin perspectivas de futuro».

¿Qué hicimos nosotros, dice ella, el 13-5-1988?

Y entonces lo recuerda.

El 13-5-1988 ella le había escrito en su respuesta al tercer casete:

«Quiero que me conozcas, en cuerpo y alma, con todo lo que hay detrás».

Si hubiera sabido entonces que era tu reflejo, dice ella.

Pero él ya no puede verla ni oírla, ni tampoco darle una respuesta.

Por las esclarecedoras consultas de documentos, materiales y expedientes durante mi investigación para este libro, vaya aquí mi afectuoso agradecimiento al archivo de la Biblioteca de Bydgoszcz (Polonia), en especial a Jolanta Planer, al archivo digital Wielkopolska de Poznań, al archivo de la Akademie der Künste de Berlín, en especial al Prof. Erdmut Wizisla, y al archivo de la Autoridad de la Delegación Federal encargada de los Documentos del Ministerio para la Seguridad del Estado de la Antigua República Democrática Alemana, en especial a Beate Vajen.

El autor del poema citado en la página 125, «Singerstrasse», es Adolf Dresen. Agradezco a su hijo, Andreas Dresen, que me permitiera amablemente reproducirlo.

Muchas sugerencias y detalles de testigos de la época provienen principalmente de mis conversaciones con Katharina Behling, Olf Kreisel, Cornelia Laufer, Monika Wellershaus, Beate Zoff, mi tía Gislinde Bock y mi padre, John Erpenbeck, a quienes estoy muy agradecida.

Por último, quisiera transmitir mi más profundo agradecimiento a mi marido, Wolfgang Bozic, sin cuyo apoyo incondicional hacia mi trabajo yo no habría podido escribir este libro.